# UM
# DIA
# EXISTIMOS

Obras da autora publicadas pela Galera Record:

Série **As** crônicas híbridas

*Volume 1 – O que restou de mim*
*Volume 2 – Um dia existimos*

# KAT ZHANG

# UM DIA EXISTIMOS

Tradução de
JOANA FARO

1ª edição

— **Galera** —
RIO DE JANEIRO

2015

CIP-BRASIL. CATALOGAÇÃO NA PUBLICAÇÃO
SINDICATO NACIONAL DOS EDITORES DE LIVROS, RJ

Zhang, Kat
Z84d    Um dia existimos / Kat Zhang; tradução Joana Faro. – 1ª ed. –
Rio de Janeiro: Galera Record, 2015.
(As crônicas híbridas; 2)

Tradução de: Once we were
ISBN 978-85-01-09837-5

1. Ficção juvenil americana. I. Faro, Joana. II. Título. III. Série.

15-25609

CDD: 028.5
CDU: 087.5

Título original:
*Once we were*

Copyright © Kat Zhang, 2015

Todos os direitos reservados. Proibida a reprodução, no todo ou em parte, através de quaisquer meios. Os direitos morais do autor foram assegurados.

Texto revisado segundo o novo Acordo Ortográfico da Língua Portuguesa.

Direitos exclusivos de publicação em língua portuguesa somente para o Brasil adquiridos pela
EDITORA RECORD LTDA.
Rua Argentina, 171 – Rio de Janeiro, RJ – 20921-380 – Tel.: 2585-2000,
que se reserva a propriedade literária desta tradução.

Impresso no Brasil

ISBN: 978-85-01-09837-5

Seja um leitor preferencial Record.
Cadastre-se e receba informações sobre nossos
lançamentos e nossas promoções.

EDITORA AFILIADA

Atendimento e venda direta ao leitor:
mdireto@record.com.br ou (21) 2585-2002.

*Para Dechan, que pode não ser minha irmã de sangue,
mas é minha irmã de alma.*

# PRÓLOGO

Compartilhamos um coração, Addie e eu. Temos o mesmo par de mãos. Habitamos os mesmos membros. Naquele dia quente de junho, pouco depois de escapar da clínica Nornand, vimos o mar pela primeira vez através de olhos compartilhados. O vento fez nosso cabelo bater contra nossas bochechas. A areia grudou em nossa pele encharcada de sal, bronzeando nossas pernas brancas.

Vivemos aquele dia como temos vivido os últimos 15 anos. Como Addie e Eva, Eva e Addie. Duas almas compartilhando um corpo. Híbridas.

Mas o problema é que compartilhar mãos não significa compartilhar objetivos. Compartilhar olhos não significa compartilhar pontos de vista. E compartilhar um coração não significa compartilhar as coisas que amamos.

Eis algumas das coisas que eu amava:

O choque frio do mar quando eu ficava imensa até a cintura na água, pulando a crista de cada onda que vinha. O som da risada de Kitty quando eu lhe fazia cócegas. A alegria ofegante de Hally dançando. O jeito que Ryan sorria quando eu me virava para olhá-lo e ele já estava olhando para mim.

Addie também gostava dessas coisas, mas não as apreciava do mesmo jeito que eu: *desesperadamente*. Porque eu não deveria tê-las experimentado. Milhões de almas recessivas nunca chegavam aos 5 anos, muito menos aos 15. O mundo era assim, ou pelo menos era o que Addie e eu havíamos aprendido. Duas almas nasciam em cada corpo. Uma era geneticamente marcada para desaparecer.

Eu tinha sorte em muitos sentidos.

Dizia isso a mim mesma toda manhã quando abríamos nossos olhos, e toda noite quando íamos dormir.

*Sou sortuda. Muito sortuda.*

Eu estava viva. Era, de certa forma, livre. Em um país onde híbridos eram proibidos e presos, Addie e eu tínhamos escapado. E eu...

Eu podia me mover e falar outra vez. Eu, que desde a infância sabia que era a alma recessiva, destinada a desvanecer. Que meus pais sofreriam em silêncio, rapidamente, depois seguiriam em frente. Que diriam a si mesmos que o mundo era assim, que as coisas sempre tinham sido assim, e quem eram eles para questionar o propósito da natureza?

Crianças deviam se desfazer das almas recessivas, deixando-as para trás do mesmo modo que um dia descartariam os dentes de leite. Apenas mais um passo na jornada para se tornar adultas.

A alternativa de nunca se definir, de manter ambas as almas, significava ficar preso no caos da eterna infância, nunca obter a mente estável e racional de um adulto em quem se podia confiar para controlar o próprio corpo. Como um híbrido poderia se encaixar na sociedade? Como ia se casar? Como conseguiria trabalhar, com duas almas desejando seguir em duas direções diferentes? Ser híbrido era ser instável para sempre, dividido para sempre.

Eu tinha 12 anos, dois anos a mais que o prazo imposto pelo governo, quando sucumbi à maldição escrita em meus genes. Mas até naquela época tive sorte. Perdi o controle de meu corpo, deixando Addie no comando de nossos membros, mas nunca desapareci completamente.

Era melhor que morrer.

— Você está bem, Addie? — perguntava minha mãe naquelas primeiras semanas em que fui declarada morta. Ela falava como se as palavras beliscassem seus lábios ao sair, como se não quisesse reconhecer o fato de que Addie podia não estar bem. Addie deveria ter sido normal.

— Estou bem — dizia Addie, mesmo quando eu gritava sem parar em sua cabeça, mesmo quando ela me abraçava enquanto sorria para nossos pais, dizendo-me que sentia muito, implorando-me para ficar tão *bem* quando ela supostamente estava.

Foram Hally e Ryan Mullan que me libertaram da prisão de meus próprios ossos. Onde eu estaria se Hally não tivesse convencido Addie a ir para casa com ela naquela tarde? Ainda paralisada. Ainda sozinha. Não completamente, porque sempre teria Addie, mas... sozinha em todos os outros sentidos da palavra.

*Estaríamos em casa*, disse Addie, quando lhe sussurrei a pergunta. As palavras flutuaram entre nossas mentes entrelaçadas, onde ninguém podia ouvir. *O Sr. Conivent não teria nos levado para a Nornand. Não estaríamos aqui.*

Ali em Anchoit, aquela luminosa cidade perto do mar oeste, sentindo o cheiro de sal que as ondas jogavam no ar.

Então foi minha vez de pedir desculpas. Porque Addie estava certa. Se Hally não tivesse... se eu não houvesse convencido Addie a ir à casa dos Mullan, a tomar o remédio, a dar o primeiro passo para longe da normalidade, ainda estaríamos em casa. Não estaríamos fora de perigo (como híbridas, nunca poderíamos relaxar de verdade), mas um pouco mais seguras. Iríamos à escola, assistiríamos a filmes e daríamos risada de nosso irmão mais novo quando ele fizesse palhaçadas na cozinha.

*Não peça desculpas, Eva. Não foi o que eu quis dizer. Eu...*, hesitou ela, com os olhos fixos no teto daquele novo apartamento estranho. Nosso novo esconderijo. *Eu nunca teria conseguido deixar você viver assim. Não sabendo que existia outra forma. E saímos da Nornand. Vamos ficar bem.*

Não como as outras crianças que haviam percorrido os corredores daquele hospital. Como Jaime Cortae, cuja outra alma fora eliminada por um bisturi.

Addie e eu tínhamos sido sortudas.

Talvez, se continuássemos com sorte, nunca mais precisássemos ver o Sr. Conivent, com suas camisas de botão bem-passadas. Nunca mais precisássemos sentir a mão fria de Jenson em nosso pulso... não ficaríamos mais sob a jurisdição de seu comitê de avaliação.

Teríamos permissão de viver exatamente como éramos: Eva e Addie, Addie e Eva. Duas garotas dentro de uma.

# Capítulo 1

A cabine telefônica estava abafada, mesmo com a porta entreaberta. Nosso desejo de privacidade não conseguiu superar o enjoo que nos atacou no espaço pequeno e fechado. Guimbas de cigarro cobriam o chão, espalhando seu cheiro de fumaça no ar do começo da manhã.

*Não deveríamos fazer isto*, falei.

Não deveríamos nem estar na rua. Tínhamos saído de fininho do apartamento antes de Emalia e Kitty acordarem, e também precisávamos voltar antes disso. Ninguém sabia onde estávamos, nem mesmo Ryan ou Hally.

Addie pressionou o fone contra nosso ouvido. O tom de discagem zombava de nós.

*O governo deve estar esperando algo assim*, falei. *Peter disse que colocaram escutas na nossa casa. Vão rastrear a ligação. E não estamos longe o bastante do apartamento. Não podemos colocar os outros em perigo.*

Nossa mão livre enfiou-se no bolso e se fechou ao redor do chip que Ryan nos dera antes de chegarmos à Nornand. Ele tinha conectado nós dois durante o tempo que passamos na clínica. Por hábito, o esfregávamos entre os dedos como um amuleto.

*Ele faz 11 anos hoje*, disse Addie em um tom suave.

Lyle estava completando 11 anos. Nosso irmão mais novo.

Na noite em que o Sr. Conivent apreendeu Addie e eu, Lyle estava no hospital, fazendo uma das sessões de diálise que tinha três vezes por semana. Ao contrário de nossos pais, ele não teve como opinar em nossa partida. Não pudemos nos despedir dele.

Seria apenas uma ligação. Algumas moedas na fenda. Dez números. Tão rápido. Tão simples.

*Oi, Lyle*, imaginei dizer. Visualizei seu cabelo louro pesado, seus braços e pernas magros, seu sorriso de dentes tortos.

*Oi, Lyle...*

E depois? *Feliz aniversário. Feliz aniversário de 11 anos.*

Na última vez que desejara *feliz aniversário* a Lyle, que dissera essas palavras em voz alta, ele estava fazendo 7 anos. Depois disso, eu tinha perdido a força para fazer mais que observar Addie falar por mim. Eu havia habitado um corpo que não podia controlar, um fantasma em uma família que não sabia que eu existia.

O que se diz depois de passar quatro anos assim?

Pensar no que eu diria a minha mãe era ainda pior.

*Oi. É a Eva. Eu estava presente o tempo todo. Estava presente durante todos aqueles anos e você nunca soube.*

*Oi. É a Eva. Estou bem... acho que estou segura. Você está bem? Você está segura?*

*Oi. É a Eva. Eu queria estar em casa.*

*Oi. É a Eva. Amo você.*

Eu conseguia ver minha mãe com tanta clareza que doía: os ângulos de seu rosto, as rugas de risada, e as rugas mais profundas na testa que não tinham sido formadas por risadas. Eu a via no uniforme de garçonete: calça preta e blusa branca, em contraste com o cabelo sedoso cor de milho. Addie e eu sempre tínhamos desejado um cabelo como o dela, tão macio e liso que deslizava entre nossos dedos. Mas tínhamos os cachos de nosso pai, soltos e sem graça. Cabelo de princesa, dizia ele quando éramos pequenas o bastante para subir em seu colo, sentindo o cheiro de seu creme pós-barba, implorando por histórias que terminassem em *Felizes para sempre*.

Eu queria tanto saber como estava nossa família. Muito podia ter acontecido nos quase dois meses desde que Addie e eu havíamos dormido em nossa cama pela última vez, acordado olhando para nosso próprio teto pela última vez.

Será que Lyle conseguira o transplante de rins que nos tinham prometido, ou ainda estava acorrentado às sessões de hemodiálise? Será que nossos pais sabiam o que tinha acontecido conosco? E se pensassem que ainda estávamos na clínica, sendo *curadas* do hibridismo?

Isso era melhor ou pior do que saber a verdade? Um mês e meio antes, Addie e eu tínhamos fugido da Clínica de Saúde Psiquiátrica Nornand. Devíamos ter levado todos os outros pacientes conosco. Mas falhamos. No final, ficamos apenas com Ryan e Devon, Hally e Lissa, Kitty e Nina. E Jaime, claro. Jaime Cortae.

Agora estávamos nos escondendo à margem da sociedade, abrigadas por Peter e sua resistência de híbridos. Éramos as fugitivas sobre as quais ouvíamos na aula de governo. As criminosas cuja prisão aparecia em todos os noticiários. Porque eles sempre eram presos no final.

Será que meus pais gostariam de saber disso?

O que fariam se soubessem? Atravessariam correndo o continente para nos levar para casa? Eles nos protegeriam, como não tinham protegido antes? Pediriam desculpas por terem cometido um erro terrível ao nos deixar ir?

Talvez simplesmente nos entregassem outra vez.

Não.

Eu não aguentava pensar que eles podiam fazer isso.

*Eles vão ajudá-la a ficar bem, Addie.* Dissera meu pai quando nos ligara na Nornand. *Sua mãe e eu só queremos o melhor para você.*

Peter tinha nos alertado de que o governo podia grampear nossas linhas telefônicas. Talvez nosso pai soubesse que alguém podia estar escutando a ligação na Nornand e tivesse precisado dizer o que eles queriam ouvir. Talvez aquelas palavras não fossem sinceras.

Porque não foi isso o que ele sussurrou quando Addie e eu entramos no carro do Sr. Conivent.

*Se você estiver aí, Eva... se estiver mesmo aí... Eu amo você também. Sempre.*

Sempre.

*Addie*, falei.

A faca da saudade corta nós duas.

*Só algumas palavras.*

*Não podemos*, falei. *Addie, não podemos.*

Não importava o quanto quiséssemos.

Como Addie não largou o fone, tomei o controle e fiz isso por nós. Addie não protestou. Saí para a calçada, e a cidade nos saudou com uma rajada de vento. Um carro que passava expeliu fumaça preta no ar.

*Você acha...*, hesitou Addie. *Acha que ele está bem? Lyle?*

*Acho.*

O que mais eu podia dizer?

Esperei em uma faixa para pedestres em meio a uma pequena multidão que ia cedo para o trabalho, cada um mergulhado nos próprios pensamentos. Ninguém prestou a mínima atenção a Addie e eu. Anchoit era a maior e mais movimentada cidade que já tínhamos visto, e claro, vivido. Os prédios erguiam-se sobre as ruas, gerigonças de metal e concreto. De vez em quando, um deles era suavizado por uma fachada de gastos tijolos vermelhos.

Peter escolhera Anchoit pelo tamanho. Pelo anonimato de suas vielas tranquilas e ruas movimentadas. Carros, pessoas, pensamentos: tudo se movia rapidamente ali. Era muito diferente da velha e lânguida cidade de Bessimir, ou da quase estagnada Lupside, onde Addie e eu tínhamos morado antes.

Parecia que mais coisa acontecia em uma noite em Anchoit que em um ano em Lupside. Não que Addie e eu tivéssemos como saber. Desde que Peter nos levara da Nornand para lá, eu podia contar nos dedos de uma das mãos as vezes que tivéramos permissão de sair na cidade. Peter e Emalia não queriam correr nenhum risco.

Em Anchoit talvez fosse mais fácil esconder o que Addie e eu éramos: híbridas, fugitivas, anormais. Mas isso não mudava os fatos. Eu sonhava em percorrer as ruas com néon à noite. Em jogar e em comprar bobagens no calçadão. Em brincar entre as ondas novamente.

*Policial*, disse Addie em voz baixa.

Nossas pernas se petrificaram. Demorei três estrondosas batidas do coração para me acalmar o suficiente e voltar a andar. Atravessei a rua para não precisarmos passar diretamente pelo policial.

Provavelmente, a presença dele não tinha nada a ver conosco.

Mas Addie e eu éramos um híbrido.

Por menor que fosse o risco, não podíamos corrê-lo.

# Capítulo 2

O prédio de Emalia estava silencioso com exceção do zumbido das luzes no teto, que piscavam como vagalumes agitados. Um saco de lixo fedia no canto.

Peter havia juntado os refugiados da Nornand e os abrigado em seu apartamento pelo maior período que pode. Mas passava tanto tempo viajando quanto ficava em Anchoit, e eventualmente tínhamos sido separados. Kitty e Nina moravam conosco na casa de Emalia. Os irmãos Mullan estavam apenas alguns andares acima, com Henri, mas não era a mesma coisa.

O pior é que a Dra. Lyanne tinha levado Jaime para uma casinha nos arredores da cidade. Nenhum de nós o encontrava havia três semanas.

O apartamento ainda estava escuro quando entrei de fininho, com a sala de estar semi-iluminada pela luz fraca da manhã. Emalia e sua alma gêmea, Sophie, mantinham sua casa extremamente arrumada, decorada com suavidade. De um jeito estranho, o apartamento de Peter, que estava ausente com tanta frequência, parecia *nosso* lugar, *nossa* casa. Ali, Addie e eu nos sentíamos como intrusas em um santuário de suéteres de cores discretas e jogos americanos de tecido.

*Então*, disse Addie. Afundamos no sofá e fixamos os olhos no vaso de plantas de Emalia. Cada folha era meticulosamente arranjada. Até as plantas eram organizadas.

*Então o quê?*, deixei nossos olhos se fecharem levemente. Mal tínhamos dormido na noite anterior, desejando nos certificar de que estaríamos acordadas a tempo para sair escondidas. Quando a adrenalina passou, a falta de sono pesou em nossos membros.

Addie suspirou.

*Então, o que vamos fazer agora? O que vamos fazer hoje? O mesmo que fazemos em todos os outros dias, acho.*

Kitty e Nina passavam a maior parte do tempo enroscadas diante da TV assistindo a qualquer coisa que estivesse passando: desenhos animados no sábado de manhã, novelas diurnas, notícias esportivas à tarde, até mesmo programas de entrevistas que passavam tarde da noite quando elas não conseguiam dormir. Hally e Lissa olhavam pelas janelas, ouvindo a música que saía dos rádios dos carros.

Ryan preenchia seus dias fazendo coisas. Quinquilharias, em geral, montadas com ferramentas que ele pegava emprestado com Emalia ou Henri. Emalia não ficava mais surpresa ao chegar em casa e encontrar um objeto que servia de saleiro e pimenteiro, alternando entre os temperos ao se pressionar um botão, ou alguma outra invenção vagamente útil.

E Addie... Addie tinha voltado a desenhar. Esboçou Kitty no sofá, capturando o suave arrebitado de seu nariz, seus grandes olhos castanhos. Pegou o reflexo da luz nos óculos de Hally e passou uma hora aperfeiçoando o caimento de seus cachos, alguns caracóis soltos, outros que não passavam de ondas escuras.

Era bom ver Addie desenhando outra vez. Mas depois de tantos dias, não aguentávamos mais ficar presas em casa.

— Ah! — disse uma voz atrás de nós. Era Emalia, enrolada em um cardigã rosa e uma blusa creme. Estava suave e neutra como a alvorada. Seu sorriso era confuso. — Não sabia que você tinha acordado...

Ela não disse nada, mas a pergunta pairou entre nós: *Addie? Ou Eva?*

— Addie — disse Addie, pois demorei demais para responder. Então, claro, era ela. Ela nos levantou e se apoiou discretamente nos calcanhares, chutando nossos sapatos para baixo do sofá. Eu ainda não tinha a mesma sensação de conforto despreocupado que Addie com nosso corpo.

— Acordou cedo — comentou Emalia. — Algum problema?

— Não. — Addie deu de ombros. — Só acordei e não consegui mais dormir.

Emalia atravessou a cozinha, que era separada da sala de estar apenas por um pedaço de bancada.

— São esses barulhos da cidade. Leva um tempo para nos acostumarmos com eles. Quando me mudei para cá, passei semanas sem conseguir ter uma boa noite de sono. — Ela apontou para a máquina de café com um ar questionador, mas Addie balançou nossa cabeça.

Emalia era meio viciada em cafeína, mas talvez fosse o esperado por causa de tudo o que ela precisava fazer: manter seu emprego normal, cuidar de nós e completar seu trabalho para a Resistência. Ainda forjara nossos novos documentos, imprimindo certidões de nascimento para pessoas que nunca haviam nascido, colocando nosso rosto em vidas que jamais tínhamos vivido.

Agora eu a associava ao cheiro forte e agridoce de café. Na primeira vez que víramos Emalia, seu cabelo nos lembrara vapor: vapor no tom de cappuccino, ondulando-se ao redor de suas bochechas claras, chegando pouco abaixo do queixo.

— Você também acordou cedo — disse Addie.

— Vou ao aeroporto hoje. O voo de Peter chega em algumas horas.

— Ninguém nos contou que Peter estava de volta. — As palavras saíram mais ansiosas do que eu tinha esperado. Talvez mais ansiosas que Addie pretendera.

As mãos de Emalia se imobilizaram.

— Bem, foi... foi meio inesperado. Aconteceu uma coisa, então ele pegou um voo cedo. Desculpe. Não sabia que você queria ser avisada.

— Eu quero — disse Addie, rápido demais. — Mas tudo bem. Digo...

— OK, no futuro vou... — concordou Emalia.

As duas se entreolharam, constrangidas.

— Kitty me mostrou seu novo desenho ontem. — As finas pulseiras douradas de Emalia tilintaram quando ela esticou a mão para pegar a caixa de cereal. — Ficou lindo. Você é uma artista fantástica, Addie.

Addie colou um sorriso em nossos lábios.

— Obrigada.

Emalia sempre nos elogiava assim. *Seu cabelo fica tão lindo em um coque*, dizia ela, ou *Vocês têm olhos lindos*. Cada um dos desenhos de Addie, até os rascunhos que ela fazia para divertir Kitty, recebia um aplauso verbal.

Em troca, também tentávamos elogiar Emalia. Não era difícil. Ela usava delicadas sandálias dourado-claras e blusas rosa-suave. Sempre encontrava os deliveries mais interessantes, chegando em casa com caixas brancas de isopor de todos os cantos da cidade. Mas nossas conversas com Emalia nunca passavam disso. Nosso vocabulário se resumia a comentários sobre o tempo, saudações educadas e leves sorrisos, tudo sustentado por uma sensação de Não Saber Exatamente o Que Fazer.

Emalia só abrigara outro fugitivo híbrido uma vez, uma garota de 12 anos que ficara três semanas ali antes de Peter lhe encontrar uma família mais permanente no sul. Emalia tinha uns 25 anos. Ela e Sophie haviam conseguido passar todos esses anos escondidas, escapando à internação. Elas e Peter conheceram-se quase por acaso.

Talvez fosse por isso que Emalia agia como se não soubesse como lidar conosco. Como se fôssemos quebrar caso a pressão se tornasse muito grande.

Addie se encostou contra a bancada.

— Quando vai ser a reunião?

— Com Peter? Amanhã à noite. Por quê?

— Quero ir.

Emalia despejou um pouco de cereal em uma tigela, com um sorriso hesitante.

— Vai ser no apartamento de Peter, Addie. Como sempre.

— Não chega nem a ser uma caminhada de cinco minutos.

— Você não deve ser...

— Será noite. Ninguém nos veria. — Addie fixou nossos olhos na mulher. — Emalia, preciso falar com ele. Quero saber o que está acontecendo.

A ala de híbridos da Nornand fora fechada, mas seus pacientes tinham sido mandados para outro lugar em vez de libertados. Peter prometera que trabalharia para resgatá-los. Mas, se algo havia sido feito, Addie e eu não sabíamos.

— Vou te contar qualquer coisa que você queira saber — disse Emalia. — E tenho certeza de que Peter vai passar aqui em algum momento.

— É uma caminhada de cinco minutos — repetiu Addie. — Uma caminhada de cinco minutos no *escuro*.

A máquina de café apitou. Emalia correu até ela.

— Vou perguntar a Peter quando o vir. Que tal? Vou avisar a ele que você quer muito ir, e veremos o que ele diz.

*Ela só está tentando nos calar*, falei, e sabia que Addie concordava.

Mas em voz alta ela se limitou a murmurar:

— Tudo bem.

— Tudo bem. — Emalia sorriu e assentiu para o bule de café. O aroma, em geral forte e reconfortante, deixou-nos meio enjoadas. — Tem certeza de que não quer um pouco? É bom beber algo quente quando a manhã está gelada.

Addie balançou a cabeça e virou as costas.

Estava gelado lá fora. Não íamos lá para fora.

# Capítulo 3

Addie e eu tínhamos voltado para a cama e estávamos aninhadas em um travesseiro, quando Emalia saiu para o aeroporto. Oscilamos entre vigília e sonhos, as arestas do mundo se desgastaram.

A batida na porta da frente nos arrancou do sono. Addie se levantou de repente, checando automaticamente Kitty e Nina. Elas ainda estavam dormindo, tão enroscadas sob o cobertor que mal conseguíamos ver seus olhos.

Bateram outra vez. Vi de relance a luz vermelha na mesa de cabeceira, onde Addie deixara nosso chip antes de se jogar na cama. Tinha um brilho uniforme, indicando que seu gêmeo estava próximo.

*É só Ryan*, sussurrei.

Precisávamos ficar calmas. Não podíamos continuar assim, temendo que cada batida na porta fosse alguém chegando para nos levar embora.

Não precisei pedir a Addie para me passar o controle. Tomei conta de nossos membros quando ela os liberou, correndo para a sala de estar e abrindo a porta da frente.

A luz do sol da manhã refletiu-se na pele de Ryan, conferindo-lhe um brilho semelhante a um dourado queimado. Seus cachos escuros arrepiavam-se de um jeito que zombava da gravidade. Ele estendeu a mão como se fosse tocar nosso braço, roçar os dedos em nossa pele. Não o fez. Sua mão caiu de volta para a lateral do corpo.

— Não sabia se vocês ia estariam acordadas tão cedo.
— Não conseguimos dormir — falei.
— Estamos de férias. — A ironia contorceu o sorriso de Ryan. — Deveríamos estar dormindo até tarde.

Eu o puxei para o sofá. Ele tinha trazido um saquinho de papel, provavelmente contendo outra invenção, e o colocou no chão ao lado de seus pés.

— Bem, faltamos a todas as provas finais — falei.

A diversão de Addie coloriu o espaço entre nós. Isso me relaxou um pouco. Quando estava com Ryan, conversava com Ryan, eu sempre ficava atenta ao humor de Addie.

Ryan riu.

— É isso o que tira seu sono?
— Você deveria estar preocupado — falei, fingindo solenidade. — Vai ser veterano no próximo semestre. Logo vai começar a se inscrever em faculdades.

O sorriso dele sumiu, e eu estremeci. Ryan e Devon *deveriam* se inscrever em algumas faculdades em breve. Mas já seria um milagre se nos colocassem em uma sala de aula no outono. Mesmo que Peter e os outros chegassem à conclusão de que era seguro nos deixar sair do prédio, havia mais coisas a falsificar: registros de vacinação, históricos escolares...

Além do mais, para onde iriam? Havia uma faculdade no centro, mas era só isso. Sem dúvida seria perigoso demais mandá-lo para outro lugar sozinho.

— Então acho que vou ter de repetir o ano. — Ryan deu de ombros com o mesmo jeito preguiçoso e exagerado com que sorriu. Ele olhou para mim com o canto dos olhos. — Ter a mesma idade do resto da turma pelo menos uma vez.

Nossos ombros relaxaram. Eu ri, me inclinando na direção dele.

— Ah, que horror.

Por um instante, ficamos apenas Ryan e eu, olhando um para o outro. Uma quietude. Trinta centímetros entre nós.

Trinta centímetros de sol da manhã, da crescente inquietude de Addie e do barulho do trânsito quatro andares abaixo. Ele teria levado um segundo para transpor aquela distância. Eu teria levado menos tempo. Mas os 30 centímetros se mantiveram. Trinta centímetros de distância, preenchidos com todas as razões para não podermos.

Então bateram na porta outra vez.

— Hally? — perguntei a Ryan, franzindo a testa. Ao contrário dos irmãos, Hally e Lissa não tinham o hábito de acordar cedo. Já eram quase 8 horas, o que significava que continuariam dormindo por, no mínimo, duas ou três horas.

Ryan se levantou, mas fez um gesto para que eu continuasse sentada. Antes que ele conseguisse dar um passo em direção à porta, alguém gritou:

— Sou eu, gente. Abram para mim.

Não era a voz de Hally, mas mesmo assim era familiar. Ryan me olhou com um misto de alívio e exasperação, depois atravessou a sala para abrir a porta.

— Oi, e aí?

Jackson entrou. Ao longo do tempo, eu tinha aprendido a diferenciar Jackson e Vincent, ou Vince. Descobri os traços sutis que separavam as duas almas apesar de possuírem o mesmo corpo desengonçado, o idêntico cabelo castanho desgrenhado e olhos azul-claros. Vince era quem me fazia corar. Que parecia sempre estar zombando de mim, de todo mundo. Que nunca ficava sem piadas. Talvez fosse por isso que ele e Jackson estavam sempre sorrindo.

Mas aquele era Jackson. Eu tinha certeza. O jeito que olhou para mim e Addie deixou isso claro, como se não estivesse apenas *olhando*, mas estudando. Como se mais tarde fosse haver um teste sobre Addie e Eva Tamsyn, e ele quisesse se sair bem.

Ele nos visitava com frequência desde nossa fuga, agindo como guia de turismo em nossa vida nova. Fora por intermédio dele que tínhamos descoberto sobre o passado de Emalia, Peter e Henri.

— Oi, Jackson — falei, e fui recompensada com um sorriso.

Jackson e Vince eram familiares e inofensivos. A garota que entrou em seguida era uma estranha.

Era um pouco mais velha que Jackson, devia ter uns 19 anos, com olhos escuros, grossos cabelos castanhos e uma franja longa e sem corte. Uma jaqueta jeans desbotada caía volumosa sobre os ombros estreitos, engolindo sua silhueta de dançarina. Jackson abriu a boca como se fosse apresentá-la, mas ela foi mais rápida.

— Meu nome é Sabine. — Ela estendeu a mão. Seu sorriso suavizou parte da formalidade do gesto, mas não toda. O aperto de mão foi frio e firme. Mais forte que eu esperaria de alguém pouco mais alta que nós.

Fazia semanas que não conhecíamos ninguém novo. Era inevitável fixar os olhos nela. Analisando tudo, desde o botão dourado que faltava em sua jaqueta aos arranhões nas sapatilhas de balé turquesa. Suas unhas eram muito curtas, mas lisas, não parecia que tinham sido roídas.

*Pare com isso*, disse Addie. *Ela sabe que você está encarando.*

Desviei os olhos, mas era tarde demais. O olhar de Sabine cruzou com o nosso, e ela sorriu. Mas não de uma maneira aviltante. Gentilmente, como se ela entendesse.

— Josie e eu já vimos vocês por aqui — disse ela. — Quando ainda estavam na casa de Peter.

Josie e eu. Josie e Sabine, então... as duas almas que compartilhavam aquele corpo. Eu ainda não me acostumara à forma tranquila com que os híbridos se referiam a si mesmos ali. Claro, eles só faziam isso em particular, entre outros membros da Resistência, mas falar os nomes em voz alta parecia um risco enorme.

— É Eva e Addie, não é? — disse Sabine. — E Ryan e Devon? — Ela voltou-se para ele. — Fomos até sua casa, mas ninguém atendeu a porta. Jackson tem falado sobre suas invenções. Parecem incríveis. De qual você estava falando ontem, Jackson? O relógio...

Ryan interrompeu Sabine com um sorriso incomodado.

— É só brincadeira. Para matar o tempo.

— Imaginei que estivessem entediados. — Ela deu uma olhada no apartamento, como se pudesse folhear os dias que tínhamos passado ali com tanta facilidade quanto eu folheava o bloco de desenhos de Addie. — Todo mundo passa por isso quando foge. É como uma quarentena. Mas vocês estão planejando ficar, não é?

— Ficar? — perguntou Ryan.

Sabine assentiu.

— Em Anchoit, digo. Vão deixar Peter mandá-los para outro lugar?

— Não — respondi rapidamente, e olhei para Ryan. — Não se isso significar nos separarmos.

— Provavelmente significaria — disse Jackson. — Peter e os outros têm conexões com famílias simpatizantes em uma rede bastante ampla, mas são espalhadas. Duvido que consigam colocar vocês todos na mesma área. Ainda mais porque... — Ele olhou para Ryan, depois deu de ombros, constrangido. — Bem, você sabe.

— É — disse Ryan. — Eu sei.

Arranjar um lugar para Ryan e Hally significaria encontrar uma família com aparência semelhante à deles. Eles eram apenas meio estrangeiros, por parte de pai (e seu pai nem era *realmente* estrangeiro; tinha nascido nas Américas), mas isso ainda aparecia na cor oliva de sua pele, no formato das sobrancelhas, no tamanho e na profundidade dos olhos, na curva do queixo. Ao menos um dos membros de qualquer família temporária teria de se parecer com eles. Se uma família local adotasse uma criança estrangeira, atrairia mais atenção do que devia.

— Vamos ficar — falei.

*Não podemos morar com Emalia para sempre, disse Addie. Não seria para sempre. Só...*

Ainda faltavam três anos para completarmos 18. Claro, Emalia não podia forjar documentos para nós dizendo o que quisesse? Poderíamos ter 18 anos em poucos meses se fosse preciso. Poderíamos ter 18 anos naquele exato momento.

— Vocês podem ficar conosco — disse Sabine. Olhei pra ela, surpresa. Tínhamos acabado de nos conhecer, e ela estava nos oferecendo um lugar para morar? — Divido um apartamento com um amigo. Não temos um quarto sobrando, mas alguém pode ficar com o sofá, e poderíamos achar espaço para um colchão se rearranjássemos parte da mobília.

— Eu também ofereceria minha casa — disse Jackson. — Mas é menor. E meu colega de quarto e eu...

— Ele e o colega de quarto deixam o lugar um verdadeiro lixão — disse Sabine, rindo.

Jackson entendeu as mãos e deu de ombros.

— Somos pessoas ocupadas.

Jackson e Vince tinham empregos de meio período pela cidade inteira. Até então, já os ouvíramos falar sobre trabalhar como garçons, passear com cachorros, ter barraquinha de comida no parque e trabalhar em supermercados. Parecia que ele perdia empregos com a mesma rapidez que os arranjava.

Ele precisava continuar trabalhando. Ninguém o sustentava. Mas naquele momento, sorrindo, ele parecia qualquer outro cara de 18 anos de férias. Não importava que ele e Vince não frequentassem mais a escola. Não viam motivo para isso. Nem tinham tempo, imagino.

O telefone tocou antes que eu pudesse agradecer a Sabine por sua oferta. Emalia tinha nos instruído a atender as ligações. Na maioria das vezes, era apenas pessoal de telemarketing. A chance de alguém reconhecer nossa voz era pequena, menor que a chance de Emalia e Peter precisarem entrar em contato.

Dei um sorriso de desculpas para os outros quando atendi ao telefone.

— Alô?

— Oi. — Era a voz de um garoto, brusca e urgente. — Você é Eva? Addie? Uma das duas?

Nossos olhos correram para Ryan, que estava do outro lado da sala, antes que eu conseguisse dizer:

— O quê? Desculpe, quem está falando?

*Eva...*, disse Addie, mas não conseguiu terminar a frase. Até meu nome fora pouco mais que um leve tremor.

— Quem é? — murmurou Ryan. Atrás dele, Sabine e Jackson tinham ficado imóveis, ambos nos encarando.

Nosso coração martelava. Será que eu devia desligar?

Não. Não. Seria idiotice.

— É o Christoph — disse o garoto. — Sabine está aí? Pode passar para ela?

Lentamente, tirei o fone de nossa orelha e cobri o bocal. Nossa voz estava falhando. Eu a forcei a se estabilizar.

— Conhece alguém chamado Christoph?

Sabine suspirou e assentiu. Eu me senti relaxar levemente quando entreguei o telefone a ela.

— Oi, Christoph. Da próxima vez, poderia não matar todo mundo de susto, hein? — Ela fez uma pausa enquanto ele dizia alguma coisa. Sua exasperação se desfez. — Em qual canal? Tudo bem, obrigada. — Ela fechou os olhos. Apenas por um segundo. Depois respirou fundo, reabriu-os e desligou. — Se importam se ligarmos a televisão?

Balancei nossa cabeça. Ao toque dela, a TV se ligou com sua habitual qualidade granulada.

Na tela estava Jenson.

# Capítulo 4

Nossos músculos, ossos e órgãos se liquefizeram.
Jenson.

Jenson do comitê de avaliação. Jenson dos ternos escuros, calças com pregas e voz imperturbável.

Jenson, que tinha escolhido Hally e Lissa para a cirurgia. Cuja voz fria e dura nos assustava mais do que a voz aveludada do Sr. Conivent. Um homem que não precisava dos sorrisos lisonjeiros ou das desculpas prontas do Sr. Conivent. Que tinha nos olhado como se fosse nosso dono.

Ele era exatamente como eu me lembrava. Cabelo escuro. Olhos claros. Terno. Nem novo nem velho, e brutal como uma pantera: com garras escondidas dentro de patas macias. Ele estava diante de um pódio, com a expressão esculpida em um bloco de mármore. Um barra de texto corria pela parte inferior da tela: *Mark Jenson, Diretor da Administração para Assuntos Híbridos do Setor Dois. Discurso nacional.*

Diretor de todo o Setor Dois? As Américas eram divididas em estados, que se agrupavam em quatro setores: dois no continente norte e dois no sul. O presidente comandava todos nós, mas governantes menos importantes cuidavam de cada setor. Eu sabia que Jenson fazia parte do comitê de avaliação que fora examinar a Nornand, vira a importância que a clínica dera a sua visita, mas não tinha me dado conta de quão poderoso ele era.

— Nosso país foi formado como um paraíso para aqueles que só têm uma alma — disse Jenson. — Desde o começo da civilização, os híbridos se consideram melhores, mais inteligentes, mais capazes. Por milhares de anos, nossos ancestrais foram subjugados ao trabalho escravo e depois quase escravo, a um tratamento monstruoso e desumano. Finalmente, eles começaram a resistir. Lutaram por seu direito, nosso direito, de sermos livres do domínio híbrido. — Ele fez uma pausa. — As Américas eram realmente um novo mundo: colonizado, talvez, por híbridos, mas construído com o suor dos que só têm uma alma. Lutamos e ganhamos esta terra durante a Revolução. É nosso paraíso em um mundo insano. E, sendo assim, deve ser protegido.

*O que é isso?*, disse Addie suavemente.

Nosso enjoo inicial não havia melhorado, apenas azedara.

— No passado, quando o mundo era um lugar mais bárbaro, os híbridos conseguiram manter seu poder através da pura brutalidade e de um contingente maior. Mas, hoje em dia, vemos quem realmente são: voláteis no humor, instáveis em ação. Isso quando simplesmente não sucumbem à insanidade. Quem além de pessoas insanas poderia tratar outros humanos de forma tão selvagem durante milhares de anos? Quem além de pessoas instáveis continuaria a travar guerras intermináveis, até que tivessem praticamente se aniquilado?

Ryan havia parado a nosso lado, entrelaçando seus dedos aos nossos. Sentimos o calor de seu braço através da manga da camisa. Só quando ele apertou de leve nossa mão, percebi que estava esmagando seus dedos.

Jenson nos encarava da tela da televisão. Parecia que estava falando especificamente conosco. Comigo.

— Há muito fechamos nossas fronteiras para os híbridos estrangeiros. Mas, infelizmente, isso não resolveu o problema daqueles que nasceram entre nós. Por muito tempo, as instituições foram nossa melhor solução para a doença do hibridismo. A internação permitia que os híbridos fossem protegidos e cuidados longe daqueles a quem podiam prejudicar. Permitia que fossem protegidos de si mesmos. Mas os tempos são outros. Como país, nos aprimoramos e seguimos em frente, descobrindo melhores maneiras de resolver nossos problemas. E é isso o que quero apresentar a vocês hoje, o próximo passo em nossa resposta à questão dos híbridos: não contenção, mas uma cura.

Uma cura.

Uma cura era o que estavam tentando encontrar na Nornand. Criança após criança tinha morrido na mesa de operações na busca por uma cura. Jaime Cortae, 13 anos, engraçado, inteligente, fora operado e perdera uma parte de si mesmo que nunca recuperaria. Tudo porque estavam à procura de uma cura.

*Dra. Lyanne*, disse Addie. *Ela disse que tinham desistido. Disse que o comitê de avaliação, o governo, considerava a Nornand um completo fracasso. Disse que haveria... haveria revolta...*

Claro que não tinham mudado de ideia com tanta rapidez. Sem dúvida, a Dra. Lyanne estava certa. Mas sua participação em nossa fuga fora descoberta logo depois, e ela tivera de fugir. Desde então, estava escondida como o restante de nós.

E se ela tivesse entendido errado?

*Talvez seja a maneira deles de reagir*, falei em voz baixa. *Em vez de esconder o fato, continuar tentando até acertarem.* A última palavra causou uma contração em nossas entranhas. *Se conseguirem encontrar uma maneira de consertar híbridos, não vai importar se as pessoas descobrirem a verdade sobre a Nornand. Não vai importar que a Nornand tenha sido um fracasso, porque eles podem dizer que foi apenas o primeiro passo. Se tiverem sucesso, a Nornand terá sido apenas uma experiência, e ninguém vai ligar.*

Se tivessem sucesso, todas aquelas crianças que morreram seriam apenas ossos do ofício.

Na tela, Jenson explicou que uma cura para o hibridismo ainda não estava disponível para uso geral, mas que pesquisas estavam sendo feitas. Eles esperavam implementá-la em certas áreas antes de começar o programa nacional.

— Os níveis de segurança serão aumentados no país inteiro — continuou ele. — Isso entrará em vigor em um futuro imediato, como uma medida preventiva contra a possibilidade de uma revolta híbrida. A segurança, como sempre, é nossa preocupação principal. Neste caso, existe uma segunda razão.

Algo se endureceu no rosto de Jenson. Por um segundo, as coisas se tornaram pessoais, não profissionais. Mas passou, e ele voltou a ser apenas um funcionário do governo, apenas um homem em um púlpito fazendo um discurso que provavelmente outra pessoa escrevera para ele.

— Estamos procurando uma criança — disse Jenson ao microfone.

Não existia nada, nada no mundo além das palavras dele.

— Um menino de 13 anos chamado Jaime Cortae foi levado de um hospital depois de ser tratado com sucesso contra o hibridismo. Investigações foram iniciadas, mas acredita-se que ele tenha sido sequestrado por um pequeno grupo de insurgentes híbridos.

Ele estava falando sobre nosso Jaime.

— Eva? — Uma pequena voz flutuou entre nós.

Kitty estava parada no corredor, usando uma calça de pijama e uma camiseta azul-clara, com o cabelo longo trançado descendo pelas costas. Fora da Nornand, Kitty e Nina nunca vestiam saia. Quase nunca deixavam o cabelo solto. Nunca usavam azul. Seus grandes olhos escuros eram os mesmos, a pele era quase luminosa, os membros, finos. Mas ali no apartamento de Emalia, com as bochechas coradas, elas tinham perdido parte da aparência feérica.

Até ver a tela, ver Jenson, e seu rosto ficar branco.

— O que ele está dizendo?

Quando ela falou, o vídeo de Jenson foi cortado e substituído pela imagem de um casal de cabelos escuros.

*Sr. e Sra. Cortae*, dizia a legenda.

Eles estavam ao ar livre, com as mãos entrelaçadas, olhando um para o outro, como crianças perdidas. A mulher usava uma saia longa e pesada, embora fosse verão. Os olhos do marido estavam fixos no chão, mas os dela se moviam sem parar em todas as direções, procurando. Pelo quê? Por Jaime? Por respostas? Por justiça? Ou por uma saída? Uma rota de fuga da câmera que se intrometia em sua tristeza privada.

— Ele era saudável — chorava ela. — Ele era saudável e o levaram. Eles...

Então ela e o marido sumiram. Jenson voltou a dominar a tela.

*Não. Não. Voltem. Deixem-na falar. Deixem-nos ouvi-la.* Eu precisava saber o que ela tinha a dizer. O que sabia sobre Jaime e seu outro filho perdido? Estaria lutando por ele? Será que o queria de volta, não importando o que custasse? Fora coagida a entregar seu filho como nossos pais? Será que se arrependia daquilo todos os dias?

— Claro, sua família está arrasada por ter chegado tão perto de ter um filho saudável de volta em casa — disse Jenson. — Nós nos sentimos igualmente preocupados com o bem-estar de Jaime e estamos fazendo de tudo para garantir que retorne em segurança.

Será que fora isso mesmo o que a mãe de Jaime quisera dizer com *saudável*? Um garoto de quem uma parte havia sido arrancada sem necessidade? Ou ela considerava Jaime saudável antes de ir para a Nornand?

*Kitty*, lembrou Addie suavemente. *Ela está assustada, Eva*.

Eu me forcei a voltar meu foco para o rosto de Kitty. Suas mãos estavam fechadas com força nas laterais do corpo.

Sabine deu um passo à frente, protegendo-a da tela.

— Oi, eu sou Sabine. Desculpe chegar sem avisar enquanto você estava dormindo.

Peguei o controle remoto e baixei o volume, reduzindo a voz de Jenson a um murmúrio.

— É só um discurso, Kitty. Não se preocupe com isso, OK? Por que não vai se vestir?

Kitty analisou nosso rosto, então assentiu com uma expressão indecifrável. Eu nunca sabia exatamente quanto esconder de Kitty e Nina. Elas tinham nascido apenas alguns meses antes de Lyle. Às vezes, pareciam mais novas. Em outras, muito mais velhas.

— Ela parece ser um amor — comentou Sabine depois que Kitty fechou a porta de nosso quarto. — Fico feliz que vocês... — Ela hesitou. — Quero dizer, é sempre bom quando conseguem resgatar crianças mais novas. — Ela voltou a olhar a televisão, com as bochechas coradas, mas olhos frios.

— Você conhece o Jenson — disse Ryan a ela. — Digo, pessoalmente.

Agora que Ryan tinha tocado no assunto, eu também percebia. Sabine não observava Jenson como se ele fosse um estranho, uma figura odiada. Ela o observava como nós. Alguém que tinha sentido seus dedos pressionar nossa pele contra os ossos.

— Pessoalmente? — disse Sabine em um gorjeio obscuramente entretido. — Acho que sim. Ele foi pessoalmente a minha casa quando eu tinha 11 anos. Ele me forçou pessoalmente a entrar em seu carro. Pessoalmente me entregou a sua instituição. — Seu sorriso era tão amargo que eu conseguia sentir o gosto. — Ele subiu na vida desde então. Mas nos conhecemos pessoalmente no passado.

O telefone tocou. Entorpecida, atendi.

— É o Christoph de novo — disse a voz do outro lado da linha. — Passe outra vez para Sabine.

Entreguei o telefone. Sabine se afastou um pouco, de costas para nós, com a corda esticada atrás de si.

— Estou assistindo. Christoph, acalme-se; estou indo até aí. — O telefone bateu no gancho. Sabine já estava se dirigindo para a porta. — Preciso ir. O Christoph vai explodir se eu não encontrá-lo.

— Você vai à reunião amanhã à noite? — gritei para ela.

— Não vai mais ser amanhã à noite. — Jackson correu atrás de Sabine, falando por sobre o ombro. — Peter deve estar de volta em menos de uma hora. A reunião provavelmente será hoje à noite, mais tarde, quando todo mundo sair do trabalho.

— Eu... — Comecei a dizer, quando Sabine perguntou:

— Vocês vão, não é?

— Emalia é contra. — Dei de ombros, balançando nossa cabeça. — Ela tem medo que nós... não sei... sejamos raptadas na rua ou coisa do tipo.

Sabine assentiu.

— Vou falar com Peter, ver o que consigo fazer.

Nós nos despedimos, e Sabine e Jackson foram embora. A televisão passava um comercial de tortinhas para torradeira. Coloquei no mudo.

Eu me afundei no sofá. Depois de um instante, Ryan se juntou a mim.

— Jaime vai ficar bem. — Ele segurou nosso ombro, tentou nos guiar delicadamente para o encosto. — Ele está com a Dra. Lyanne.

A Dra. Lyanne, que também estava escondida. Que estava errada em relação ao ponto de vista governamental sobre a Nornand. Mas para que dizer isso em voz alta? Não ia ajudar.

— É — falei. — É, ele vai ficar bem. Todos nós vamos ficar bem.

*Seu tom é tão convincente quanto o dele*, disse Addie. Não me dei ao trabalho de responder. Nosso olhar desviou de Ryan, fixando-se no pequeno saco de papel que ele colocara ao lado do sofá. Tinha esquecido completamente dele.

— Você fez alguma coisa? — perguntei.

— Fiz. Aqui. — Ele me entregou o saco. O que quer que fosse, era pesado para o tamanho. — É para você.

— Não é outro saleiro-pimenteiro, é?
Ele sorriu de leve.
— Não exatamente.
O saco de papel se amassou quando o abri. Tirei um pequeno pássaro de metal, do tamanho certo para se encaixar em nossas mãos em concha. Suas asas abertas emolduravam a face redonda de um relógio, os olhos voltados para cima e a cabeça arqueada para trás como se olhasse o céu.

Ryan bateu com o dedo do relógio.

— Ele toca música quando o alarme dispara. Não é uma ótima música nem nada, porque peguei a gravação de... bom, enfim... — Seus dedos escorregaram pelos sulcos frios e lisos do metal até tocarem minhas mãos. — Você disse que não gostava do que tinha ganhado de Emalia. Já que parece... já que faz tanto barulho.

Já que parecia uma sirene.

— Obrigada. — Meus olhos acompanharam a superposição de nossos dedos, subiram por seu braço, demorando-se na maneira que sua camisa descia de seu ombro, sobre o peito, até a extremidade sólida de seu queixo, sua boca, seu nariz, seus olhos. — Obrigada — repeti, mas em um tom mais suave, porque ele estava se inclinando em minha direção. Meus olhos se fecharam.

Seus lábios roçaram minha bochecha.

Fiquei completamente imóvel, e ele também. Como se um movimento súbito fosse quebrar alguma coisa. Como se provar sua boca contra a minha... como se deixar de ser tão, *tão* cuidadosa...

Fosse fazer algo se estilhaçar.

Eu não queria ser cuidadosa. Não queria ter de ficar tão *imóvel*, ou me esforçar *tanto* para sempre manter aquela espaço. Aquele distanciamento de última hora entre sua boca e a minha.

Eu não queria pensar em Addie. Ou em Devon.

Apenas por um segundo.

Apenas por um momento.

Apenas por *aquele momento*...

Mas era preciso. Meu corpo não pertencia apenas a mim. As coisas eram assim, não importava quanto parecessem injustas às vezes.

— Vai ficar tudo bem, Eva — disse Ryan, e as palavras passaram sobre a extremidade de meu maxilar.

Ele se afastou, e o mundo voltou a ter ar. Continuamos a nos olhar nos olhos. Então seu olhar deslizou para o pequeno pássaro dourado entre nós, meio escondido entre nossos dedos.

Sua mãos apertaram as minhas.

As nossas.

## Capítulo 5

Um mês antes, na praia, Jackson nos contara como os híbridos lidavam com sua situação ou, ao menos, como lidavam com parte dela. Coisas sobre as quais não falávamos. Ele não me ensinou a suprimir os pesadelos das paredes brancas da Nornand, não me disse que era normal às vezes me sentir furiosa com meus pais pelo que tinham permitido que acontecesse conosco.

Mas Jackson explicou como os híbridos podiam alcançar um simulacro de independência, embora os corpos que habitavam nunca pudessem ser só seus. Eles se forçavam a desaparecer, uma alma escorregava para a inconsciência.

Uma vez tínhamos feito isso por acidente quando Addie e eu tínhamos 13 anos, mas, desde então, nunca mais. Addie e eu tínhamos feito uma promessa tácita de que eu nunca mais sumiria. Mas agora tínhamos 15 anos, e, embora deixar Addie para sempre fosse *impensável*, alguns minutos ou horas era algo completamente diferente. A possibilidade de liberdade me desafiava.

*E se você não voltar?*, dizia Addie todas as vezes que eu tocava na possibilidade de *apagar*, como Jackson chamava.
*Jackson disse...*
*Jackson pode estar errado.*

Uma semana antes, eu finalmente tinha arranjado coragem para perguntar a Sophie:

— Se eu desaparecer de propósito, é possível que não volte?

Ela riu como se eu tivesse perguntado se podíamos colocar a cabeça para fora da janela e ser atingidas por um raio.

— Claro que você voltaria, Eva. Nunca fez isso?

— Mas como controlar quanto tempo ficamos fora? E se eu desaparecer por dias? Por semanas?

Ela tinha sorrido.

— Aí você vai ter de me contar, porque seria um recorde mundial.

— Então isso nunca aconteceu?

Ela deve ter percebido a urgência em nossa voz; sua expressão se suavizou.

— Pelo que ouvi falar, o máximo de tempo que alguém já ficou fora foi metade de um dia, Eva. Se você nunca fez isso, pode ser difícil controlar esse tempo. Talvez só consiga ficar alguns minutos, ou podem ser algumas horas. Mas você acaba pegando o jeito. Aprende a controlar.

— Como?

— É... é difícil explicar. É algo que se aprende fazendo. Continue tentando. Você e Addie vão entender.

Mas Addie e eu não tínhamos entendido nada, porque ela se recusava a tentar.

*É normal, não é?*, falei. *É o que os híbridos fazem. foi o que Jackson disse, o que Sophie disse. Devon e Ryan... eles estão tentando agora.*

*Desde quando você se importou com o que era normal?*

Addie estava certa. Era ela que sempre tinha desejado normalidade. Ela tivera o luxo de pensar nisso. Quando estávamos crescendo, nenhuma versão da normalidade podia coexistir com minha sobrevivência.

Agora era possível. E eu queria isso, mais do que tudo.

Mesmo assim, era tanto escolha de Addie quanto minha, e eu sentia que ela estava dividida. Mas também sentia o fantasma dos lábios de Ryan contra nosso maxilar, e o revirar fantasmagórico de nossas entranhas toda vez que ele chegava perto demais, a dor que não era minha.

Eu não podia ficar assim para sempre.

Talvez Emalia tivesse convencido Peter a nos deixar ir à reunião. Mas senti que Sabine intercedera por nós no final. O discurso de Jenson tinha deixado todos com os nervos à flor da pele, até Emalia. Ryan nos lançou um olhar exasperado de trás de Emalia enquanto ela andava de um lado para o outro, dando-nos instruções: *não falem, continuem andando, atraiam o mínimo de atenção possível*.

Quando saímos do prédio, estava escuro lá fora, as ruas eram iluminadas apenas por fracos postes de luz e faróis ocasionais. Pelo que Jackson havia nos contado, aquela era a parte da cidade que os turistas não visitavam. Só morava ali quem precisava, gente que não podia pagar por moradias melhores. Ou, imagino, pessoas como eu, clandestinos.

Normalmente, apenas alguns poucos selecionados eram convidados para as reuniões de Peter, ou escolhiam comparecer. Mas naquela noite devia haver pelo menos trinta pessoas. Era impressionante olhar em volta, ver aqueles rostos e saber que quase todos eram híbridos, como nós. Vivendo em segredo, como nós. Levando vidas relativamente normais em um país que os queria mortos.

Eles eram como qualquer outra pessoa. Havia um homem de meia-idade que fora banqueiro. Uma jovem de moletom que parecia ter acabado de sair da academia. Uma senhora que me lembrava um pouco nossa professora do quinto ano. Também vi os olhos de Hally indo de um para outro, absorvendo aquela multidão. Até mesmo Kitty tivera permissão de ir, só para não ficar sozinha. Mas nem todos estavam ali. Dois, ao menos, estavam faltando: a Dra. Lyanne e Jaime.

*Ali estão Sabine e Jackson*, disse Addie. Eles estavam na sala de jantar com dois outros: um garoto de cabelo louro-

-avermelhado e uma constelação de sardas, e uma garota de cabelo platinado, mas sobrancelhas escuras. Sabine nos viu e sorriu. Addie retribuiu o sorriso. Com exceção de Kitty, éramos a pessoa mais nova da sala.

Peter se levantou, e a conversa morreu. Fisicamente, ele era intimidador: alto, musculoso e de ombros largos, mas com um rosto que podia ser gentil. Mas era quando estava mais sério que eu via a semelhança com sua irmã, a Dra. Lyanne. Eles tinham as mesmas sobrancelhas marcantes, os mesmos olhos vivos.

Ele se parecia com ela naquele momento, quando disse:

— Tenho certeza de que todos vocês já ouviram falar do discurso que Mark Jenson fez hoje de manhã. — Ele respirou profunda e lentamente. — Mas nem todos ouviram sobre a instituição de Hahns, e é por ela que vou começar.

A sala ficou silenciosa enquanto Peter explicava. Ele vinha acompanhando uma instituição nas montanhas do condado de Hahns, no norte, desde antes da fuga da Nornand. Durante o inverno o clima era frio, o prédio parecia antigo, as crianças não tinham roupas suficientes e estavam malcuidadas. Em outras palavras, morriam aos montes quando começava a nevar.

Os planos de resgate se desenvolviam lentamente. O terreno montanhoso complicava as coisas, então fora decidido que qualquer tentativa teria de ser feita no verão, quando as condições eram melhores. Uma mulher, Diane, fora infiltrada como cuidadora (as instituições não tinham médicos e enfermeiras como a Nornand, mas cuidadores), e Peter fora até lá encontrá-la.

Tudo desmoronou quando o disfarce de Diane foi descoberto. Desesperada, ela levou seis crianças em seu carro e fugiu.

Ela não chegou muito longe.

Ela e duas crianças morreram quando o carro despencou de uma sinuosa estrada na montanha. As quatro crianças sobreviventes saíram do meio dos destroços e fugiram antes que os funcionários aparecessem.

Dez horas depois, chegaram a uma pequena cidade ainda usando os uniformes da instituição, sujas, sangrando e exaustas. A mais velha tinha 12 anos, a mais nova, 10, tendo acabado de passar do prazo imposto pelo governo.

A polícia foi chamada, e as crianças, levadas. Mas não antes que sua história de terror e dor se espalhasse, distorcida em bocas raivosas e fofoqueiras.

Peter riu sem humor.

— Tenho certeza de que foi horrível para os moradores da cidade em uma manhã de domingo.

É fácil não pensar no sofrimento das pessoas quando elas estão fora de vista. Mais difícil é suportar quando ele aparece na sua varanda.

Na Nornand, todos usávamos azul.

Que cor usavam em Hahns?

— Mas nunca vai passar disso — disse Sabine em voz baixa, mas clara. — A mídia nunca terá permissão de divulgar a história.

Peter balançou a cabeça.

— Já era improvável no começo. Agora é impossível, com o anúncio que Jenson fez nesta manhã. Provavelmente era esse o objetivo.

Addie franziu a testa, mas entendi. Ao dizer que estavam fazendo progresso em uma cura para os híbridos, podiam suprimir a história de Hahns. E falando de uma possível retaliação híbrida, tinham uma desculpa para aumentar a segurança sem precisar admitir as recentes fugas.

— Diane era uma mulher cuidadosa — disse Peter. — Mas alguém descobriu o bastante para ficar desconfiado. Não sabemos se vão ligar os pontos entre esse incidente e a fuga da Nornand, ou se eles têm alguma coisa que a ligue a nós. Então fiquem todos alertas. Tenham cuidado. Vamos ter de ser discretos por um tempo.

— E quanto àquela nova instituição em Powatt? — Era Sabine novamente. Ela mexia com os botões dourados de sua jaqueta enquanto falava, passando o polegar pela borda lisa.

Peter voltou-se para ela.

— O que tem ela?

— Powatt não fica nem a uma hora e meia daqui. Não nos preocupamos por estarem começando a construir instituições a curta distância de carro de grandes cidades?

— Vá direto ao ponto, Sabine — exigiu Peter.

Sabine começou a responder, mas o garoto ruivo a interrompeu.

— O ponto é: vocês não consideram um problema agora ser normal colocar instituições perto de um monte de gente? Todo mundo *sabe* que elas existem, mas antigamente ainda tinham consciência suficiente para não querer uma centena de crianças moribundas em seu quintal. Agora ninguém se importa?

Sua voz era familiar: brusca, exasperada e permeada de raiva. Só podia ser Christoph, o garoto que ligara naquela manhã.

— O país está cada vez mais apático, Peter — disse Christoph.
— E o governo, cada vez mais ousado. Logo não vão nem se preocupar em esconder coisas como a instituição de Hahns. Vão reunir crianças híbridas na rua e atirar na cabeça delas...

— Christoph — disse Peter no mesmo momento em que Jackson cutucou seu ombro com o dele. Christoph se calou, mas não controlou sua expressão rebelde. — Estamos reunindo mais informações sobre a instituição de Powatt. Quando soubermos o que precisamos saber, vamos cuidar do assunto do jeito certo.

Um pensamento súbito e angustiante me veio à mente.

Era assim que eles falavam sobre a Nornand?

Por quanto tempo Peter tinha "reunido informações" antes de decidir começar um plano de resgate? Na primeira vez que falamos com Jackson, quando ele nos puxara para dentro daquele depósito de materiais na Nornand, ele disse para *manter a esperança* porque o resgate estava a caminho, mas precisavam de mais tempo. Falamos que não tínhamos mais tempo, que Hally e Lissa estavam prestes a ir para a mesa cirúrgica.

Se Jackson não tivesse falado conosco naquele dia, o resgate poderia ter acontecido dias ou semanas depois. Talvez Hally e Lissa estivessem mortas.

A inquietação de Addie fazia uma forte pressão contra mim.
*Acha que eles podiam ter agido antes, mas não agiram?* Ela hesitou. *Acha que podiam ter salvado Jamie?*

Não havia como saber.

O restante da reunião foi um borrão. Quando consegui me concentrar em outra coisa que não meus pensamentos confusos, conversas mais particulares aconteciam na sala. Não notei a aproximação de Sabine até ela estar quase a nosso lado.

— Oi de novo — disse para mim, Devon e Addie. Havia uma simpatia casual em sua voz, como se já tivéssemos nos encontrado algumas vezes. — Estou contente por você ter conseguido vir.

— É. — Addie não se deu ao trabalho de imprimir ânimo em nosso tom de voz.

O olhar de Sabine demonstrava que ela entendia. Hally sorriu e se apresentou, quebrando o silêncio constrangedor que se seguiu. Enquanto as duas conversavam, lancei outro olhar de soslaio para Peter. Ele ainda estava sentado à mesa de jantar, concentrado em uma conversa com Henri e Emalia.

*Não podemos dizer nada sobre as outras crianças da Nornand agora, não é?*, falei.

Como eu podia exigir que Peter corresse para um resgate depois do que tinha acontecido em Hahns?

Mesmo assim, minha impaciência era inevitável. Todo dia que passávamos sem agir era outro dia que aquelas crianças tinham de sofrer. Tínhamos sobrevivido à Nornand. Sabíamos como era.

Peter não percebeu nossos olhares furtivos, mas Henri, sentado diante dele, nos encarou. Ele sorriu e assentiu em reconhecimento.

Mais cedo, Jackson nos contara a história de Henri. Ryan e Hally pareciam estrangeiros, mas Henri *era* mesmo estrangeiro. Não tinha nascido no país, não tinha crescido nas Américas, nem sequer aprendera inglês até depois dos 20 anos.

Ele e Peter tinham se conhecido havia quase cinco anos, quando Peter fizera sua primeira viagem ao exterior. Jornalista novato na época, Henri ouvira em primeira mão sobre um país fechado, onde poucos tinham entrado e saído em décadas, desde os primeiros anos das Grandes Guerras. Eles mantiveram uma correspondência clandestina depois do retorno de Peter às Américas. E poucos meses antes, Henri chegara.

Eu não conseguia imaginar o perigo em que ele se colocara, entrando sorrateiramente em um país que o odiava, onde o tom ébano-escuro de sua pele e o sotaque estranho de suas palavras podia entregá-lo com tanta facilidade. O segundo era o verdadeiro problema. Havia gente com aparência semelhante à de Henri nas Américas, em um número muito maior que os que se pareciam com Ryan e Lissa. Mas ninguém falava como Henri. Ele não podia abrir a boca sem arruinar o disfarce.

Henri nem sequer era um híbrido. E, mesmo assim, havia cruzado o oceano para tentar ajudar. Addie e eu tínhamos visto os rascunhos de suas matérias, páginas cheias de estranhas sequências de letras, algumas com adições incomuns: sinais extras onde não deveriam estar. *Francês*, explicou Henri, e leu um pouco para nós, as sílabas deslizaram e fluíram umas contra as outras.

Em algumas partes das Américas, o francês já fora falado, sobretudo mais ao norte. Mas outras línguas além do inglês haviam sido oficialmente eliminadas antes de Addie e eu nascermos.

— Com que frequência os planos de Peter falham assim? — indagou Devon em um tom abrupto. Ele também estava olhando para a mesa de jantar.

Hally suspirou.

— *Devon*.

— Raramente — disse Sabine. — Ele é meticuloso.

— Peter sabe o que está fazendo. — Hally olhou para Sabine, como se pedisse uma confirmação. — Ele está nessa há anos.

— Quase cinco. — Sabine sorriu, só um pouco. — Eu estava no primeiro grupo que ele resgatou... Christoph e eu.

— Muito tempo — disse Devon.

Muito tempo para ser livre, e mesmo assim não ser realmente livre.

Sabine e Devon observaram um ao outro como estátuas cuidadosas. Devon era alguns centímetros mais alto, mas de alguma maneira Sabine fazia parecer que tinham exatamente a mesma altura.

— É — disse ela finalmente. E, ao ouvir àquela única palavra, escutei os longos e trêmulos ecos de cada um daqueles anos.

# Capítulo 6

Addie e eu ainda estávamos acordadas naquela noite, pensando em Hahns, na Nornand e em crianças moribundas, quando os pesadelos de Kitty começaram.

A princípio, foi apenas uma inquietude em seus membros. Uma incapacidade de ficar quieta. Depois ela chorou, não alto, mas como um lamento, como se, mesmo dormindo, soubesse que tínhamos de nos esconder.

Saí da cama às pressas. Estava escuro demais para enxergar bem, mas Kitty tinha se encolhido sob as cobertas com a respiração inconstante.

— Kitty? — sussurrei. — Kitty, acorde. — Segurei seus ombros quando ela se sentou de repente. Seus olhos se abriram. — *Shh... shh...* está tudo bem.

Não havia lágrimas. Nem gritos. Apenas dois olhos castanhos arregalados e cinco unhas curtas enfiadas em nossa mão.

— Está tudo bem — falei. — Você está bem.

Ela pressionou o rosto contra nosso ombro em uma clara necessidade animal por calor e segurança. Eu a envolvi em nossos braços. Por um bom tempo, nenhuma de nós duas disse nada. Às vezes, ver Kitty na cama ao lado da nossa, ou apenas senti-la em nossos braços, lançava-me de volta no tempo para outro quarto compartilhado. Onde as camas eram feitas de metal, não de madeira. Onde o piso era frio e enfermeiras apareciam de vez em quando para nos verificar à noite.

Kitty falou, com a voz rouca.

— Eva, a Sallie e a Val estão mortas?

— O quê? — A pergunta saiu como uma pedra negra de minha boca surpresa.

As mãos de Kitty apertaram nosso pulso até doer.

— Nossa antiga colega de quarto da Nornand. Sallie e Val. A que tivemos antes de você e Addie. A que... a que disseram que tinha ido para casa. Como Jaime.

Eu me desloquei, tentando ver o rosto dela, mas Kitty resistiu. Nossa camisa abafava suas palavras.

— Você salvou Jaime. E Hally. Você teria resgatado Sallie e Val se elas estivessem lá embaixo, não é?

Eu não conseguia falar. Só conseguia pensar: *Ah, Deus. Ah, Deus.*

Os pesadelos de Kitty e Nina não eram nada de novo. Mas nenhuma das duas falara da antiga colega de quarto desde que saíra da Nornand. Será que a reunião daquela noite tinha trazido antigas lembranças à tona? Ou elas tinham passado aquele tempo todo silenciosamente curiosas, mas assustadas demais para perguntar?

Eu me esquecera de que elas não sabiam o que acontecera com Sallie e Van. Não tinha parado para pensar em como elas podiam se sentir por não saber.

Mesmo assim, não queria responder.

*Volte a dormir*, eu queria dizer.

*Foi apenas um sonho*, eu queria dizer.

Mas dormir não resolveria nada, e aquilo... aquele horror que tinha acontecido na Nornand, não era um sonho.

Como diríamos a uma garota de 11 anos que sua amiga estava morta?

Que ela fora, para todos os efeitos, assassinada?

Que não fora feita justiça?

Mas Kitty e Nina estavam esperando.

*Conte a ela*, sussurrou Addie.

Apertei Kitty contra nós, sem saber se estávamos fazendo a coisa certa, se estávamos fazendo do jeito certo.

— Elas estão mortas.

Ela não respondeu. Suas mãos se entrelaçaram a nossa blusa.

*Ela estava bem antes*, falei, desamparada. *Ontem, ela estava rindo...*

Mas ela não estava melhor que nós, Ryan, Hally ou Jaime. Tínhamos saído da Nornand havia seis semanas, e às vezes eu não sabia mais o que *estar bem* realmente significava.

Kitty e Nina não eram as únicas que tinham pesadelos.

— Você está segura — sussurrei furiosamente no ouvido de Kitty. — Nada vai te acontecer. Prometo.

Fiquei com ela por quase uma hora no escuro, até ela voltar a dormir.

Henri nos dera um mapa-múndi três semanas antes, quando Addie e eu chegamos ao apartamento de Emalia.

— Porque você o adora — dissera ele em sua voz alegre com sotaque, e riu quando Addie o prendeu acima de nossa cama com goma adesiva.

Ele havia trazido o mapa do exterior, então não se parecia com nenhum que já houvessemos visto. Estávamos fascinadas desde que o tínhamos encontrado enrolado em um canto do apartamento dele.

Agora, quando o dia começava a amanhecer, a luz do sol se infiltrava através das cortinas amarelas e se espalhava pelo teto. Pouco a pouco, o mapa ficava visível. Nossos olhos absorviam os países claramente nomeados, cada um pintado de uma cor diferente. A Rússia, com seu tamanho, suas cadeias montanhosas orientais e rios azuis que pareciam grossas veias. A Austrália, solitária no sudeste, país e continente. Eu pensava na Austrália com mais frequência. Apesar da distância entre nós, havia uma familiaridade reconfortante em sua solidão.

As Américas também estavam sozinhas. Quase todos os outros países do mundo compartilhavam continentes. Alguns eram quase do tamanho de nossa metade norte, mas a maioria mal tinha um centésimo de nosso tamanho. Como devia ser estranho morar em um país tão pequeno, claustrofobicamente cercado por outras nações. As Américas ocupavam toda a parte ocidental do mapa, dois continentes unidos por um fio.

Zumbidos e cliques familiares vieram do lado de Nina no quarto, e me virei para ela.

— Nina Holynd. — Mantive meu tom leve enquanto a examinava, avaliando sua expressão em busca de sinais da dor que ela e Kitty tinham sofrido na noite anterior. Nina sempre escondera a dor melhor que Kitty. Nas manhãs seguintes às noites em que tinham um sonho especialmente ruim, era quase sempre Nina que tomava o controle. Que saía da cama sorrindo como se os pesadelos não tivessem acontecido. — Você *precisa* encontrar outra pessoa para filmar.

— Não temos mais ninguém para filmar. — Nina apontou a câmera de vídeo diretamente para nosso rosto, rindo. Soltei um gemido e puxei as cobertas para cima da cabeça. — Você se mexe muito durante o sono, sabia?

— Não. — Os cobertores abafavam minhas palavras. — E não preciso de provas cinematográficas, muito obrigada.

Na verdade, a câmera de Nina pertencia a Emalia, que a quebrara por acidente anos antes. Nina a havia retirado do armário, e Ryan a consertara. Desde então, com uma frequência grande demais Addie e eu acordávamos e víamos as lentes de uma câmera pairando sobre nossa cabeça, rodando o aparentemente fascinante filme *Addie e Eva adormecidas*.

A câmera era enorme e pesada, mas isso não dissuadia Nina. Ela e Kitty já haviam usado dois cartuchos de filme Super 8, guardando-os na gaveta de nossa cômoda na esperança de que Emalia cumprisse sua promessa de revelá-los. Eu não tinha coragem de contar a ela que Emalia provavelmente esperaria meses antes de considerar seguro bastante, se é que um dia consideraria.

— *Eee-va.* — Nina disse meu nome em um agudo de dois tons. — Vamos. Levante-se. — Como não me movi, ela suspirou. — Tudo bem. Então vou olhar o bloco de desenhos de Addie.

Isso fez Addie tomar o controle repentinamente.

— Nina...

Nina pegou o bloco da gaveta da mesa de cabeceira e abriu-o com uma alegria teimosa. Depois de passar anos escondendo seus desenhos, Addie ainda ficava desconfortável quando as pessoas olhavam seus rascunhos.

— Quem é esse? — O bloco tinha se aberto no retrato de um menino de cabelos claros e olhos ávidos.

— Lyle. — Addie saiu de nossa cama e foi até Nina. A garota mais nova se encostou a nós, como se fosse automático.

— Por que ele está vestido assim?

Nossos lábios se arquearam em um sorriso. Addie o desenhara em um uniforme de soldado saído de um de seus livros de espionagem e aventura.

— Porque ele sempre quis viver aventuras. Por algum tempo, estava convencido de que seria um soldado quando crescesse. Ele aprendeu código Morse e tudo sozinho. Quando se interessou por outra coisa, eu também já o havia praticamente decorado.

— Ainda se lembra?

Addie assentiu. Assentir era mais fácil que falar por causa do caroço em nossa garganta. Ela pegou o lápis e estendeu a mão para o bloco de desenhos, fazendo uma linha e um ponto; depois dois pontos; outra linha e ponto; e finalmente um ponto seguido de uma linha.

— *N-I-N-A* — disse ela, fazendo o som das letras com o lápis.

Nina olhou para o desenho, movendo lentamente os dedos.

— Pode nos ensinar o alfabeto inteiro?

Addie abriu um sorriso entretido.

— Claro. Números também.

Nina formou o som com os dedos um pouco mais rápido.

— Como é *Kitty*?

— Addie escreveu e bateu para ela. É engraçado como nos lembrávamos melhor do que imaginamos. Nossos pais tinham aprendido algumas palavras também, mas éramos as únicas para quem Lyle passava mensagens depois de irmos para a cama, batendo na parede que separava nossos quartos muito depois de sua hora de dormir. Ele nunca parava até Addie bater alguma coisa em resposta.

Addie fechou o bloco de desenhos e saiu da cama, puxando Nina atrás de nós.

— Venha, já tomou café da manhã?

— Não. Estava esperando você. Vou fazer panquecas se quiser.

— Seria ótimo. — Addie sorriu quando Nina pegou sua câmera e foi para a cozinha.

Olhamos uma última vez para o mapa preso no teto.

Os mapas-múndi que tínhamos estudado na escola sempre vinham com o aviso de que eram antigos, feitos antes ou pouco depois do início das Grandes Guerras. *Primeira Guerra Mundial* e *Segunda Guerra Mundial*, como Henri as chamava.

*As Grandes Guerras* sempre tinham esmagado nossas aulas de história como um enorme punho, deixando o restante do mundo fragmentado, sem razão para mapear. Tínhamos aprendido que as fronteiras entre os países eram confusas, contestadas a ponto de mal existirem. Elas se alteravam constantemente, quando algum povo desesperado atacava o outro e era atacado em retaliação.

Mentira. Muito daquilo era mentira.

A Primeira Guerra Mundial e a Segunda Guerra Mundial pareciam tão melhores em comparação.

— Guerras podem destruir países completamente — disse Henri. —Mas também podem moldá-los, empurrá-los para a frente. Parte do mundo foi destruída. Parte foi moldada. E um pouco foi empurrado para a frente.

— O que eles têm que nós não temos? — perguntei. —Carros voadores?

Henri riu.

— Não, carros voadores, não. Mas carros mais velozes. E telefones celulares. E internet.

Nunca tínhamos ouvido falar disso. Ele nos contou sobre pequenos telefones sem fio que todos levavam no bolso, tão populares que as cabines telefônicas estavam praticamente extintas. Tentou descrever uma rede de informações que conectava computadores, permitindo que uma pessoa mandasse dados instantaneamente para outra. Ele não parava de encontrar palavras que não sabia traduzir, e o conceito chocou Addie e eu, que podíamos contar as vezes que tínhamos nos sentado diante de um computador.

Ele nos contou que a humanidade tinha ido à Lua.

Eu ri.

— Você está brincando.

Mas ele não estava.

Ele disse que só acontecera uma vez, algumas décadas antes, depois do final da Segunda Guerra Mundial. Foi uma exibição de poder de um dos países que tinham saído menos prejudicados dos anos de combate. O projeto se mostrara caro demais para repetir, embora outros países ainda estivessem interessados em tentar.

Havia satélites flutuando lá na escuridão, orbitando nosso planeta. Henri nos mostrou um de seus aparelhos, um *telefone por satélite* que parecia mais um computador em miniatura que um telefone. Através desses satélites, o telefone lhe permitia tanto mandar informações quanto ligar para seu quartel-general no exterior.

Havia satélites transmitindo informações do espaço. Houvera homens na Lua. Eu nunca tinha conhecido o mundo além das fronteiras das Américas, mas existiam pessoas que tinham experimentado a vida além de nosso próprio *planeta*.

Devíamos parecer terrivelmente insignificantes vistos da Lua. Nossas batalhas. Nossas guerras.

Addie suspirou e ajeitou nossos cobertores, prendendo as pontas. O mapa era um reconfortante lembrete do restante do mundo, que incluída países onde híbridos como nós não eram os vilões, não eram temidos, odiados ou presos.

Mas, às vezes, aqueles países de cores vivas pareciam zombar de nós com sua distância.

O telefone tocou, e Addie correu até a sala de estar para atendê-lo.

— Alô?

— Oi — disse uma voz. — Aqui é Sabine, acordei você?

— Eu estava acordada — disse Addie. Nina nos observava com uma curiosidade óbvia, segurando uma tigela.

— Que bom. Eu teria ligado mais tarde, mas estou indo para o trabalho. Quer encontrar comigo e alguns amigos hoje à noite?

Addie franziu a testa, confusa.

— Como?

— Queria apresentar você a umas pessoas. — Sabine baixou um pouco o tom de voz. — Você consegue sair de fininho, não é? Podemos nos encontrar no final do seu quarteirão. Tem uma lanchonete que fica aberta até as duas da manhã. Pode estar lá à 1h30? Serão cinco pessoas; seis se você conseguir levar Ryan.

Será que Ryan iria? Ele não tinha sido muito simpático com Sabine e Jackson no dia anterior. Mas pensei na pressão de todas as semanas de tédio, hora após hora, e disse:

— Ele vai.

*Nós vamos?*

Depois de seis semanas praticamente sem colocar o pé para fora, agora estávamos pensando em sair sorrateiramente duas vezes em dois dias, sem falar na saída aprovada por Emalia na noite anterior.

*Sim*, falei.

*E se formos pegas?*

*Não seremos pegas. Emalia não vai conferir se estamos dormindo no meio da noite.*

*Não estou falando de Emalia. Jenson disse que a segurança seria aumentada*, relembrou Addie.

*Estamos de férias. Um grupo de adolescentes saindo à noite... por que geraria desconfiança?*

*Mesmo assim*, hesitou Addie.

*Addie, precisamos ir. Quer contar a ela que não podemos ir porque temos medo de ser pegas?*

*É uma preocupação legítima.*

Mas quando Sabine perguntou:

— Ainda está aí? Vocês podem ir?

Addie suspirou e disse:

— Podemos.

*E quanto a Hally e Lissa?*, falei.

— Ótimo — disse Sabine antes que Addie tivesse a chance de tocar no nome delas.

— Então vejo você e Ryan à 1h30. Tenho de ir.

— Quem era? — perguntou Nina assim que Addie desligou. Ela estava descalça na cozinha, do outro lado da bancada.

— Era só Sabine. — Addie se voltou para a porta da cozinha. — Não é nada. Vamos, você não ia fazer panquecas?

Nina franziu a testa. Por um instante, achei que ia fazer mais perguntas. Mas sua expressão se suavizou, embora ela continuasse nos encarando.

— É. Não consigo achar o fermento.

— Olhou no armário de cima? — Addie passou por ela para olhar.

Tentei não pensar no jeito deliberado com que a desconfiança de Nina desapareceu. Como se ela a tivesse forçado a sumir juntamente com sua curiosidade. Como se, mesmo aos 11 anos, Nina tivesse aprendido que sua vida sempre seria cheia de segredos dos outros, e alguns eram perigosos, então às vezes era melhor não saber.

Talvez fosse bom, pois não havia nada a fazer. Será que Addie e eu deveríamos ter mentido sobre Sallie e Val? Ou ao menos dito a Kitty que não sabíamos?

Eu morria de medo de cometer um erro. Queria muito que Kitty e Nina tivessem uma vida na qual não precisassem se preocupar com esse tipo de coisa.

## Capítulo 7

Ryan e Hally desceram pouco depois do meio-dia, bem a tempo de ajudar a mim e Kitty a terminarmos a sobra da massa de panqueca da manhã. Hally ficou brincando com Kitty na sala de estar, rindo e fazendo poses enquanto Kitty a filmava com a câmera. Eu as vigiei com o canto do olho enquanto contava a Ryan sobre a ligação de Sabine.

— Você disse que ia? — sussurrou Ryan. — E quanto a Hally e Lissa?

— Ela não falou delas. — A massa de panqueca foi despejada na panela untada. Eu a cutuquei com a colher, espalhando-a. — Tenho certeza de que elas podem ir. Talvez ela só tenha se esquecido de convidá-las.

O ceticismo de Addie era tangível.

*Ela não esqueceu.*

— Ela disse que queria nos mostrar a cidade?

— Disse. E nos apresentar a seus outros amigos.

O olhar de Ryan continuou fixo em nosso rosto, mas senti seu foco se desviar. Fosse qual fosse a conversa entre Devon e ele, o estava distraindo.

Eu tinha aprendido muito sobre Ryan desde nossa fuga da Nornand: que ele acordava cedo, que não gostava muito de doces. Que ele e as irmãs brincavam de soldado quando eram pequenos e moravam no campo, lutando em guerras que às vezes as irmãs ganhavam porque Devon e ele deixavam, e às vezes porque as garotas eram muito cruéis quando precisavam.

Mas não tinha descoberto como ele era perto de outras pessoas que não fossem eu, Kitty, sua irmã ou adultos. Não houvera muita oportunidade de fazer amigos na Nornand, e nunca ficávamos juntos na escola. Será que ele estava tão curioso quanto eu em relação a Sabine e os amigos?

— Você não teria muita dificuldade de sair sem ser notado — falei. — Ryan e Devon dormiam na sala, onde Henri tinha um sofá-cama. Hally e Lissa tinham se apropriado do quarto extra. — Não acho...

— Eu vou, Eva.

Ergui o rosto para ele.

— Vai?

— Vou — confirmou ele. — Você vai, então eu vou. Eu não disse que não ia.

— OK. — Eu sorri. Deslizei minha mão por cima da dele, e ele se inclinou em minha direção, como se fosse a coisa mais natural do mundo.

Ele ia me beijar. Eu sabia. Quase sentia sua boca contra a minha. Mas não podia deixar isso acontecer. Não com Addie se contorcendo a meu lado.

Notei o momento em que Ryan hesitou. Eu o vi se controlar, se conter.

— Eva — disse ele.

— Hum? — Minha voz mal passava de um suspiro.

Ele sorriu e desviou os olhos.

— Sua panqueca está queimando. — O calor que percorreu repentinamente nosso corpo não teve nada a ver com o fogão. Corri para raspar a panqueca da frigideira. — Sabe, achei que estava mentindo quando disse que Kitty cozinhava melhor que você, mas...

Eu o empurrei, rindo.

— Cale a boca! Você está me distraindo. Estamos tendo uma conversa muito distrativa.

A panqueca estava queimada, mas dava para salvar. Fiquei de olho nela, mas não consegui evitar o sorriso ridículo que se abriu em nosso rosto. Ia ficar tudo bem. Estar com Ryan desse jeito, estar ao lado dele, mas não poder realmente ficar com ele, era muito constrangedor, quase insano. Mas era assim. Aquela era minha vida, e eu entendia. Ele entendia. Podíamos rir daquilo. Ainda podíamos ser felizes, e isso era o que importava, não era?

— O que vocês dois estão fazendo aí? — gritou Hally da sala de estar.

— Nos matando de trabalhar para alimentar você — gritou Ryan em resposta. Ele lançou a ela um olhar sombrio que rapidamente se desfez quando ele não conseguiu controlar a risada.

— Bom, alguém tem de fazer isso, querido irmão. — Hally e Kitty estavam debruçadas sobre a câmera de vídeo, mexendo nos controles. — Emalia não vai revelar este filme, vai?

Kitty puxou a câmera de vídeo de suas mãos e apertou o botão de gravar antes de voltar a lente em nossa direção.

— Ela prometeu que ia.

— Meu Deus — disse Hally. Ela piscou para mim. — Bom, lá se vão meus planos para uma carreira política.

Caí na gargalhada outra vez. Addie relaxou um pouco, depois mais quando minha felicidade a contagiou. De repente, a culpa pressionou mãos frias contra nosso coração. Sabine não tinha convidado Hally e Lissa para ir naquela noite.

*Ela vai conosco da próxima vez*, falei. *Vamos falar dela, e eles vão convidá-la.*

*Como sabe que vai haver uma próxima vez?*

Eu não sabia, claro. Mas, quando me voltei para o fogão, percebi que já torcia para haver.

As ruas de Anchoit não estavam completamente vazias, mesmo sendo duas da manhã. Ainda assim, estavam calmas quando Ryan e Addie saíram de nosso prédio para uma quente noite de verão.

Haveria mais gente no centro, onde os lugares ficavam abertos até tarde. Imaginei música saindo de bares mal iluminados, gente rindo e cambaleando de festa em festa. O bairro de Emalia era mais conhecido por batedores de carteiras e por ocasionais brigas de gangues que por boates.

— É ali? — disse Ryan, quando nos aproximamos da lanchonete. Ela brilhava amarela e vermelha na escuridão.

Addie hesitou.

— Acho que sim.

Espiamos pelas janelas. O minúsculo restaurante parecia deserto, com exceção do caixa atrás do balcão e de um grupo de quatro pessoas apertadas em volta de uma mesa barata de plástico. A garota loura estava de costas para nós, assim como o garoto ruivo sentado a seu lado, mas Sabine e Jackson estavam voltados para nós. Ele nos viu primeiro, iluminando-se com um sorriso.

— Aí estão vocês — gritou Sabine, quando Addie entrou. Jackson puxou uma cadeira vazia. Ela raspou contra o chão de linóleo.

Ryan se sentou a nossa esquerda, ao lado de Sabine. Ou talvez fosse Josie, a outra alma que compartilhava seu corpo. Não conhecíamos nenhuma das duas bastante para saber.

— Sabine — disse ela, como se estivesse lendo minha mente. Ela sorriu, depois apontou para o garoto ruivo. — Você já conversou com Christoph. E aquela ali... — *Aquela ali* revirou os olhos. O cabelo platinado emoldurava seu rosto. As sobrancelhas, que tinham sido deixadas escuras, faziam um forte contraste. — É Cordelia.

— E Jackson — disse Jackson, antes de Sabine poder continuar. Ele abriu seu sorriso luminoso. — Espero que você não tenha esquecido *isso*.

Sabine sorriu.

— Você é muito esquecível.

— Nós o obrigamos a se reapresentar toda quarta-feira — explicou Cordelia, mas suavizou suas palavras com um braço em torno do pescoço de Jackson. Ela o puxou para si, rindo.

Addie sorriu e olhou de soslaio para Ryan. Mas o garoto a nossa esquerda não era mais Ryan. Devon observou a mesa com o ar de alguém que estuda um complicado quebra-cabeça.

*Acha que esses são seus nomes verdadeiros?*, disse Addie. Eu nem tinha considerado a possibilidade de não serem.

*Jackson, Sabine e Christoph estão usando os nomes verdadeiros*, falei. *São os que usam em particular também.*

*A não ser que estejam tão acostumados a fingir que são outra pessoa que simplesmente usam um nome falso o tempo todo.*

Eu não gostava de pensar naquilo. Sabine tinha sido resgatada havia pouco menos de cinco anos. Em cinco anos, Addie e eu teríamos 20. Será que ainda estaríamos nos escondendo? Teríamos adotado a vida de outra pessoa tão completamente que seu nome sairia de nossa boca como se fosse nosso?

— Eu sou... — Addie começou a dizer, mas hesitou. Não podíamos dizer nenhum de nossos nomes em público, mesmo que não houvesse ninguém em volta para ouvir além do cara lendo atrás do balcão. Tínhamos a identidade que Emalia forjara para nós. Mas ela ficou presa em nossa garganta. Não queríamos nos apresentar com o nome de outra pessoa.

— Está tudo bem — sorriu Sabine. — Sabemos quem você é.

Podiam saber nosso nome, mas como saberiam se era Addie ou eu no controle naquele momento? Como saberiam se o garoto a nosso lado era Devon ou Ryan?

— Jackson falou que vocês já foram à praia — disse Cordelia, quando soltou Jackson. Ele revirou os olhos para ela e passou a mão pelo cabelo desgrenhado, tentando ajeitá-lo.

Addie deu de ombros.

— Só uma vez.

— Mas não à noite?

— Não.

Cordelia jogou os braços para a frente, como se tentasse capturar e expressar a visão do mar depois do anoitecer.

— É lindo. Devíamos ir agora.

— É meio longe para ir andando — disse Sabine. Ela pegou a bebida de Cordelia, que quase virou na mesa. — E está meio tarde para pegar um ônibus.

Cordelia riu.

— OK, OK. A voz da razão manda. Então vamos direto para a loja.

— A loja? — perguntou Addie.

— Recentemente, Sabine e eu abrimos uma loja de fotografia a algumas ruas daqui — disse Cordelia. — Ficamos lá às vezes.

*Elas têm uma loja de fotografia?*, espantou-se Addie.

Eu não teria adivinhado que Cordelia ou Sabine tinham mais de 20 anos, se tanto. Mas essa era a mágica das identidades forjadas. Talvez tivessem convencido Emalia a falsificar uma ou duas datas, a lhes dar anos que não tinham realmente vivido.

— Vocês querem pedir alguma coisa antes de irmos? — perguntou Sabine, quando os outros pegaram suas coisas, liberando a mesa. — Eles têm... — Percebi o momento em que ela se deu conta de que nem eu nem Devon tínhamos dinheiro. Como teríamos? — Aqui. — Ela tomou delicadamente o braço de Addie e nos levou até o balcão. — Você tem de experimentar os milk-shakes deles.

— Não precisa — protestou Addie. — Eu não...

O homem que estava atrás do balcão se empertigou quando nos aproximamos, deixando seu livro de lado.

— Sem discussões, OK? — Sabine sorriu. — Desculpe por não ter recebido vocês direito quando chegaram a Anchoit. Dois milk-shakes, por favor — pediu ela ao caixa. Depois perguntou a Addie: — De que sabores? Sabe do que seu namorado gosta?

Addie ficou gelada a meu lado.

— Ele não é meu namorado. — Nossa voz mal passava de um sussurro, mas o caixa ouviu mesmo assim. Ele tentou fingir que não tinha escutado.

O constrangimento não caía bem em Sabine.

— Desculpe — disse ela com uma leveza forçada, e senti que Addie também tentava parecer indiferente em relação àquilo. Não podíamos atrair atenção.

— Chocolate — disse Addie. — Os dois. Por favor.

O caixa assentiu e gritou o pedido para alguém da cozinha.

— Desculpe — murmurou Sabine novamente, enquanto o homem não podia ouvir. — Eu não deveria ter presumido.

— Tudo bem — disse Addie. Não estava tudo bem. Não de verdade. Eu sabia.

Nenhuma das duas falou mais nada até o caixa voltar com os milk-shakes. Sabine pagou, ignorando os agradecimentos de Addie.

— Diga se precisar de alguma coisa, está bem — disse ela, quando nos dirigimos para a saída. Os outros já estavam lá fora, rindo na escuridão. Devon estava um pouco afastado dos outros.

O milk-shake era grosso, doce e gelado. Addie estremeceu quando saímos, mas sorriu.

— Pode deixar.

Devon aceitou sua bebida sem nenhum comentário, embora tenha assentido para Sabine no que poderia ser considerado sua versão de um agradecimento. Jackson se enfiou entre nós quando começamos a percorrer a rua.

— Tiveram alguma dificuldade de chegar até aqui?

— Não. — Era a primeira coisa que Devon dizia a noite toda.

— Todos vocês moram nesta área?

*Meu Deus*, exclamou Addie. *O Devon está jogando conversa fora?*

Eu ri. Não disse a ela que Devon não estava jogando conversa fora. Estava investigando, questionando e estudando. Havia uma luz em seus olhos que eu reconhecia; Ryan tinha a mesma expressão quando desmontara a câmera de vídeo de Emalia para descobrir o que estava quebrado.

Eu nunca entendia o que sentia em relação a Devon, ou que tipo de sentimentos ele podia ter em relação a mim. Às vezes, sua presença me irritava. Seus silêncios intransponíveis e olhos misteriosos pareciam um grande desperdício quando eu podia ter os sorrisos de Ryan, sua risada surpresa, suas piadas tímidas.

Mas, em outros momentos, eu era dominada por um tipo de afeição violenta por Devon. Não era nada semelhante ao que sentia por Ryan. Mas também não se parecia com nada que eu já tivesse sentido por alguém.

— Sabine e Cordelia dividem um apartamento a uns 15 minutos daqui — disse Jackson. — Christoph e eu moramos um pouco mais longe.

Christoph olhou ao ouvir seu nome. Sabine e Cordelia tinham nos deixado um pouco para trás, e se viraram para nos esperar. Vi o momento em que o rosto de Sabine se alterou, contraindo o sorriso fácil, focalizando os olhos em algo, em *alguém*, por cima de nossos ombros. Um feixe de luz nos atingiu por trás.

— Ei! Vocês... esperem um minuto.

Addie se virou de repente. Um policial uniformizado apontava uma lanterna para nós.

Nosso coração acelerou. Um calor se espalhou por nosso corpo, ateando fogo a nosso sangue, como se fosse gasolina.

*Devon*, pensei.

Devon, que estava a nosso lado, tão imóvel quanto nós. Devon que, mais do que nós, não deveria ser visto por ninguém. Ele não estava fazendo nada errado, não estava desobedecendo a nenhuma lei, causando nenhum problema. Não era ilegal ser estrangeiro, muito menos parecer estrangeiro, e um policial deveria saber disso melhor que uma pessoa comum. Mas mesmo assim.

Alguém segurou nosso ombro. Jackson.

— Algo errado? — perguntou ele ao policial. Sua voz era suave. Ele deu alguns passos em direção ao homem, empurrando-nos junto, embora tudo em mim gritasse que deveríamos estar indo na direção oposta.

O policial baixou o feixe da lanterna, permitindo que enxergássemos. As estrelas em nossa visão não desapareceram.

Ele franziu a testa para mim e Addie.

— Está um pouco tarde para vocês estarem na rua, não é?

Nossos lábios não conseguiram formar uma resposta. A mão de Jackson apertou mais nosso ombro, mas ele riu.

— Ela está bem. Está com a gente.

— Você sabe do toque de recolher?

— Só começa na segunda — disse Cordelia. Sem que eu notasse, ela e Sabine tinham se juntado a nós. Ela sorriu. — Estamos nos divertindo enquanto podemos.

O policial passou os olhos por seu cabelo curto platinado e lábios vermelhos.

— Bom, não se divirtam demais. São 2 horas da manhã. Tomem cuidado.

— De qualquer forma, estávamos voltamos para casa. — Sabine indicou com a cabeça o milk-shake em nossas mãos. — Só viemos comer alguma coisa.

*Sorria*, sussurrei, e Addie obedeceu.

Olhamos rapidamente para Devon, que tinha uma expressão de tédio absoluto. Nosso sorriso se suavizou, tornando-se um pouco mais natural.

— Hoje é meu aniversário — disse Addie. Nossa voz saiu baixa, quase tímida. Parecíamos mais Kitty que nós mesmas, o que apenas nos deixou mais nervosas. Um calor subiu por nosso pescoço, tomando as bochechas.

Para o crédito deles, ninguém pareceu surpreso.

— Tudo bem — disse finalmente o policial. — Tenham uma boa noite, então.

Ficamos ali em silêncio até perdermos o homem de vista. Aí Cordelia começou a rir. Jackson tentou calá-la, mas sua risada o fez rir também. Apenas Christoph parecia tão sério quanto Devon. Sabine nos empurrou todos para a frente.

# Capítulo 8

— *A*quela foi uma atuação brilhante de todos os envolvidos — disse Cordelia, enquanto andávamos rapidamente pelas ruas.

— Foi por pouco — corrigiu Jackson, mas seu tom não tinha nenhum alarme real, apenas uma espécie de empolgação alegre.

— Na verdade, não. — Cordelia nos ultrapassou saltitando, depois se voltou para Addie e eu, andando para trás. Ela sorriu. — Ele só estava com medo de que nós corrompêssemos sua doce mente de 15 anos. Talvez uma iniciação de gangue.

— Não é seu aniversário de verdade, é? — perguntou Sabine. Addie balançou nossa cabeça. — Mandou bem, então. Quase me enganou.

— *Hoje é meu aniversário* — disse Cordelia, em uma imitação surpreendentemente boa de nossa voz, só mais alta e ofegante. Addie corou, e Cordelia riu. — Você parecia um anjo, minha querida. Ninguém em um milhão de anos suspeitaria de você.

A loja de fotografia era demarcada apenas por uma porta simples e uma placa de madeira que dizia *NATUREZA-MORTA* em uma elegante fonte preta. Uma longa vitrine estendia-se pela parede, mas só vi um relance de molduras e fotos em preto e branco antes de Cordelia destrancar a porta.

Um sino tocou quando entramos. Fotografias lotavam o limitado espaço nas paredes da pequena loja. Em uma moldura prateada, um menininho pressionava o rosto contra o fino corrimão branco de uma escada. Um homem enorme de ombros largos com um gato laranja igualmente enorme estava sentado na foto ao lado.

Cordelia nos levou para o estoque nos fundos da loja, e todos nos apertarmos na sala em meio às muitas molduras vazias e caixas de papelão empoeiradas. O teto ali era surpreendentemente alto. Até Jackson, por mais alto que fosse, precisou de um banco para segurar o cordão que pendia de um alçapão.

— O cordão era mais comprido — explicou ele. — Arrebentou há uns seis meses, então temos de usar o banco.

— Amarre outro cordão — disse Devon.

Jackson sorriu quando puxou o alçapão, que rangeu.

— Mas o banco é mais interessante. Um cordão mais longo também tornaria a porta mais evidente. — Ele desceu do banco, ainda puxando a porta. Uma série de degraus se desprendeu, gemendo e rangendo. — E isto é segredo — disse ele, puxando os degraus até chegarem à posição certa com um clique.

Automaticamente, Addie deu um passo para trás.

Uma vez, quando Addie e eu éramos pequenas e ainda morávamos na cidade, nossa família fora convidada para uma festa de uma das velhas amigas de nossa mãe. Eles haviam se mudado para o subúrbio e tinham uma casa grande com piscina e churrasqueira. Era verão. Quente. Os adultos ficaram do lado de fora, nossos pais estavam ocupados socializando e cuidando de Lyle e Nathaniel, que só tinham 2 anos.

Não me lembro de quantas pessoas estavam presentes. Para a menina de 7 anos que eu era, pareciam ser cem ou mais. Havia ao menos dez crianças. Disso me lembro. Brincamos de esconde-esconde. Uma menina de vestido amarelo ia contar.

Eu dissera a Addie para ir com os outros para dentro da casa. Dois meninos haviam se dirigido ao sótão, e um deles parara no meio da escada para nos chamar. Addie hesitara, mas eu tinha dito *Vá*.

Porque ele havia chamado. Porque tinha nos escolhido para ir com ele, e eu estava esperançosa.

Estava abafado dentro do sótão. Um calor morto, do tipo que suga todo o ar do cômodo. Havia um antigo baú decorado. Provavelmente havia mais de um. E também me lembro vagamente de caixas. Mas, principalmente, me lembro do maior baú, porque aquele garoto dissera, *ninguém vai procurar aqui*.

Então Addie e eu entramos, encolhidas para caber na escuridão.

Ele tinha fechado a tampa pesada, com o amigo observando atrás.

Ele a trancara tão discretamente que não ouvimos.

— Vá em frente — disse Jackson, indicando a escada. — Vocês primeiro. Hospitalidade e tal.

Ter um ataque de pânico ali, na frente de todo mundo, seria devastador.

*Vai ficar tudo bem*. Eu dissera o mesmo na Nornand, quando fomos forçadas a entrar em uma máquina terrivelmente pequena para um teste. Eu mentira naquele dia. Mas podíamos lidar com um sótão, especialmente se tivesse janelas e não fosse atravancado demais. Só precisávamos relaxar.

Addie contraiu nossos lábios e foi em frente. A escada, que era precária, estremeceu e rangeu a cada passo.

Saímos naquele calor característico de um sótão. O teto ali era de uma madeira escura e sem pintura, inclinado até quase tocar o piso de madeira, igualmente natural. Alguém tinha prendido uma série de pregos resistentes ao redor do cômodo inteiro, depois, enrolado neles, um cordão de luzes de Natal. O final do cordão ficava perto do topo da escada, e Addie se inclinou para colocá-lo na tomada.

O sótão inteiro se iluminou com uma luz suave. Havia dois sofás velhos e desbotados frente a frente. O estofamento do verde-escuro estava exposto. A princípio, eu me perguntei como alguém tinha conseguido levá-los ali para cima. Então reparei nos parafusos nos pontos em que a estrutura do sofá podia ser desmontada. Um abajur alto ficava no canto, de frente para uma pequena janela que dava para a rua. Não conseguíamos ver claramente através da cortina.

Um por um, todos subiram para se juntar a nós. Cordelia ligou o abajur, que iluminou ainda mais o sótão. Não era tão mau quanto eu temera. Havia apenas um cômodo, mas era grande o bastante para bem mais de seis pessoas. O ar quente e pesado era nauseante, mas suportável.

— Então — disse Sabine, depois que todos se acomodaram. Ela se sentou de pernas cruzadas no sofá verde, parecendo mais dançarina do que nunca em uma legging cinza-escura e uma camiseta desbotada. Seu olhar recaiu sobre Devon, depois sobre mim e Addie. — Um de vocês, vá primeiro. Conte-nos sobre você.

Claro, Devon não disse nada. Addie segurava nosso milk-shake.

— Somos de Lupside. Eu...

— Lupside? — Cordelia estava meio sentada, meio aninhada a Sabine, com um sorriso preguiçoso, mas olhos vivos. — Você não morou lá por um tempo, Christoph?

Christoph assentiu.

— Por dois anos, quando estava no ensino fundamental.

Então fora antes que Addie e eu nos mudássemos para lá. Ainda morávamos em nosso antigo apartamento, começando a perceber como era estranho, como era horrível, não termos nos definido.

— Já foi ao museu de história? — perguntou Addie.

Christoph tinha uma expressão meiga quando não estava com o rosto contraído. Ele parecia mais novo, com sua leve moldura de sardas claras. Tinha parado de se mexer tanto, como uma bomba que pudesse explodir a qualquer momento.

— Todo ano. Eles ainda têm aquele pôster horrível? Aquele supostamente autêntico de mil novecentos e qualquer coisa com os híbridos de aparência demente? — Ele contorceu o rosto e ergueu as mãos como garras, fazendo Cordelia rir.

Eu me lembrava daquele pôster. A imitação de Christoph não era muito exagerada. O museu inteiro era dedicado à luta entre híbridos e não híbridos. Cobria tudo, desde a servidão que impuseram aos que só tinham uma alma quando estes foram enviados para as Américas à grande Revolução que se seguira, e os anos de luta em solo americano no começo das Grandes Guerras.

Addie contou aos outros sobre a inundação e o incêndio que tinha destruído partes do museu durante nossa última visita. Ela hesitou, depois explicou que toda a culpa fora colocada em um homem híbrido. Descreveu a multidão que se reunira para ver sua prisão, empurrando, pisoteando e gritando como espectadores de uma luta sangrenta.

— Sempre quis visitar a Costa Leste — disse Cordelia. — Ver a água lá, sabe?

Sabine revirou os olhos, mas com indulgência.

— Tenho certeza de que o mar é igual.

— Não, eu não acho — disse Cordelia. — É igual, Addie?

— Não sei — admitiu Addie. — Lupside não fica na costa, e nunca fui até lá.

— Um dia eu irei. Quando tiver dinheiro para viajar de avião. — Ela olhou para Jackson. — Talvez consiga fazer Peter me mandar. Afinal de contas, ele mandou você de avião até a Nornand.

— Ele me mandou de avião para a Nornand a *trabalho* — disse Jackson.

Cordelia deu de ombros languidamente.

— OK...Bem, tenho certeza de que existem instituições na Costa Leste. Um dia, seja como for, eu irei.

— Você não quer ver o... sei lá, o oceano Índico em vez disso? — perguntou Jackson. — Ou o Adriático? — Ele sorriu quando Cordelia ergueu uma das sobrancelhas. — Mar Adriático. Eu o vi em um dos mapas de Henri. Fica na Europa. Gostei do nome.

Cordelia deu de ombros.

— Como se pudéssemos deixar o país.

Havia uma nuvem negra sobre o rosto de Devon que ele não se deu ao trabalho de esconder. Eu imaginava o que estava se passando em sua mente.

*Eles estão sendo muito levianos em relação a tudo isto*, disse Addie.

Eu me lembrei de Jackson nos levando para o depósito de materiais na Nornand, tagarelando sobre Peter e planos secretos. Dizendo para *mantermos a esperança*. Tínhamos ficado perplexas e irritadas com seus sorrisos na época, com seu ar quase apático. Mas ele não fora leviano. Não de verdade.

Pensei na reunião à qual tínhamos ido na noite anterior. A sala em um silêncio triste depois que Peter explicou o que tinha acontecido em Hahns. A raiva malcontida de Christoph e Jackson tentando mantê-lo sob controle.

Sabine e Christoph estavam em Anchoit havia meia década. E quanto a Cordelia e Jackson?

*Talvez depois de vários anos seja assim que se lida com tudo isto*, falei baixo. *Fingindo indiferença.*

— Quando é a próxima reunião do Peter? — Christoph era quem estava sentado mais longe do abajur de pé, e as luzes de Natal suavizavam seus traços.

Sabine deu de ombros.

— Ele está conversando com algumas pessoas em particular. Mas não acho que vá fazer uma reunião geral em breve. A não ser que aconteça alguma coisa importante.

Christoph fez um som de desdém e olhou para o teto.

— Alguma coisa importante já aconteceu.

— E tivemos uma reunião por causa disso — lemboru Sabine. — Teremos outra quando...

A voz de Christoph ficou áspera.

— Quando a Terra parar, o nível do mar subir e Peter terminar de fazer e refazer planos e...

— E refazer esses planos — terminou Sabine por ele. Ela sorriu, e ele não retribuiu o sorriso, mas se calou. O olhar de Sabine relanceou para mim e Addie, depois para Devon. — Não é como se não reconhecêssemos o que Peter fez. Nós reconhecemos. De verdade. Estamos aqui porque seus planos deram certo. Mas ninguém pode negar que Peter é lento. Meticuloso, sim. Cuidadoso, sim. E tudo isso é bom, mas lento. Ele não gosta de se apressar, e às vezes...

— Às vezes não há tempo — disse Addie.

Sabine assentiu.

— Aquela instituição que você mencionou na reunião — disse Devon lentamente. — Em Powatt. Há quanto tempo está em funcionamento?

Houve um instante de silêncio. Sabine se remexeu no lugar.

— Ainda não foi aberta. Acho que ainda estão arranjando as coisas. A instituição de Powatt vai ser uma das líderes na nova iniciativa de cura híbrida. Vão testar algum tipo de... de nova máquina que supostamente torna as cirurgias mais precisas.

A palavra *cirurgias* nos levou de volta ao porão da Nornand. À sensação de metal frio, à voz de Jaime murmurando através da porta, a corredores mal iluminados.

— Tem um cara chamado Hogan Nalles, que ocupa um cargo pouco importante no governo — disse Sabine. — Ele vai estar no centro da cidade na próxima sexta, na praça Lankster, falando de como devíamos estar orgulhosos e tudo isso. Uma espécie de comício. Palco, balões e centenas de pessoas, provavelmente.

— Uma grande multidão histérica — disse Christoph. — Aplaudindo a sistemática *lobotomia* de crianças apoiada pelo governo.

Sabine deu um sorriso irônico.

— Não acho que lobotomia seja a mesma coisa. E se não fizermos nada... se ficarmos apenas sentados aqui e deixarmos a instituição de Powatt abrir em alguns meses, será que seremos muito melhores que eles?

— Fale claramente, Sabine — entoou Cordelia no que obviamente tinha a intenção de ser uma imitação da voz de Peter. Ela riu baixo no ombro de Sabine, que passou um braço carinhoso a seu redor.

Mas, quando Sabine falou, sua voz estava completamente séria.

— Vamos impedir a abertura da instituição de Powatt.

Como se fosse tão simples. Como se a declaração de Sabine nos tornasse capazes de tornar aquilo realidade.

— Como? — perguntou Devon.

— Ainda não tenho um plano completo. Vou precisar de mais informações. Mas sei como consegui-las, e isso é um começo. — Sabine observava Devon enquanto falava, mas, se tentava interpretá-lo, ele não lhe deu nada para ver. — Trabalhei para Nalles por alguns meses no ano passado, antes de Cordelia e eu abrirmos a loja. Cuidando da burocracia, marcando compromissos. Coisas assim. — Os cantos de sua boca se ergueram. — Não contem a Peter. Ele tem regras rígidas quanto a envolvimento com o governo. Enfim, Nalles tem acesso a informações. Ele vai saber os detalhes dos planos para a instituição de Powatt... quando vão abrir, quando vão instalar as máquinas, quando as crianças chegam. Talvez até quem são as crianças.

As chances eram quase nulas, eu sabia, mas era inevitável imaginar a possibilidade de um rosto familiar acabar lá. E se Eli e Cal fossem operados? Os médicos da Nornand já tinham tentado muitos remédios experimentais neles, em incessantes tentativas de erradicar a alma menos *desejável* de um menino de 8 anos. Tínhamos visto os graves efeitos colaterais. Ninguém se preocupara naquela época. Nada os impediria de tentar a cirurgia.

— A praça Lankster fica a um quarteirão do Conselho Metropolitano, onde Nalles trabalha. Ele tem tudo no computador, e sei onde fica seu escritório. Também roubei meu antigo crachá. Com ele vamos passar pela segurança inicial.

— Quer dizer eu e você — disse Devon.

Sabine o avaliou cuidadosamente.

— Soube que você é bom com computadores.

Devon assentiu. Ele estava com a testa franzida, mas era concentração, não nervosismo, que criava uma ruga entre suas sobrancelhas.

— Você conseguiria invadir a conta dele? — perguntou Sabine. — Rapidamente?

Devon tinha entrado nos arquivos do sistema de nossa escola. Disso eu sabia. Ele vira que Addie e eu tínhamos nos definido tarde; aquele fora um dos muitos sinais que convenceram tanto ele quanto Hally a revelar seu segredo para nós.

— Talvez — disse ele. — Provavelmente.

— Você topa? — perguntou Sabine. Qualquer um que entrasse sorrateiramente em um prédio do governo e invadisse o computador corria um risco imenso. Para Devon e Ryan, era dez vezes pior.

— Espere — interrompeu Addie antes que Devon pudesse responder. — Você quer que ele entre lá e invada o computador desse cara no meio do horário de trabalho?

— É aí que entra o comício. — Sabine não perdeu tempo. — Se agirmos no dia do discurso, Nalles e a maior parte de sua equipe de apoio vão estar na praça Lankster. E se por acaso causarmos algum tipo de confusão no comício... suficiente para distrair todo mundo do Conselho Metropolitano...

— Como jogar uma granada bem no meio da praça? — Christoph encenou um lançamento, e Jackson riu, fazendo o som da explosão entre os dentes.

Sabine lançou a eles um olhar de censura, mas não suprimiu completamente seu sorriso.

— Uma confusão que não inclua mortes e membros voando pelos ares.

Christoph se recostou no sofá.

— Eu não rejeitaria alguns membros voando pelos ares.

— Ele não está falando sério — disse Jackson às pressas.

— Estou falando muito sério — rebateu Christoph.

Sabine ignorou os dois.

— Tudo de que precisamos é algo de que ninguém consiga desviar os olhos. Algo que atraia a atenção, e a segurança, para a praça e para longe do Conselho Metropolitano. Por outro lado, não seria nada mau ter algo que servisse de lembrete.

— Um lembrete de quê? — perguntou Addie.

— De como essas instituições e essa *cura* deixaram milhares de mortos. Dezenas de milhares. Ou mais. — Sabine parecia uma escultura sob a luz suave do sótão. Antes eu não a achava uma garota especialmente bonita, mas ela emanava algo impressionante enquanto falava. — Eu estava pensando em fogos de artifício, como no Memorial Day. Podia ser nosso próprio memorial. Um lembrete.

Uma forma de prestar uma homenagem.

Naquele momento, o caráter do sótão tinha se transformado. Sabine o modificara com uma frase. Uma ideia. Uma esperança.

— Addie sabe desenhar — disse Jackson de repente. Addie olhou para ele, surpresa, e ele se apressou em elaborar. — Se queremos um lembrete, podíamos fazer pôsteres, sabe? Incluir os nomes e rostos de algumas das crianças que morreram.

— Boa ideia. — A franja de Sabine, cortada bem acima das sobrancelhas, atraía mais atenção para a natureza firme de seu olhar. Eu me vi ao mesmo tempo um pouco nervosa e completamente incapaz de desviar os olhos... como se estivesse sendo avaliada e não pudesse, não *pudesse* falhar. — Temos de encontrar lugares desertos para soltar os fogos de artifício, claro. Vocês podem ter acesso ao telhado de alguns prédios da área. Podíamos soltar os pôsteres de lá; jogá-los sobre a multidão. Teríamos de decidir os detalhes, mas ninguém sairia ferido.

*Quais são as chances de sermos pegos?*, eu queria perguntar, mas Addie ainda estava no controle, e suas emoções estavam confusas demais para permitir que falasse.

— Panfletos e fogos de artifício — disse Christoph, como se estivesse refletindo sobre a ideia e a considerasse de certa forma engraçada.

Sabine assentiu e olhou para Devon.

— Mas no final tudo depende da sua capacidade de conseguir aquelas informações no computador de Nalles.

Devon estava quieto. Sua expressão ficou completamente impassível, e seu corpo, imóvel. Então ele disse:

— Eu consigo.

Os ombros de Sabine relaxaram, só um pouco. Ela olhou para o restante de nós.

— Então? O que acham?

— *Eu* topo — disse Cordelia.

Jackson estava com aquele seu sorriso luminoso.

— Eu também.

Apesar da exasperação prévia, Christoph também assentiu sem demora.

*Addie?*, falei.

Ela hesitou.

*Não sei.*

*Isso transmitiria uma mensagem*, falei, hesitante. *Mostraria a todos que os híbridos deste país não vão simplesmente deixá-los nos tratar do jeito que quiserem. E... e isso pode significar que a instituição de Powatt nunca abra.*

Eu estava cansada de não fazer nada. Estava cansada de ficar presa em nosso prédio, subindo e descendo a escada, mas sem chegar a lugar nenhum.

*Addie...*

*Não sei, Eva.* A voz dela ficou mais severa. Senti sua confusão aumentando, sua frustração com a própria incapacidade de decidir. *Você decide. Você sempre quis decidir, não é?*

Ela soltou as rédeas de nosso corpo. O controle caiu sobre mim como um grande peso, com uma pressão quase sufocante.

Ela estava certa. Eu tinha sonhado em estar no controle por muito tempo. Agora que podia estar, precisava começar a tomar minhas próprias decisões sem depender de Addie. Sem depender de ninguém.

Soltei o ar e falei rapidamente. Antes de poder pensar demais no assunto. Antes de poder me convencer do contrário.

— Estou pronta para começar a fazer alguma coisa.

## Capítulo 9

Apesar de dizer o contrário, obviamente Sabine tinha pensado muito nesse plano. O sótão foi de sala de recreação a gabinete de crise enquanto ela nos atualizava sobre tudo. Em exatos dez dias, Hogan Nalles faria um discurso na praça Lankster, no centro. O tráfego das redondezas seria desviado. Haveria segurança, claro, mas os detalhes ainda eram desconhecidos. O tempo previsto para o discurso era de vinte minutos, e para o evento inteiro, cerca de uma hora.

— Somos seis pessoas — disse Sabine, gesticulando enquanto falava. — Devon e eu estaremos no prédio. Se possível, eu gostaria de ter ao menos uma pessoa no comício, na cena ou olhando diretamente para ela, e se reportando a nós pelo walkie-talkie. Gostaríamos de saber exatamente o que está acontecendo. Isso deixa três de vocês para soltar os fogos de artifício.

*Se Hally ajudasse...*, comecei a dizer, e então me interrompi. Seria melhor deixar Hally e Lissa fora disso? Talvez elas não quisessem se envolver. Mas eu também não queria guardar segredos delas. Seria melhor, não seria, deixá-las decidir por si mesmos se queriam ajudar ou não?

— Se Hally se juntasse a nós, seríamos quatro — falei.
Devon nos olhou com severidade, mas não disse nada.
Sabine hesitou.
— Acha que ela estaria disposta?

— Talvez — disse Devon antes que eu pudesse responder. A palavra soou tão definitiva que ninguém voltou a tocar no assunto.

— O que estamos fazendo não vai intensificar ainda mais a segurança no Conselho? — perguntei com cuidado.

Sabine balançou a cabeça.

— Todas as pessoas importantes estarão no comício. Mesmo que fiquem atentos no Conselho, estarão procurando violência, uma manifestação ou coisa do tipo. Pode acreditar. Vai ficar tudo bem. Conheço o prédio.

Eram quase 4 da manhã quando saímos da loja de fotografia. Ao longo da noite, Addie falou tanto com Josie quanto com Sabine, Jackson e Vince. Cordelia mencionou Katy, mas, se Katy tomou o controle em algum momento, ninguém percebeu. Mas, durante a noite inteira, ninguém disse nada sobre o outro garoto que olhava através dos olhos de Christoph. Eu me perguntava quando iríamos conhecê-lo. Estava ansiosa por isso.

Devon nos desejou boa noite em voz baixa quando voltamos a nosso apartamento, depois subiu a escada. Abri a porta de Emalia com o máximo de delicadeza que pude.

O apartamento continuava quieto e silencioso como quando saímos, horas antes. Atravessei a sala escura, percorri lentamente o corredor e entrei em nosso quarto. Kitty era uma sombra adormecida enfiada sob os lençóis. Trocamos as roupas por pijamas e nos enfiamos na cama com a bochecha pressionada contra o travesseiro frio.

Só então me ocorreram as implicações do que tínhamos concordado em fazer. Violentamente. Respirei fundo, e Addie deve ter sentido minha agitação. Ela se aproximou de mim e me abraçou com força.

*Será que fiz a escolha certa?*, quase perguntei, mas fiquei calada. Afinal, não precisei. Addie me falou, sem dizer uma palavra, que apoiaria qualquer decisão minha.

Adormecemos sussurrando planos para o futuro. Nunca havíamos feito algum.

Addie e eu dormimos até tarde na manhã seguinte, acordando apenas quando bateram à porta da frente. Fomos atender com nosso pijama de segunda mão e o cabelo com cachos meio desfeitos, desgrenhado por causa do sono. Ela bocejou e olhou pelo olho-mágico, provavelmente esperando Hally ou Ryan, assim como eu.

*Nossa, estamos horríveis*, disse Addie, quando reconhecemos Jackson.

Eu não era relaxada, mas Addie sempre fora a que gostava de roupas bem passadas, o cabelo arrumado, que se certificava de que nosso quarto estava organizado. Às vezes era esquecida, perdia coisas de tempos em tempos, mas sempre queria tudo em ordem.

*Diga a Kitty para abrir a porta enquanto trocamos de roupa*, sugeri.

*Então ele ia pensar que estamos preocupadas com isso. Seria...* Ela suspirou. *Deixe para lá. Não é nada de mais.*

Ela se atrapalhou com a fechadura com uma das mãos e tentou domar nosso cabelo com a outra, depois baixou rapidamente a mão quando abriu a porta.

— Oi — cumprimentou ela.

Jackson nos avaliou por um instante. *Pare com isso*, eu queria dizer. *Não vê que está deixando Addie mais envergonhada?* Mas ele não desviou os olhos, apenas sorriu.

— Dormiu até tarde?

Com um gesto, Addie o convidou para entrar. Senti que ela *queria* dizer alguma coisa, mas as palavras não chegavam a nossos lábios. Jackson observou a sala.

— Onde estão Kitty e Emalia?

— Kitty está no nosso quarto — disse Addie. — Emalia, na casa de Peter.

— Ah — disse Jackson.
— *Ah* o quê?
Ele riu e deixou-se cair em uma das cadeiras da mesa de jantar.
— Nada. É bom ela ter saído. Vim ver como você estava. Sabe, depois da noite de ontem.

Addie também nos sentou em uma cadeira.
— Não mudamos de ideia, se é isso o que quer saber.
— Na verdade, não me lembro de ter uma resposta sua — retrucou Jackson. — Eva disse que estava pronta para começar a fazer alguma coisa. Mas e quanto a você?
— Não sabia que tínhamos de falar separadamente.

Os olhos azul-claros de Jackson não se desviaram dos nossos, nem por um segundo. Apesar da naturalidade de seus movimentos e do desembaraço de seu sorriso, eles conferiam certa intensidade a tudo o que ele dizia.

— Quero ouvir o que você tem a dizer.

Addie ficou quieta, mexendo na calça de nosso pijama.

*Addie?*
— Eu topo — respondeu ela.

Jackson se inclinou para nós, e Addie não recuou. Senti a tensão em nossos músculos, a força necessária para manter a posição. Ele estava chegando perto demais... perto demais para Addie tolerar.

— Que bom. E quanto à irmã de Devon? Hally? Acha que vai gostar da ideia?

Addie assentiu.

— Vocês se conheciam havia muito tempo antes da Nornand? — perguntou Jackson. — Você, Devon e Hally?
— Não muito — disse Addie. Ela deu de ombros. — Mais ou menos um mês.

Esperei que ela explicasse que não estava presente na maior parte do tempo, ou que Devon não era uma pessoa fácil de conhecer em circunstância alguma, durante nenhum período de tempo. Mas ela não o fez.

— Quem é o outro garoto que compartilha o corpo de Christoph? — Ela preferiu perguntar. Jackson se contraiu, mas Addie pressionou. — Estou tentando conhecer todo mundo para saber quem é quem e quando, mas nem sei o nome dele, e...

— É sempre Christoph — disse Jackson.

Addie fez uma pausa.

— O quê?

— É sempre Christoph — repetiu Jackson. Sua voz ficou monótona. — Você não precisa entender nada.

As palavras perfuraram nossa pele, injetaram água gélida em nossas veias. Ficamos geladas, depois quentes.

— Você está dizendo... mas Jaime...

Mas Jaime é o único que sobreviveu a esse tipo de cirurgia. Os olhos de Jackson se arregalaram quando ele entendeu.

— Não, não foi o que eu quis dizer. Não é isso. O nome dele é Mason. Mas nenhum de nós nunca falou com ele ou o viu tomar o controle. Sabine diz... Sabine diz que quando conheceu Christoph na instituição, Mason já tinha se calado. Enfim... — Ele hesitou. — Olhe, cada um de nós reage de uma forma ao inferno. Mason... talvez ainda fale com Christoph, mas desistiu de se comunicar com qualquer outra pessoa.

Addie engoliu em seco e assentiu.

— Enfim. — Jackson parecia estar tentando sorrir. — Você está indo bem.

— Como assim?

— Pós-Nornand. — Seu sorriso se tornou genuíno. — Não sei como era antes de ir para lá, mas no hospital você parecia... bem, não sei. Diferente. Diferente do que é agora.

Addie me surpreendeu com uma risada baixa. Ela raramente ria na frente dos outros a não ser que estivesse completamente à vontade.

— Sabe, odiei você quando o vi pela primeira vez. Eu tinha acabado de chegar à Nornand. Você tinha um pacote ou coisa parecida para o Sr. Conivent, e ficou me encarando, e eu...

Eu também me lembrava. Achara que os olhos de Jackson pareciam os de uma boneca, de um azul tão claro que eram quase transparentes.

— Pensei que você me achava algum tipo de aberração de circo — disse Addie. Ela riu outra vez, mais alto. — No final das contas, somos o mesmo tipo de aberração.

Jackson sorriu, erguendo um copo imaginário.

— Às aberrações, então.

# Capítulo 10

Jackson conversou mais um pouco, mas tinha de se encontrar com Christoph para almoçar. Ele saiu com um sorriso e uma pergunta:

— Tem certeza de que não quer ir?

Era tentador. Sair do apartamento tantas vezes nos últimos dois dias não tinha diminuído nosso desejo por ar fresco. No mínimo, o aumentara. Mas Emalia estava com Peter, não no trabalho. Ela podia voltar para casa a qualquer momento, e tínhamos de estar ali. Então Jackson foi embora sozinho.

Addie ficou quieta por um bom tempo depois que ele saiu, movendo-se lentamente enquanto tomamos banho e nos vestimos. O vapor da água quente nos deixou sonolentas de novo, com a cabeça enevoada.

Tínhamos acabado de sair do banheiro quando Addie disse:

*Quero tentar, Eva. Apagar.*

O choque me percorreu.

*Agora?*

*Isso, agora.*

Tentei suprimir o entusiasmo, ou ao menos escondê-lo de Addie. Não me atrevia a perguntar o que finalmente a fizera mudar de ideia. Talvez se encontrar com Sabine e os outros a tivesse afetado como afetara a mim. Talvez enfim ela estivesse pronta para seguir em frente, para buscar um novo tipo de normalidade.

*Tem certeza?*

Addie colocou nosso travesseiro contra a cabeceira e se apoiou nele. O cabelo úmido grudou-se a nosso pescoço. Um suspiro trêmulo saiu de nossos pulmões.

*Tenho*. Mas a voz dela estava baixa, hesitante. Assustada, percebi, e quase disse: *Não, não faça isso, Addie. Não faça se estiver com medo*. A última coisa que eu queria era que Addie sentisse medo. Nossos dentes roçaram o lábio inferior. Quando ela falou de novo, suas palavras foram mais firmes. *Você se lembra de como fez? Quando tínhamos 13 anos?*

Quando tínhamos 13 anos? Eu estava tão furiosa que nem sabia o que estava fazendo. Só desejara estar em qualquer lugar que não fosse onde eu estava. A doença de Lyle começara naquele ano. Addie e eu havíamos brigado, e naquele momento tudo se tornara insuportável. Eu tinha me forçado a não sentir absolutamente nada, a me desconectar do mundo e me dissolver como o orvalho da manhã à luz do sol.

Addie me passou o controle de nosso corpo e fiz o melhor que pude para explicar. Nosso peito estremeceu quando tentei controlar a respiração.

*Provavelmente nem vai acontecer*, pensei, tentando me acalmar.

O que não era um problema. Addie tinha concordado em tentar, e era isso o que importava. Não íamos conseguir nada dessa vez, mas Addie concordara em tentar, então haveria outras oportunidades, e mais cedo ou mais tarde ela ia...

Houve uma sensação, como um balão estourando dentro de nós.

E Addie desapareceu.

Não gritei o nome dela.

Essa era a reação que eu esperava e que me obriguei a combater: o ímpeto de gritar. Depois o ímpeto de tentar alcançá-la, de subir o abismo onde Addie deveria estar e olhar pela borda, tentando encontrá-la na escuridão.

Fui levada de volta a todas aquelas sessões depois da escola na casa dos Mullan, reaprendendo a me mover enquanto Addie flutuava em um sono induzido pelo Refcon. Refcon era a droga que suprimia a alma mais forte. Hally roubara um pouco no hospital onde a mãe trabalhava, e Addie tomava para me dar a chance de recobrar as forças.

Mas aquilo era diferente. Addie tinha desaparecido por vontade própria, sem a ajuda de drogas, de *medicação* de qualquer tipo.

Ao susto inicial se seguiu a primeira inspiração. Depois a segunda. A terceira.

Addie tinha sumido, e eu ainda estava ali, sentada na cama. Sozinha.

A palavra ecoou pelas câmaras vazias de minha mente.

Só eu sabia.

Fechei a mão, cada vez com mais força até nossas unhas formarem uma linha dolorida no centro da palma. Depois analisei o padrão de semicírculos vermelhos em escadinha engastados na pele.

O silêncio no quarto, em nossa cabeça, era enorme. Parecia ao mesmo tempo um grande vazio intocável e algo sufocante, semivivo, que podia derrubar a qualquer momento a porta que me escondia do resto do mundo.

Eu me levantei. Nossas pernas se firmaram. Claro que sim. Eu andava bem havia semanas. Mas os passos que dei naquele momento não pareciam menos significativos.

Dei 14 passos pelo quarto.

O quarto de hospedes de Emalia não era grande, e a mobília ocupava a maior parte do espaço. Além das duas camas, havia dois criados-mudos iguais, com dois abajures diferentes, e uma cômoda de tamanho médio que eu dividia com Kitty. Sobre a cômoda ficava a coisa mais bonita do quarto, um grande espelho retangular com uma moldura de madeira ornamentada.

Parei diante dele. A garota irreal no vidro me encarava. A mesma garota que tinha me encarado a vida inteira. Estendi a mão, tocando meu rosto.

Era meu rosto quando Addie não estava presente?

A garota no espelho franziu a testa.

Voltei para a cama, sentindo uma repentina dificuldade de respirar. O mundo parecia grande demais, e mesmo assim muito pequeno.

Sentir-se sozinha era assim.

Era assim que minha mãe, meu pai, Lyle... todas as outras garotas da escola, nossos professores, as pessoas na rua... era assim que passavam todos os segundos da vida. Aquele era o silêncio e a solidão na mente deles, o eco de seus pensamentos.

A sensação era diferente quando eu era imóvel. Naquela época, ainda estava parcialmente presa. Mas agora... podia fazer qualquer coisa, e ninguém além de mim jamais saberia.

Pouco mais de cinco minutos depois, Addie estava de volta.

Eu a abracei, com força, quando ela voltou ao mundo real.

*Como foi?*, perguntei.

Addie olhava inexpressivamente para a tela da TV. Kitty nos chamara para assistir a um filme, e tínhamos nos juntado a ela, mas nem eu nem Addie conseguíamos nos concentrar.

*Como sonhar*, disse Addie. *Mas mais profundo. Não consigo explicar. É... é meio parecido com o Refcon, mas sem os efeitos duradouros.* O Refcon sempre levava alguns minutos para ser eliminado, mesmo depois que Addie acordava, deixando-a confusa e desequilibrada.

Em Lupside, Addie perguntara a Hally sobre outros efeitos colaterais em potencial. Não havia nada muito sério, o que significava que aquela droga era melhor que as outras que Addie e eu tínhamos tomado quando crianças, na tentativa de nos definir.

Mesmo assim, Hally tinha sussurrado desculpas certa tarde. *Por não lhe contar*, disse ela. *Eu só... só não tinha certeza se você ia aceitar. E pensei que, se Eva tivesse apenas uma chance de saber como era ser livre, ela...*

Addie se limitara a desviar os olhos e assentir. Elas não eram amigas naquela época. Não tinham motivo para ser.

Era estranho como as coisas haviam mudado.

Addie tocou o cabelo de Kitty, distraída. Uma chave chacoalhou na fechadura, e nossos dedos se enrijeceram.

— Oi — cumprimentou Sophie alegremente, abrindo a porta da frente. — Já comeram?

— Ainda não. — Kitty sorriu e pareceu perder todo o interesse pelo filme. — Pode nos trazer alguma coisa daquele último restaurante?

— Que restaurante? — Sophie pendurou a bolsa e tirou os saltos altos, colocando-os com cuidado na sapateira. — Haverá uma reunião em alguns minutos, então não posso ir muito longe.

— A reunião vai ser com Peter? — Addie se levantou e entrou na cozinha com Sophie. Era sábado, então Sophie não podia estar falando de trabalho. — Por que agora?

Sophie deu de ombros e tirou uma caixa de biscoitos do armário.

— Rebecca tinha uma coisa para fazer mais tarde, e...

— A Dra. Lyanne vai? — disse Addie. — Vai levar Jaime?

— Acho que não. — Os olhos de Sophie nos avaliavam. Novamente, ela parecia temer que pudéssemos desmoronar. Emalia tinha essa expressão com mais frequência, mas Sophie não era imune à preocupação exagerada conosco. — Não acho que ela desejaria trazê-lo para a cidade, agora que... bem, você sabe.

— Ela já está no apartamento de Peter?

— Na verdade, vamos no reunir na casa de Henri.

Addie não se deu ao trabalho de esconder nosso alívio. Se a reunião fosse na casa de Peter, teríamos de confrontar Sophie para sair do prédio, e eu tinha quase certeza de que ela não teria cedido.

— A que horas começa?

— Em uns dez minutos — disse Sophie, mas se apressou em acrescentar: — Addie, não é uma reunião geral. Você...

— Só quero falar com ela. — Já estávamos no meio do corredor.

— Espere e suba comigo — gritou Sophie. — Talvez ela nem esteja lá ainda.

— Vai estar — disse Addie. — Ela gosta de chegar cedo.

Sophie sorriu debilmente. Por um momento, a preocupação sumiu de seu rosto e foi substituída por uma emoção que não consegui identificar.

— Você fala como se a conhecesse bem.

Pensei na Dra. Lyanne olhando Jaime passar na maca. Reconfortando-o no escuro. Dizendo-nos o código das portas do porão. Aparecendo na Ala segurando a mão de Kitty. Conosco na escada de incêndio do apartamento de Peter, observando os carros lá embaixo.

— Bem o bastante — disse Addie.

Addie estava quase certa. A Dra. Lyanne ainda não chegara ao apartamento de Henri, mas só tínhamos subido um lance de escadas quando ouvimos os rápidos cliques de saltos ecoando abaixo de nós. Seria ridículo dizer que reconhecemos a Dra. Lyanne pelo som de seus passos, mas o instinto nos fez parar na escada.

Pouco a pouco, ela entrou em nosso campo de visão. Seu cabelo castanho-acinzentado estava mais comprido do que usava na Nornand. Podia ser a umidade de Anchoit, mas também parecia menos liso. Ela o mantinha preso acima dos ombros, com mechas soltas ao redor do rosto.

Ela emagrecera. Os ângulos delicados de seu rosto estavam mais acentuados, e seus membros, finos como os de um passarinho. Tínhamos descoberto que ela era alguns anos mais nova que Peter, então devia ter no máximo uns 28 ou 29 anos, mas parecia muito mais velha quando subiu aquela escada.

A Dra. Lyanne havia nos ajudado a fugir da Nornand... na verdade, tentara resgatar todas as crianças de lá. Por isso, tinha aberto mão de quase tudo. Emalia conseguira produzir documentos falsificados suficientes para lhe arranjar emprego em uma clínica, mas eu tinha a impressão de que era um trabalho básico, para o qual a Dra. Lyanne era qualificada demais.

Mas talvez ela gostasse.

Talvez não. Talvez se arrependesse de tudo.

— Oi — murmurou Addie.

A Dra. Lyanne ergueu rapidamente o rosto. Por um instante, não respondeu, apenas nos avaliou como a tínhamos avaliado. Será que também havíamos mudado nas últimas semanas? Ou ela estava nos comparando a uma versão nossa ainda mais antiga? A garota que chegara à Nornand em um lustroso carro preto, com uniforme escolar, os últimos abraços de seus pais e os restos esfarrapados de sua inocência.

— Oi — devolveu a Dra. Lyanne. Ela transpôs a distância restante entre nós. — Aonde você está indo?

A Dra. Lyanne não era uma mulher de aparência reconfortante. Era toda angulosa. Raramente sorria. Ela e Emalia nunca haviam se dado bem, embora a Dra. Lyanne tivesse ficado com ela por algum tempo antes de encontrar a própria casa. Mesmo assim, ela possuía algo que *eu* considerava reconfortante. Talvez fosse o que Addie dissera a Emalia: nós conhecíamos Rebecca Lyanne. Nós a tínhamos visto abalada na Nornand, quando seu mundo desmoronou e ela precisou decidir como reconstruí-lo. Nós a tínhamos observado tomar a decisão que a levara até ali, ligada a uma resistência híbrida liderada por seu irmão.

Uma conexão se forma quando alguém nos vê no fundo do poço. Mas com ou sem conexão, a Dra. Lyanne nos dissera que o governo ia enterrar a Nornand, e Jenson fizera de tudo para enterrá-la em seu discurso.

Nossa voz era um sussurro.

— Você estava errada. Sobre a Nornand.

O alarme nos olhos da Dra. Lyanne foi muito claro. Ela passou por nós.

— Não vamos falar sobre isso na escada.

— Você disse que eles iam enterrá-la — sussurrou Addie, seguindo-a. — Que a consideravam um completo fracasso!

— Eu entendi mal. Acontece.

— *Acontece?*

Lá em cima, alguém bateu uma porta, e ambas nos retraímos. Gritos flutuaram para baixo, vozes furiosas participando de uma briga qualquer. A Dra. Lyanne nos lançou um olhar penetrante.

— Ele está seguro? — Addie não precisava especificar quem. Isso, finalmente, interrompeu a subida da Dra. Lyanne. Por um instante, a escada voltou a ficar silenciosa.

Ela olhou para nós por cima do ombro.

— Tão seguro quanto posso deixá-lo.

Será que deveríamos confiar nela? Ela tinha fracassado antes. Havia falhado com Jaime. Podia falhar outra vez.

Seria cruel demais dizer isso. Mas talvez a crueldade pudesse ser perdoada em uma situação como aquela. Quando algo era tão crucial, talvez a insensibilidade não fosse um problema. O governo não ia medir esforços para recuperar Jaime. Nunca existira outro como ele: um híbrido cirurgicamente destituído de sua segunda alma. Um menino de 13 anos cujo cérebro fora aberto por médicos e rearranjado à vontade deles.

Mas, no final das contas, não éramos tão desalmadas.

— Ele está bem? — disse Addie.

Nas semanas que decorreram entre nossa fuga e a mudança dele, Jaime tinha ficado melhor em alguns sentidos, e piorado em outros. Em dias bons, ele assistia à televisão com Kitty, nos ajudava a fazer sanduíches e ria como se a risada fosse uma linguagem em si, algo que ele não tinha perdido. Em dias ruins, ficava tão frustrado com sua incapacidade de dizer o que queria que tinha ataques de raiva. Nos piores dias, agia como se não estivéssemos presentes. Não nos olhava, não tentava falar nem sequer se movia.

*Ele vai melhorar*, Addie e eu dizíamos uma à outra. *Hoje foi só um dia ruim, e não foi tanto quanto o último dia ruim. Amanhã será melhor.*

Não queríamos nem pensar na alternativa, que Jaime piorasse. Que o dano causado por aqueles médicos da Nornand ainda não tivesse se mostrado completamente, e Jaime continuasse a se deteriorar.

— Ele sente saudades de você e dos outros — disse a Dra. Lyanne. — Mas, sim, ele está indo bem no geral.

Eu gostaria de ouvir a resposta da boca do próprio Jaime. Tanto já fora roubado dele. Eu não queria que ninguém esquecesse que ele era uma pessoa, que era mais que a vítima de uma cirurgia horrível, mais que o primeiro sobrevivente de uma suposta cura. Mais que uma responsabilidade e algo a ser protegido.

Durante anos, eu fora reduzida à Alma Recessiva, a pior metade das Garotas Que Não Se Definem. Eu sabia como era existir apenas como um rótulo. Sabia como era não ter voz.

Addie e a Dra. Lyanne voltaram a subir a escada; estávamos quase chegando à porta de Henri quando Addie fez uma última pergunta.

— Essa reunião... você nos diria se eles estivessem tentando esconder alguma coisa, não é?

A Dra. Lyanne franziu a testa.

— Quem são *eles*?

— Peter — disse Addie.

— Por que Peter esconderia alguma coisa de você?

Não achávamos que Peter escondia coisas de nós *maliciosamente*. E, sim, que só contava o que achava que precisávamos saber, e pelo que Peter sabia, não precisávamos saber de muita coisa. Ele não tinha falado nada sobre o discurso de Nalles na praça Lankster, e sem dúvida sabia de uma coisa como aquela.

O que mais Peter tinha escondido de nós?

A Dra. Lyanne suspirou.

— Peter não está escondendo nada. É melhor discutir certas coisas entre o mínimo de pessoas possível, ou...

— Como o quê?

— ...ou todo mundo vai dar uma opinião, e nada jamais será decidido.

— Como sabe se ouviu todas as opiniões importantes? Só saberá se ouvei todas. — pressionou Addie. — Peter não nos conta tudo. Sei que não conta. Talvez não possa. Tudo bem. Eu entendo. Mas qualquer coisa... qualquer coisa realmente importante. Qualquer coisa grande que nos afete e a Jai... que nos afete... vocês contariam, não é?

A Dra. Lyanne nos encarou por um instante, fixando os olhos castanho-esverdeados nos nossos. Então se inclinou um pouco para ficarmos da mesma altura. Ela disse, em voz baixa:

— Estamos discutindo planos para manter vocês todos seguros. Estamos falando um pouco sobre a instituição de Powatt. É só isso. Sem segredos, Addie. — Ela se afastou. — Tudo bem?

Addie hesitou, mas assentiu.

# Capítulo 11

De alguma maneira, sem que eu e Addie conversássemos sobre o assunto, ficou a meu encargo contar o plano de Sabine a Hally e Lissa. Não precisamos esperar muito por uma oportunidade. Logo depois que Emalia foi para o apartamento de Henri, Ryan e Hally desceram.

— Fomos expulsos — disse Hally, erguendo as sobrancelhas.

Eu estava ocupada demais lançando olhares a Ryan para responder de imediato. Ele deve ter lido a mensagem em nossos olhos, porque assentiu levemente.

— Temos uma coisa para contar, Hally — falei, e ela riu como se achasse que era um segredo divertido. Como se ainda tivéssemos coisas como segredos divertidos.

— Então, o que é? — disse Hally, quando fechei a porta do quarto atrás de nós. Seu sorriso ficou um pouco mais hesitante, mas ao menos ainda estava ali. Se Lissa estivesse no controle, o sorriso teria desaparecido completamente.

Olhei para Ryan, e ele olhou para mim, então respirei fundo e expliquei tudo.

Hally não ficou contente. Kitty estava na sala, então ela não podia fazer um estardalhaço, mas sua expressão dizia o suficiente.

— Você topa? — perguntou Ryan. A televisão ajudava a abafar nossas vozes, e seu tom era alto o bastante para ser ouvido.

Hally abriu a boca, depois voltou a fechá-la. Ela balançou a cabeça, formando cada palavra lentamente.

— Vocês estão mesmo pensando nisso?

— Estamos — disse Ryan.

— Porque tudo de que precisamos agora é que um de nós, ou que *todos* nós, seja pego outra vez — disparou Hally.

Eu não falei nada. Os irmãos Mullan não brigavam com frequência, ao menos não acirradamente, mas ficar trancados com o mesmo grupo de pessoas por mais de um mês deixa os nervos de qualquer um à flor da pele. Addie e eu logo aprendemos a ficar fora dessas coisas.

Mas não consegui evitar a questão: dois meses antes, será que Hally teria hesitado com esse plano? Era ela a imprudente, a que tinha persuadido os irmãos a se aproximarem de Addie. Aquilo seria parte do que a Nornand roubara dela? Seu ardor? Seu entusiasmo sem medida? Sua falta de medo?

— Hally — disse Ryan em voz baixa. — Quais são as chances, *reais*, de alguém reconhecer um de nós na rua? Estamos muito longe da Nornand, mais longe ainda de Lupside. Acha mesmo que, de todas as cidades, eles vão descobrir que estamos nesta?

Hally olhou para ele com ódio.

— Podem descobrir se vocês começarem a causar caos em eventos patrocinados pelo governo. Não temos mais 6 anos, Ryan. Isto não é uma brincadeira de guerra no quintal. Os outros... estão mandando *você* para o lugar mais perigoso. Se alguma coisa acontecer... se você ficar preso naquele prédio...

— Lembra por que brincávamos de guerra? — perguntou Ryan. Hally desviou os olhos, depois voltou a encarar o irmão. Por um instante, eles se perderam em uma lembrança compartilhada. — Queríamos poder fazer alguma coisa um dia. Mudar alguma coisa. — Sua voz tinha uma intensidade contida, uma tempestade embrulhada em um cobertor. — Na Nornand, quando levaram você... quando disseram que iam abrir sua cabeça... eu não pude fazer nada, Hally. Não pude fazer nada naquela época, mas agora posso, e vou. Eu preciso.

A televisão preenchia nosso silêncio. A respiração presa de Addie era a minha respiração.

— Tudo bem — sussurrou finalmente Hally. — Tudo bem.

Novamente, saímos sem permissão à noite. Os outros nos encontraram na rua, depois nos levaram para a loja de fotografia. Dessa vez, tive o cuidado de decorar o caminho, lendo os nomes das ruas conforme passávamos.

Rapidamente, Hally e Lissa foram incluídas no grupo, e Hally, como era de esperar, retribuiu a todos com um sorriso. Mas vi os lapsos em seus sorrisos. Os momentos de apreensão, até mesmo de medo.

— Primeiro o que é mais importante — disse Josie, quando todos nos acomodamos no sótão. As luzes de Natal se refletiam em seu cabelo.

Assim como eu tentara mapear nosso caminho, tentava mapear as diferenças entre Sabine e Josie. Josie se movia de forma diferente. Mais rápida. Mais brusca. Se Sabine andava como uma dançarina, Josie se movia como um pássaro. Os sorrisos de Sabine eram lentos e calorosos, brasas constantes. Os de Josie passageiros. Eu via que ela e Vince se davam bem.

— Se vamos fazer isto, não podemos continuar nos encontrando no meio da noite — disse Josie. — Com o toque de recolher, ninguém pode ficar na rua depois da meia-noite sem uma autorização especial. Considerando tudo o que estamos planejando, não vale a pena correr o risco. Acham que conseguiríamos nos encontrar no começo na noite? Ou no final da tarde?

Ryan assentiu.

— Henri já sabe que eu e Hally passamos muito tempo na casa da Emalia. Ele nunca vai conferir se estamos em casa. E a Emalia passa o dia inteiro no trabalho.

— E quanto a Kitty e Nina? — falei.

Ele hesitou.

— Você pode contar a elas. Diga que precisa sair, encontrar algumas pessoas. Faça com que prometam não dizer nada a Emalia. Elas escutariam você, Eva.

*Provavelmente escutariam*, disse Addie.

*Com certeza.* Eu estava certa de que, se Addie e eu pedíssemos a Kitty e Nina para manter algo em segredo, elas manteriam. Confiavam muito em nós.

Será que isso era uma quebra dessa confiança? Eu não sabia.

Como descobrimos na semana seguinte, convencer Kitty a não falar sobre nossa saída do apartamento foi quase fácil demais. Ela ficou quieta enquanto eu explicava que Addie e eu, juntamente com Ryan e Hally, planejávamos encontrar Sabine e seus amigos. Que estávamos tentando fazer planos, tentando ajudar, mas tinha de ser segredo. Tudo bem?

Ela assentiu.

— Tudo bem. — A ansiedade devia estar obscurecendo nosso rosto, porque ela sorriu de leve e disse: — Eu entendo, Eva. Tudo bem. Você está tentando ajudar gente como Sallie e Val.

— Estou — sussurrei.

Logo estávamos indo ao sótão quase todas as tardes. Não era uma caminhada longa, mas Addie e eu nunca respirávamos calmamente durante o caminho. Ficou ainda pior quando colocaram os pôsteres do discurso na praça Lankster. Passávamos por dois só para ir do apartamento até a loja de fotografia, ambos em amarelo e azul vivos, com uma fonte preta em negrito.

Addie baixava a cabeça toda vez que passávamos por um deles. Quando eu estava no controle, também tinha vontade de desviar os olhos, mas não conseguia. Os pôsteres atraíam minha atenção, como um acidente de carro. Mas os olhos da maioria das pessoas os ignoravam. Apenas alguns paravam para ler.

Certo dia, um garoto de vinte e poucos anos caminhava com as mãos nos bolsos. Quando passou pelo pôster, estendeu a mão e o arrancou.

Fiquei tão perplexa que parei de repente. O homem olhou em volta. Nossos olhos se encontraram. Ele pareceu desconfortável por um instante, depois ergueu o queixo com algo semelhante a um desafio e virou a esquina, deixando o pôster amassado perto do meio-fio. Nunca mais o vi.

No dia seguinte, outro pôster fora colocado exatamente no mesmo lugar.

Mas eu me lembrava do garoto. E da rebeldia.

E pensei que talvez Anchoit não fosse de todo má. Talvez algumas pessoas pudessem, com um empurrãozinho, um pouco de encorajamento, entender nosso ponto de vista. Naquele momento, nosso objetivo principal era impedir que inaugurassem a instituição de Powatt. Mas não podíamos parar por aí, não é? Um dia, todas as instituições precisariam ser fechadas. Se uma mudança fosse acontecer nas Américas, podia começar por um lugar como Anchoit. Podia começar com uma fagulha.

Atravancados no sótão, aprendemos a produzir fogos de artifício caseiros. Embora algumas lojas de Anchoit vendessem estrelinhas de mão e coisas do gênero, fogos de artifício maiores eram banidos. Mas isso não importava, porque para produzir bombinhas não era necessário nada além de bolas de pingue-pongue, pólvora, fita adesiva e algum estopim. Sabine e Jackson conseguiram tudo. Ninguém perguntou como.

Katy conversava enquanto nos mostrava como colocar a pólvora dentro das bolas de pingue-pongue, depois enrolá-las com fita adesiva. Eu aprendera rapidamente a reconhecer Katy por sua capacidade de distrair com tagarelice. A diferença entre ela e Cordelia era tão óbvia que eu não conseguia acreditar que algum de seus clientes não notasse como as duas agiam de forma distinta, como habitavam o corpo compartilhado de forma única. Cordelia vibrava de energia; Katy flutuava pela loja, seguida pelo cabelo claro semelhante a fios de açúcar.

— Meus irmãos faziam bombinhas com pólvora e tubos de papel — explicou ela. — Morávamos em uma fazenda no meio do nada, e eles gostavam de soltá-las quando ficavam entediados. Nada enfurecia mais meus pais.

— Não foi um dos seus irmãos que quase detonou a mão uma vez? — disse Jackson.

— Achei que esse era o objetivo. — Katy apontou para Christoph com o pé. — Ele não estava falando de membros voando pelos ares e coisas assim?

— Acho que Christoph, como todos nós, preferiria manter seus membros no lugar — disse Sabine. Mas ela sorriu com tranquilidade. Todos sorriam, até Hally, que tinha rapidamente se enturmado com o grupo. Como poderia ser diferente? Hally, que era tão desesperada por um amigo que arriscara tudo para se aproximar de mim e Addie.

No sótão, iluminado pelo sol da tarde e pelas luzes de Natal, conversávamos sobre os prazos. Sobre transporte. Quem estaria onde e quando, e o que faria. Estudávamos mapas das ruas do centro da cidade, especialmente a área que circundava a praça Lankster. Repassamos coisas que podiam dar errado: ser parados pela segurança, uma bombinha não estourar, perder o contato com os outros, ser identificado. Sabine contou o máximo que pôde sobre a rotina dentro do Conselho Metropolitano.

Mas antes, depois e em meio a tudo aquilo, ouvíamos histórias dos vários empregos de Jackson. Ficamos sabendo de alguns detalhes do passado de Christoph. Cordelia e Katy imitavam seus clientes mais ridículos, nos fazendo rir até perder o fôlego, até nossa barriga doer, nossos olhos ficarem embaçados e as paredes do sótão reverberarem com nossas risadas.

Quando Addie e eu não estávamos no sótão, aprendíamos mais sobre nossa própria habilidade de apagar. De nos remover temporariamente do mundo.

Desapareci pela segunda vez na vida em uma manhã quente de domingo. Tinha pensando que seria mais fácil para Addie. Que, sem dúvida, meu desaparecimento seria menos assustador que o dela. Mas senti seu terror com tanta força que foi quase algo físico me prendendo no lugar, então soube que não era verdade.

*Pronta?*, sussurrei, tanto para mim quanto para Addie.

Ela assentiu e se voltou para o espelho, como se quisesse ver o instante em que eu me desvaneceria. Como se fosse aparecer em nosso reflexo.

Lentamente, eu me recolhi para dentro de mim mesma, tornando-me cada vez menor nas nebulosas de nossa mente. Se eu tivesse 10 anos, o que pensaria se visse aquilo? Teria me agarrado com toda a força. Eu só queria viver. Ter uma chance.

Eu não podia pensar assim naquele momento. Não podia pensar em nada. Eu me concentrei em me desatar, em me desligar, como a vela de um barco finalmente solta do mastro.

Addie não tinha fechado nossos olhos, então eu também não podia. Mas a garota no espelho não era eu. Murmurei esse mantra para mim mesma conforme desatava os fios que me prendiam a nossos membros, nossos dedos das mãos e dos pés.

A garota no espelho não era eu.

Cabelo louro. Olhos castanhos. Sardas. O arqueamento da clavícula, a curva de um braço.

A garota no espelho não era eu.

O mundo se reduziu a nossa respiração, depois às batidas de nosso coração. Então, até isso desapareceu.

Addie tentou me alcançar, como que por instinto. *Volte!*, achei tê-la ouvido gritar um instante antes de acontecer.

A voz dela.

*Volte!*

Mergulhei e sumi.

Nathaniel
Às três
Cinco dedos sujos de geleia
E uma boca suja de geleia
Um sorriso. Meu nome em sua boca.
*Eva, olhe.*

O apartamento onde cresci
O forte embaixo da mesa
Lanternas depois do anoitecer

O parque, onde eu subi na árvore
E caí
O lago
Onde fomos acampar
Antes de Lyle e Nathaniel nascerem
Quando era apenas Addie
E eu
E papai
E mamãe
Respiração suave na barraca
O calor entre o corpo deles
O som de nossa unha contra o saco de dormir

*Eva.*

O roçar de nossa unha contra uma colcha.

*Eva?*

Acordei.
Antes da visão, antes da audição, antes do olfato, da fala ou do toque... havia Addie.
Depois veio o primeiro pensamento, quando o mundo ressurgiu ao meu redor.
*Estou de volta. Voltei.*

Ainda estávamos sentadas na cama, com os joelhos encostados ao peito e as unhas enfiadas na colcha azul e branca.
Addie estava com os olhos fixos na garota no espelho, que também a encarava. Tentei me reorientar. Tudo parecia nítido e real demais e, ao mesmo tempo, não era real o bastante. Eu sofria com a lembrança de... de quê?
Não sabia. Havia tantas lembranças, lembranças misturadas a sonhos... verdades entrelaçadas a mentiras, esperanças e fantasias.
Nathaniel. Eu sonhara com Nathaniel. Por um segundo, revi seu rosto, a aparência que Lyle e ele tinham quando eram bebês. Addie e eu tínhamos 4 anos quando ele nasceu. Ficáramos na ponta dos pés para olhá-lo no berço, com seu cabelo tão louro e fino que parecia que não tinha cabelo algum.
*Quanto tempo...*
*Doze minutos.* A voz de Addie estava firme, mas eu sentia que era necessário força de vontade para mantê-la assim.
Doze minutos. Doze minutos extirpados de minha vida. De certa forma, não era diferente de dormir à noite ou tirar um cochilo durante o dia. Mas eu me perguntava se continuaria pensando assim quando começasse a apagar por horas.
*Você...*

*Só fiquei aqui.* Addie puxou a colcha. *Com o que você sonhou?*

*Nathaniel.* A imagem dele estava desaparecendo. Não passava de um rosto embaçado, um bebê que poderia ser qualquer um. *Acho que é... é difícil lembrar.*

*Sempre é*, murmurou Addie. *Depois de acordar.*

*Você está bem?* Eu me lembrava da primeira vez que ficara sozinha depois que Hally e Devon nos drogaram. Eu me lembrava de como Addie ficara aos 13 anos depois de *sua* primeira vez sozinha, com seu medo queimando nossa garganta.

Addie se mexeu, recostando-se à cabeceira. Nossos ombros tocaram a madeira fria.

*Estou bem.*

Eu tivera um mês para me acostumar a ser a única ocupante de nosso corpo. Mas era a primeira vez que Addie passava por aquilo em três anos.

Era estranho *eu* ter mais experiência que Addie em alguma coisa. Eu. A alma recessiva.

*Tem certeza?*, perguntei.

*Tenho. Eu vou... vou me acostumar.*

Apesar de suas palavras, Addie tinha mais dificuldade do que eu tivera, tanto em lidar com meus desaparecimentos quanto em apagar. Às vezes, em vez de desaparecer completamente, ela perdia e recobrava a consciência, aparecendo e sumindo no espaço a meu lado em trancos tão vertiginosos que eu ficava enjoada. Às vezes, ficávamos ali sentadas por meia hora e nada acontecia.

Mas, quando eu menos esperava, sentia aquele solavanco que significava que ela havia partido. O repentino vazio, como se uma parte do mundo tivesse diminuído. E continuava assim.

Na terceira vez que aconteceu, fiquei imóvel, como nas duas vezes anteriores. Novamente, estava hiperconsciente de tudo. Cada respiração. O roçar de nossas roupas contra a pele. Uma mecha de cabelo contra a bochecha.

Franzi o nariz. Meu nariz, por enquanto.

As últimas tentativas tinham me deixado menos esperançosa para aquela, e o sucesso de Addie me pegou de surpresa.

De repente, senti uma vontade incontrolável de me mover. Não podia ficar sentada ali nem mais um segundo, e me levantei. Andei pelo quarto. A porta estava fechada, como sempre. O leve som do programa de televisão de Nina a atravessava; ela nunca deixava o volume da TV muito alto.

Olhei para a porta.

Fui até lá, virei a maçaneta e a abri. Nunca tinha saído de nosso quarto, não sozinha em meu corpo.

Nina estava aninhada no sofá beliscando chocolates de uma tigela que Emalia deixava na mesa de centro. A seus pés havia uma pequena pilha de embalagens brilhantes de alumínio. Ela ergueu o rosto quando passei, lançando-me um sorriso rápido. Eu o retribuí. Ela voltou para seu programa de TV. Sem perguntas. Sem comentários. Sem suspeitas.

Sem perceber. Ela não fazia ideia.

Por que faria?

O pensamento me deixou um pouco enjoada porque era errado. Ali estava eu, sem Addie, e ninguém *sabia*. Como ninguém sabia? Como aquilo podia não estar escrito na minha testa? Não aparecer no brilho dos meus olhos?

Senti a necessidade repentina de comer um dos chocolates de Emalia. Ver se ainda tinha o mesmo gosto sem a presença de Addie. O açúcar tinha a mesma doçura? Era mais doce? Mas me obriguei a continuar em direção à porta da frente. A cada passo, um novo sentimento começava a sobrepujar o *desconforto* inicial, o enjoo inicial. Uma nova, atordoante e vertiginosa sensação, como a de estar na crista de uma onda olhando a praia se aproximar rapidamente. Ela me impeliu a sair para o corredor e correr escada acima tão rápido que tropecei.

Bati com força na porta de Henri. Ela se abriu e não reagi rápido o bastante. Ryan pegou meu pulso antes que eu batesse acidentalmente contra o peito dele.

— Eva? — disse ele.

Eu me aproximei e o beijei. Pressionei minha boca contra a dele. Puxei o pulso em minha direção junto com sua mão. Ele estendeu a outra mão para se apoiar ao batente da porta. Meu coração batia com tanta força que eu não conseguia ouvir mais nada. Esqueci onde estávamos, quem éramos. Esqueci que meus pés estavam no chão. Não sentia nada além de seus lábios ávidos contra os meus e seus dedos através de meu cabelo, contra minha nuca. Ele soltou meu pulso. Passou a mão pelo meu braço, empurrando a manga da camisa. Ele me puxou mais para perto, com as costas contra o batente, apoiando a nós dois.

Tive de fazer uma pausa para respirar, e então Ryan conseguiu perguntar:

— E Addie?

— Sumiu — falei. — Devon?

Ele soltou uma suave risada gutural.

— Sumiu.

Então o beijei de novo. Porque queria. E podia. E a vertigem voltou, mais forte. Eu ri, e Ryan se afastou, olhando para mim.

— O que foi? — Ele estava sorrindo.

Mas tantas semanas de espera, de desejo, de pensar, esperar e sonhar acordada estavam me sobrepujando. Então ele também começou a rir, balançando a cabeça, pressionando a testa com o canto da mão. Uma mulher que vinha pelo corredor nos lançou um olhar confuso, o que só nos fez rir ainda mais.

Adorei aquilo. Rir. Sorrir. Beijar Ryan.

Naquele momento, acreditei que, se pudesse passar o resto da vida rindo, sorrindo e beijando Ryan, as coisas ficariam bem.

Addie voltou a tempo de me sentir escorregar para o chão, rindo tanto que mal conseguia respirar.

# Capítulo 12

Naquela noite, eu estava com Nina na cozinha, olhando a geladeira, quando a campainha tocou. Nina ficou para trás quando verifiquei o olho-mágico.

*Peter?*, disse Addie. *O que ele está fazendo aqui?*

Ele nos deu um leve sorriso quando abri a porta, sem tirar os pés do tapete de boas-vindas. Às vezes ventava e fazia muito frio nas noites de verão de Anchoit, mas o apartamento de Emalia era sempre quente. Mesmo assim, Peter não se deu ao trabalho de tirar a jaqueta.

— Emalia está em casa? — perguntou ele.

— Não. — Nina ficou perto da sapateira, uma menininha descalça ao lado das fileiras de saltos agulha e sapatilhas com cores vivas de Emalia. — Achamos que ela estava com você.

Fazia tempo que Addie e eu não víamos Peter sozinho assim, apenas um homem em uma sala, não um homem tentando liderar uma sala. Ele estava usando uma camisa que não servia muito bem, com as mangas dobradas e a gravata solta. Ele a ajeitou enquanto falava.

— Temos planos, mas antes eu devia me encontrar com ela aqui. Provavelmente ela ficou presa no trabalho.

Dei outro passo para trás, esperando que Peter entendesse a dica de que não precisava ficar parado à porta. Ele se afastou um pouco do tapete de boas-vindas.

— E vocês duas? O que vão comer no jantar?

— Já cuidamos disso — revelei.

Ele assentiu, deslocando o olhar para uma das invenções de Ryan sobre a mesa de jantar. Também era assim quando tínhamos ficado com ele. Ausente. Nem sempre, claro. Peter sabia ser muito presente em um lugar. Conseguia preenchê-lo até a borda, como fazia nas reuniões, atraindo todos os olhos para si, capturando todos os ouvidos com suas palavras. Mas quando não havia ninguém em volta para comandar e influenciar, nem problemas a resolver e planos a fazer, ele se recolhia à própria mente.

Não sabíamos nem seu segundo nome até Jackson nos contar: Warren. Warren e Peter Dagnand, porque eles usavam um sobrenome falso desde que tinham fugido do próprio inferno institucionalizado havia muitos anos.

O que Jackson não nos contara era como diferenciar Peter e Warren. Todos sempre se dirigiam a ele como Peter. Na verdade, acho que nunca ouvira ninguém dizer *Warren*.

Será que Warren era o homem mais quieto e reservado que estava diante de mim naquele momento, enquanto Peter era o líder? Era impossível ter certeza, eu tinha muito poucas pistas.

A Dra. Lyanne e ele tinham nascido em berço de ouro. Disso eu sabia. Ele não fora internado em uma instituição até os 14 anos, não por ele e Warren terem conseguido permanecer ocultos, mas porque sua família gastara dinheiro suficiente para se livrar do problema. Temporariamente. Mas havia um limite para o que dinheiro e status podiam alcançar. O governo estendeu seu longo braço, arrancando-o dos salões opulentos e pisos de mármore para um quarto de concreto com camas de ferro. Às vezes me perguntava se sua tranquilidade para comandar vinha dos 14 anos sendo o filho mais velho de uma família rica. Mas talvez não tivesse nada a ver com isso. Talvez as experiências que vieram depois tivessem transformado o menino no homem.

— Quer beber alguma coisa? — ofereci, sem jeito. A expressão de Peter se amenizou, tornando-se algo semelhante a diversão, e senti que estávamos corando. Claro que ele ia achar estranho eu bancar a anfitriã quando ele frequentava o apartamento de Emalia muito antes de minha chegada.

Mas ele assentiu.

— Claro. Pode ser água.

O interesse de Nina na chegada de Peter e em nossa conversa tinha diminuído. Ela não nos seguiu até a cozinha, desaparecendo corredor adentro.

— Na verdade, eu queria falar com você e Addie sobre um assunto. — Peter se inclinou contra a bancada e sorriu brevemente quando lhe entreguei o copo de água.

*Por favor, que seja sobre a Nornand*, pediu Addie.

Por favor, que ele diga que encontrou uma das crianças cujos rostos passavam por nossos sonhos, cujas expressões de medo embotado derretiam como cera em nossos pesadelos.

Uma eternidade se passou enquanto Peter tomava um gole d'água. Então, felizmente, ele largou o copo.

— Eva, Anchoit não é o lugar mais seguro para se estar no momento. Não com a instituição de Powatt tão perto. A segurança ficou mais intensa, e mais do que nunca as pessoas estarão com o foco na cidade. Principalmente em tudo o que for relacionado a híbridos.

Addie e eu tínhamos visto policiais nas ruas e viaturas em patrulha. Tínhamos ouvido Sabine falar sobre o prejuízo que o toque de recolher estava causando a alguns dos negócios no centro da cidade, e a inquietude gerada por isso. Andando por nosso bairro, havíamos escutado as reclamações.

— É hora de vocês encontrarem lares mais permanentes — avisou Peter. — Em algum lugar mais seguro.

*Não*, disse Addie, com tanta violência que a palavra ressoou em minha mente, ecoando por todas as partes de mim. *Não, Eva.*

Lares mais permanentes nos espalhariam pelo país. Nunca mais veríamos o grupo. Talvez nem tivéssemos permissão de entrar em contato uns com os outros.

— Não — falei, alto demais.

Peter esticou a mão como se fosse tocar nosso ombro, mas me retraí. Ele deixou a mão cair.

— Eva, você e os outros não podem ficar aqui. — Ele estava começando a ganhar aquele ar de Peter-no-comando outra vez, e nosso estômago se contraiu.

— E quanto a Sabine? E Jackson e Christoph e... e Cordelia e os outros? *Eles* estão aqui.

Ele suspirou.

— Já faz anos que eles saíram, Eva. Agora estão menos reconhecíveis. E são... bem, são mais velhos que você. Você tem 14 anos.

— Quinze — falei. — Quantos anos você tinha quando fugiu?

Seus olhos desviaram-se dos nossos e concentraram-se na bancada. Pensei tê-lo visto reprimir um sorriso.

— Dezesseis. — Sua voz era suave, e por alguma razão aquilo me deixou mais nervosa do que se ele estivesse tão irritado quanto eu. — E sabe o que eu fiz? Encontrei uma casa onde fiquei em segurança pelos anos seguintes.

— Jackson não é nem dois anos mais velho que nós. — Eu me controlei para não gritar. O som se deslocava livremente da cozinha para a sala de estar, e corredor adentro. Eu não queria que Nina ouvisse. — E ele era muito mais novo quando chegou aqui, não era? Todos eles eram, aposto. Eu...

— Isso foi antes — disse Peter. — Agora é diferente. Eva, posso encontrar uma família para acolher você. Alguém que esteja disposto a dizer que você é uma sobrinha, enteada ou coisa do tipo. Alguém com quem possa morar até ter idade suficiente para viver por conta própria. Vai poder voltar à escola, fazer faculdade...

— Posso estudar *aqui*, não posso? — Nossos dedos apertavam a alça do jarro de água. Eu precisava de algum lugar para direcionar nossa frustração. — Não é a mesma coisa? De um jeito ou de outro, estamos fingindo!

— Aqui é mais perigoso — ponderou Peter. — Se as coisas piorarem na cidade, tão perto da instituição, as pessoas vão começar a ficar paranoicas. Vão começar a verificar documentos com mais atenção. Em vez de deixar passar uma discrepância ou um erro em seus documentos, vão ficar desconfiadas. Vão fazer perguntas. Então um dia, alguém vai bater à sua porta, e será a polícia chegando para investigar. — Ele se inclinou para a frente. Procurou nossos olhos. — E não é só a si mesma que você está colocando em perigo, Eva. Emalia... Emalia gosta de ter você e Kitty com ela, mas tem um trabalho muito importante, entende? Se for descoberta, quem nos ajudaria a libertar mais crianças? Ela não pode correr esse risco, Eva.

— Então não preciso ir à escola — falei. Escola, faculdade... de qualquer forma, naquele momento tudo aquilo parecia muito irrelevante. De que servia aprender matemática se o governo podia me prender a qualquer momento? Por que eu precisava estudar história quando nossos livros didáticos mentiam? — Addie e eu podemos ajudar vocês. Não precisamos morar aqui com Emalia.

Podíamos morar com Sabine. Ela disse isso. Não ficaríamos com ela por muito tempo. Só até arranjarmos algum emprego. Até conseguirmos dinheiro para ter nossa própria casa.

Peter suspirou.

— Eva...

Eu o interrompi.

— Não quero mais me esconder. Passei quase a vida inteira me escondendo, Peter.

Eu também não queria perder mais ninguém. Ryan. Devon. Lissa. Hally. Kitty. Nina. Jackson, Vince e todos os nossos novos amigos. Já tinha perdido meus pais, meu irmão mais novo. Não aguentaria ser separada de mais ninguém.

Peter e eu erguemos o rosto ao ouvir girar da chave na fechadura. Peter nos encarou outra vez.

— Eu sei — disse ele. — Entendo como se sente, Eva. Mas terá de confiar em mim neste caso. Vamos falar sobre isso de novo depois. Não é algo que vai acontecer imediatamente. Ainda há muitas coisas a considerar.

Claro que havia.

Sempre havia.

Addie e eu o observamos atravessar a sala de jantar, abrindo um novo sorriso e tocando o braço de Emalia quando ela entrou, vinda do corredor. Nossa cabeça começou a doer de repente.

*Não podemos deixar isso acontecer*, falei. *Nunca. Nunca.*

Não éramos mais uma criança, para fazerem nossas malas e nos mandarem embora quando bem entendessem.

*Isso não vai ser um problema*, falei para Addie, e para mim mesma, furiosamente. *Não vai ser um problema porque a instituição de Powatt nunca vai abrir. Sabine tem um plano.*

Addie se enroscou a mim em um abraço fantasmagórico e intangível. Mas também a senti tremer.

# Capítulo 13

O dia do discurso chegou.
Naquela tarde, saímos do apartamento um pouco mais cedo que de hábito, mas fora isso as coisas começaram do mesmo jeito de sempre. Kitty e Nina já mal reagiam a nossas saídas, apenas assentiam e voltavam a assistir televisão no sofá, com a cabeça em meio às almofadas de Emalia.

Parei na porta por um instante, olhando Nina. Se algo acontecesse naquele dia... Muita coisa que podia dar errado. Tínhamos repassado a maioria com Sabine e os outros, mas provavelmente havia muito mais em que não tínhamos considerado.

Devon e Lissa nos encontraram no corredor. Ninguém falou. Nossos ombros tensos diziam tudo.

Josie esperava em seu carro, com Cordelia sentada a seu lado no banco da frente. Jackson e Christoph pegariam um ônibus; eles nos encontrariam perto da praça.

— Prontos? — perguntou Josie quando entramos.

O carro tinha uma aparência antiga, a tinta prateada com grandes arranhões perto da parte inferior de nossa porta. A maçaneta ficou estranhamente solta em nossa mão. Dentro, um leve cheiro de bolor pairava sobre o estofado rachado.

— Posso abrir a janela? — perguntei.

— Claro. — Ela engatou a ré e saiu da vaga. — Faça como quiser.

O carro de Josie era tão baixo que todos os carros que passavam por nós eram gigantes, e os ônibus pareciam montanhas em movimento. Eu não sabia quando era a hora do rush em Anchoit, mas as ruas estavam bem cheias. Cada quarteirão passava lentamente.

Finalmente, chegamos ao bulevar Ducine, que era paralelo à Lankster. Addie e eu tínhamos decorado os mapas que Josie nos mostrara, mas eles não tinham ajudado em nos preparar para a multidão que ocupava as calçadas. Demorou uma eternidade para conseguirmos estacionar. Enfim, Josie enfiou o carro em uma vaga a quarteirões de distância.

— É sempre tão cheio? — perguntou Devon, batendo a porta do carro.

— Depende — disse Cordelia, mas seu tom dizia *não, nem sempre*. Aquelas pessoas estavam ali para ouvir o discurso.

Christoph e Vince estavam no ponto de ônibus, exatamente onde deveriam. Mantivemos distância para não sermos um grande grupo se movendo em meio à multidão. Mas nossos olhares se encontraram, e nos reunimos em uma viela de fundos, a um quarteirão de distância da praça.

Josie olhou seu relógio.

— Temos vinte minutos até apresentarem Nalles. Todo mundo sabe exatamente o que vai fazer? — Os olhos dela pousaram no rosto de cada um. Vendo quem estava realmente pronto e quem não estava? Quem ia conseguir fazer seu trabalho e quem poderia fracassar?

Não fracassaríamos.

Eu não fracassaria.

Olhei rapidamente para Devon. Todos corríamos risco naquele dia, mas ninguém mais do que ele. Era impossível que ele não percebesse isso. Mas seus olhos, embora não demonstrassem o tédio habitual, não exibiam qualquer medo ou dúvida.

Josie assentiu para ele.

— Tudo bem. É melhor eu e você irmos para o Conselho Metropolitano. Os outros podem esperar um pouco mais aqui ou preparar as coisas. Só tomem cuidado para não serem vistos. Lembrem-se, vamos nos encontrar na Robenston quando tudo terminar.

A rua Robenston ficava a uns dois ou três quilômetros de distância. Longe o bastante, esperávamos, para escapar aos resultados de nossos planos e nos reagrupar. Naquele momento, eu não conseguia pensar em um futuro tão distante.

*Eles vão ficar bem*, falei, mais para mim mesma do que para Addie. Esperei que ela dissesse *Deveríamos estar preocupadas com a* nossa *segurança*. Mas ela ficou quieta. A preocupação que apunhalava nossas entranhas não era só minha.

Christoph ficaria perto da multidão, avaliando a situação no solo. Ele queria ser o detonador e discutira com Josie por causa disso. Tinha perdido. Cordelia e Lissa seguiriam para vielas perto da praça, cada qual com uma bombinha na bolsa.

Vince e eu ficaríamos mais perto do palco, a três andares de altura, em dois telhados diferentes ao redor do perímetro da praça Lankster, que ficava entre muitos prédios; o eco reverberante de cada bombinha confundiria qualquer um que tentasse descobrir a origem do barulho. Esperávamos que os pôsteres que Vince e eu jogaríamos lá de cima aumentassem o caos.

Addie e eu estávamos tremendo. Nossas mãos. Nossas pernas. Eu tinha prendido o cabelo no carro porque estava abafado demais, mas agora isso fazia com que nos sentíssemos expostas. Soltei o elástico.

Devon e Josie deixaram sorrateiramente a viela. Josie não olhou para trás. Devon olhou para a irmã, depois para Addie e eu. Mas foi um olhar tão rápido que não consegui ler nada nele. Observei-o se afastar, com o estômago contraído e revirado. Queria estar a seu lado quando ele invadisse o prédio. Queria ficar de vigia quando ele se sentasse diante do computador.

Devon e Ryan esqueciam do resto do mundo quando se concentraram. Alguém precisava garantir a segurança deles. Sabine estaria lá, mas eu queria estar. Não confiava em mais ninguém para fazer isso.

No entanto, não podia ir atrás deles. Tinha meu próprio trabalho a terminar.

Ficamos inquietos na viela por mais alguns minutos. Ninguém conseguia ficar parado. Finalmente, com sorrisos sérios de todos, nos separamos e seguimos nosso caminho.

— Está preocupada? — sussurrou Vince. Éramos apenas duas pessoas andando pela rua. Ninguém prestava atenção em nós: nem a multidão de garotas com vestidos coloridos de verão, nem a mãe com seu pré-adolescente mal-humorado, nem o senhor com o jornal, nem o jovem de óculos escuros, nem ninguém mais.

— Não — menti.

Aquelas eram as pessoas que testemunhariam nossa mensagem. Só não sabiam disso ainda.

Por fim, Vince nos deixou. Nosso telhado era mais longe que o dele e só podia ser acessado por uma escada de metal que retinia a cada passo. Addie e eu estávamos no meio dela quando ouvimos um aplauso estrondoso.

Parei de subir. Daquela altura, só conseguíamos ver uma pequena parte da multidão; prédios bloqueavam o restante da praça. Mas ouvíamos as pessoas com toda a clareza. Pareciam felizes. Pareciam estar em um jogo de futebol americano ou em um show.

Um suor frio colava nossa camisa às costas. Nos agarramos à escada e olhamos uma parte da multidão, imaginando sua totalidade. Quantas pessoas tinham comparecido porque acreditavam em cada palavra do discurso de Jenson? Porque tudo o que queriam era uma cura, e estavam muito orgulhosas da ajuda que a instituição de Powatt daria para seu aperfeiçoamento?

Lá embaixo, centenas de pessoas que nos odiavam faziam alarde e nem sabiam que estávamos ali.

*Continue subindo*, incentivou Addie.

Eu nos forcei a subir cada vez mais até chegarmos à beira do telhado. O vento tinha aumentado, ou talvez apenas o sentíssemos mais ali. Olhamos a praça Lankster e as formas coloridas das pessoas lá embaixo por mais um momento.

Então peguei a pilha de papéis da nossa bolsa. Em seu telhado, Vince devia estar fazendo a mesma coisa. Não era preciso olhar os pôsteres; Addie e eu ajudáramos Cordelia a criá-los. Tínhamos três tipos, e Vince, mais três. Seis tipos no total. Seis pôsteres diferentes, cada um com o rosto de uma criança. Três meninas, três meninos, trazidos à vida pelo lápis de Addie.

Cada um era um híbrido com quem alguém do grupo ficara preso. Alguém que a morte levara antes de Peter chegar com outra liberdade, mais suave.

Três meninas, três meninos. Seus nomes e idades estavam impressos abaixo dos rostos:

*Kurt F. 14*
*Viola R. 12*
*Anna H. 15*
*Blaise R. 16*
*Kendall F. 10*
*Max K. 14*

Eu tinha pensado em escolher Sallie e Val, a antiga colega de quarto de Kitty, para ser uma das crianças retratadas. Addie tinha até preparado um rascunho dela, pedindo a Kitty uma descrição da menina. Mas, no final, chegamos à conclusão de que seria perigoso demais. Não havia muitas crianças híbridas na Nornand, e um número ainda menor tinha escapado. Qualquer um que rastreasse o retrato e o nome de Sallie conseguiria imaginar quem estava envolvido.

O vento batia em nosso cabelo, fazia os pôsteres chacoalharem em nossas mãos. O rosto de cima pertencia a Anna H.,

15 anos, cabelo curto e escuro, olhos claros e um sorriso de quem quer dominar o mundo. Era assim que Cordelia e Katy a tinham descrito, observando com atenção enquanto Addie fazia rascunho após rascunho.

— Está bem parecida — comentou Cordelia, finalmente. —Meu deus, já faz tanto tempo. Queria ter uma câmera naquela época, sabe? Se tivesse, ainda me lembraria exatamente da aparência dela.

Em poucos instantes, dezenas de cópias do rosto de Anna H. voariam, espalhando-se pelo vento. Cairiam sobre as ruas lá embaixo.

Procurei o walkie-talkie em nossa bolsa, depois o levei ao ouvido, escutando. Ainda estava quieto. Coloquei a bombinha no meio do telhado. Era muito pequena, ainda menor que nosso punho fechado. Abri nosso isqueiro, observei a chama tremeluzente.

— Pronta. — A voz ofegante de Lissa saiu do walkie-talkie.

Uma pausa.

— Pronto. — disse Vince.

Depois Cordelia.

— Pronta. — sussurrei no walkie-talkie.

A multidão gritou novamente, uma onda de barulho que parecia uma lixa contra nossos ouvidos.

Acendi o isqueiro. Uma rajada de vento soprou a chama tão perto de nossa pele que senti o calor me chamuscar.

O walkie-talkie crepitou com estática. Então veio a voz de Josie.

— Prossigam.

O vento irritava nossos olhos. Eu me ajoelhei, acendi o pavio e corri para a borda do telhado. Soltei a pilha de papéis. Joguei-os no ar.

A bombinha explodiu.

Então, do outro lado da praça, outra explosão.

E outra. E mais outra.

Ecos. Ecos. Ecos.

A multidão gritou outra vez. Um tipo completamente diferente de grito.

O céu se encheu de asas de papel, os nomes de híbridos mortos, as palavras impressas sobre seus rostos: *QUANTAS CRIANÇAS MORRERAM POR ESTA CURA?*

# Capítulo 14

Eu sabia que o estouro das bombinhas ia reverberar. Tinha subestimado o quanto. Que quatro explosões ecoando pela praça enclausurada pareceriam dezenas.

Eu já tinha ouvido fogos de artifício. Quatro de julho. Noites quentes de verão. Aquilo era diferente. Não havia um guincho agudo servindo de aviso antes da explosão, que não era um profundo e retumbante estrondo. As bombinhas estouravam em estalos agudos e isolados.

*Bam. Bam. Bam. Bam.*

Como tiros.

Nossos joelhos cederam. Eu me abaixei, cobrindo a cabeça com os braços antes de minha mente sequer registrar o que estava fazendo. Quando me levantei, meio curvada, a multidão estava em meio a um caos. Uma massa ondulante de gente apavorada aos gritos que me fez congelar de horror.

*Fuja*, gritou Addie.

Corremos para a escada. Nossas mãos batiam contra os degraus. Descemos, descemos, descemos...

A multidão ainda gritava. Pessoas no prédio abaixo de nós berravam.

Pessoas no prédio abaixo de nós.

Um homem enfiou a cabeça para fora da janela, virou-se e olhou diretamente para nós. Sustentamos seu olhar. Ele tinha entre 30 e 40 anos. Seu cabelo era curto, e a barba, loura. Ele exibia antigas cicatrizes de acne, lábios secos e olhos redondos e arregalados que não se desviavam dos nossos.

Algo ininteligível saiu de sua boca, algo que era uma mistura de choque, medo e raiva.

Ele sabia. Eu tinha certeza absoluta de que ele sabia.

Tive a sensação de ser jogada para o lado, mas não era real. Estava só em minha cabeça, em nossa mente. Era Addie tomando o controle à força, agarrando as rédeas de nossos membros, soltando nossas mãos dos degraus para poder descer para o chão.

Não conseguíamos mais ouvir a multidão, ou talvez conseguíssemos e não pudéssemos distingui-la da gritaria que vinha de muito mais perto. A viela abaixo de nós ainda estava vazia, mas os gritos erguiam-se mais perto. Mais altos.

Nossos pés tocaram o chão. Addie nos jogou para longe da escada e saiu correndo pela viela. Não sabíamos para que lado estávamos indo. Apenas corremos.

Sirenes de polícia uivavam pelo ar.

Passos ressoavam atrás de nós. Aumentamos a velocidade, virando a cabeça. Era Cordelia. Seus olhos se iluminaram quando ela nos viu. Ela gritou, gesticulando violentamente, mandando-nos seguir em frente. Onde estava Lissa? Onde estava Vince?

Chegamos ao final da viela. Viramos à direita, correndo. Quase colidimos contra a vitrine de uma loja. Vimos o pôster colado ali.

O pôster com a foto de Jaime.

Por um instante confuso e ofegante, minha mente aturdida pensou: *Mas não fizemos pôsteres de Jaime.*

O Jaime da foto usava o uniforme azul da Nornand, com sua gola engomada e mangas curtas. Seu cabelo estava grosso e encaracolado, sem nenhuma parte raspada, exibindo o couro cabeludo. Uma foto tirada antes da cirurgia.

Quem estava no controle quando a câmera fotografou? Jaime? Ou a alma que fora perdida?

Não perdida. Assassinada. Extirpada de forma sangrenta de seu corpo com um violento bisturi.

Enfim compreendi as palavras do pôster. Aquele era completamente diferente dos pôsteres de Addie. Exigia a devolução de Jaime às mãos do governo. Sem pensar, o arrancamos da vitrine e o enfiamos no bolso.

Um fluxo de pessoas em fuga nos engolfou. Cordelia agarrou nosso braço e nos puxou mais para dentro da multidão. Tentamos dizer *Não, não, não podemos. Por favor, não faça isso. Não podemos...*mas não conseguíamos falar, e ela não estava ouvindo.

Mais sirenes de polícia. Um cotovelo bateu contra nosso rosto, fazendo a dor estourar em nossa bochecha. Soltamos a mão de Cordelia. A multidão nos separou em segundos. Nós nos viramos, lutando contra a multidão na tentativa de voltar para onde estávamos.

Nossos pés não conseguiam encontrar o chão. As bordas da visão ficaram embaçadas. Estávamos de volta às ruas de Bessimir, correndo perigo de virar apenas uma mancha no asfalto. Voltamos a ter 7 anos, trancadas em um baú sem nada além de escuridão, calor e nossas lágrimas secas como companhia.

Cambaleamos para a calçada. As sirenes da polícia ressoavam em nossos ouvidos. Viramos bem a tempo de ver Cordelia atravessando a rua às pressas. Devia estar furiosa conosco. Ela devia estar se perguntando qual era nosso problema, e por que não podíamos acompanhá-la e fazer o que devíamos.

Um carro de polícia virou a esquina...

... E a atropelou.

Ele a atropelou. Pisou nos freios, mas atropelou Cordelia, e ela rolou sobre o capô, caindo no concreto. Por um instante, ficou imóvel, com o braço jogado sobre o rosto e o cabelo claro contrastando com a rua escura. Então se levantou com dificuldade. Ela continuou correndo, mancando. Voltando para a direção de onde viera.

Um policial saltou do carro. Gritou para ela, mas a torrente de pessoas já tinha a engolido completamente. Então ele se virou. Disse um palavrão. Ele olhou para nós... *diretoparanós-diretoparanós*.

Mais alguns metros e ele podia ter nos atropelado em vez dela. Mas, naquele momento, éramos apenas outro rosto apavorado, aterrorizado, petrificado. Não valíamos seu foco. Ele voltou para o carro e gritou algo ininteligível no rádio.

Fomos até a Robenston cambaleando e tropeçando. Os mapas que tínhamos decorado se despedaçaram em nossa mente. Tentávamos entender as peças, indo de rua em rua, evitando contato visual, nos escondendo quando a polícia passava.

*Eram só bombinhas*, eu queria dizer.

Onde estava Cordelia? Revíamos o atropelamento sem parar.

*Ela se levantou*, disse Addie. *Ela continuou correndo, então deve estar bem.*

Deve estar.

Devon e Josie estavam bem? E Lissa? Vince? Christoph?

Tínhamos perdido o walkie-talkie durante o caos. Não havia como fazer contato.

Encontramos uma placa de sinalização que dizia *rua Robenston*. O alívio fez nossas mãos tremerem e uma onda de calor percorrer nosso corpo. Íamos nos encontrar no ponto de ônibus. Não sabíamos em que direção ficava, mas escolhemos a que nos levaria mais para longe da praça.

*Ali!*, disse Addie.

Primeiro vimos o cabelo ruivo de Christoph. Notamos as sardas em sua pele clara e seus olhos brilhantes, que se arregalaram quando ele também nos viu. Então Ryan se virou; começou a andar, correr em nossa direção. Eu me forcei a não correr. Não podíamos chamar atenção.

Seus braços nos envolveram. Pressionei a testa contra seu ombro, bloqueando o mundo.

— Está tudo bem. Estou bem. Onde está Josie? E Cordelia? Ela... — falei.

— Ela está bem. — As palavras de Ryan eram um sussurro em nosso ouvido. — Josie e Lissa a encontraram. Estão voltando para o apartamento delas. Vão deixar Lissa em casa. Onde você estava?

— Eu me perdi. — Foi a única coisa que consegui dizer sobre o assunto. Ergui o rosto do ombro de Ryan e vi Vince nos observando. Não, Jackson. — Você conseguiu? — sussurrei para Ryan. — A informação? — Ele assentiu.

Christoph interrompeu antes que um de nós dois dissesse mais alguma coisa.

— Temos de ir. — A voz dele estava áspera, mas seus olhos nos avaliaram, e ele franziu a testa quando viu nossa bochecha. Ainda estava latejando. Toquei a pele quente com os dedos gelados. — Temos de ir, agora, antes que Peter e os outros ouçam falar disso e alguém descubra que você não está onde deveria.

Esperamos, mas o ônibus não veio. Levou séculos para conseguir um táxi. E mais tempo ainda para chegar ao prédio de Emalia. Ali, tudo estava como tínhamos deixado: calmo, intocado.

— Invente uma história para esse machucado — disse Jackson quando Ryan e eu saímos do carro. Prometi que inventaria. O táxi partiu.

Ryan e eu subimos correndo a escada. Me atrapalhei para destrancar a porta de Emalia. Entramos às pressas e vimos Lissa à espera, andando pela sala. Nervosa, Nina estava sentada no sofá atrás dela.

— Graças a Deus — disse Lissa, indo rapidamente em nossa direção. — Sua bochecha... o que aconteceu?

Quando Henri desceu, com o rosto sombrio e os ombros tensos, Addie e eu tínhamos uma resposta. Eu tivera um de meus momentos: perdera o controle de nossos pés por um minuto e tropeçara em uma das cadeiras. Quase furara um olho. Sou meio desajeitada, não é? Não consigo... Henri, qual é o problema? Não, não assistimos televisão desde a manhã. Praça Lankster? O que aconteceu? Conte.

Por favor, conte.

# Capítulo 15

Henri ficou conosco até Emalia chegar em casa. Então os dois voltaram para o apartamento de Henri com Peter, deixando-nos sozinhas para ver as consequências no noticiário da noite.

Liguei para o apartamento de Cordelia assim que eles saíram. Josie atendeu, fazendo uma voz alegre e casual até perceber quem estava do outro lado da linha. Então parou de fingir. Cordelia estava com muita dor, mas nada insuportável. Ela se recusava a ir ao hospital. Tinha fraturado as costelas quando era mais nova, e não haviam feito muito por ela à época.

— Ela está um pouco grogue por causa dos remédios para dor — disse Josie. — Mas acho que ela está certa. Mesmo que tenha fraturado uma costela, não há muito que se possa fazer.

— Como sabe que não é algo pior? — falei. — E se ela estiver com uma hemorragia interna?

— Olhe, não podemos ir ao hospital agora — argumentou Josie em voz baixa. — Não temos dinheiro e não queremos correr o risco, por menor que seja, de alguém ligar uma coisa a outra. Cordelia está bem agora, juro. Se acontecer alguma coisa que sugira o contrário, qualquer coisa mesmo, eu a levo para o hospital.

Hesitei.

— Não, se acontecer alguma coisa, entre em contato com a Dra. Lyanne.

— Está bem — concordou Josie. — Certo. Bem pensado. E, Eva? Desculpe ter pirado tanto lá hoje. Sei que você não devia estar esperando por isso.

Olhei por cima de nosso ombro, para Lissa bem enroscada no sofá, com os olhos colados à televisão. Para Nina, com os punhos contraídos ao lado dela. Ryan foi o único que olhou para mim.

— Obrigada por manter a cabeça fria — agradeceu Josie.

Pensei na caminhada aturdida até a rua Robenston, no fato de ter congelado na escada quando deveria ter continuado a subir, no jeito que tinha me descontrolado no meio da multidão, atordoada pelo choque entre os corpos.

— Cabeça fria — falei. — É. Pode ser.

— Estou falando sério — disse ela. — Algumas pessoas desmoronam quando as coisas se complicam. Alguns não são fortes o bastante para seguir em frente.

Mordi nosso lábio.

— Você conseguiu o que precisava?

— Consegui — admitiu ela. — Mas pergunte isso ao Devon, está bem? Para algumas coisas... o telefone não é o ideal. Preciso ver como estão Jackson e Christoph. Olhe, sabe que não podemos deixar Peter suspeitar de nada, não é?

Eu disse a ela que não deixaria isso acontecer. Ela prometeu entrar em contato em breve. Eu me sentei ao lado de Ryan na sala de estar e apertei sua mão, assentindo para lhe dizer que estava tudo bem. Ele me deu um sorriso rápido e tenso.

Nina não perguntara aonde tínhamos ido. Algo em seus olhos, nos rápidos olhares furtivos que lançava em nossa direção, me dizia que ela sabia. Algo na contração de sua boca me dizia que ela não queria perguntar.

Peter não convocou uma reunião geral depois do incidente na praça Lankster. Sophie explicou que era melhor todos voltarem normalmente a rotina e não fazerem nada suspeito. Grandes encontros, mesmo que acontecessem na suposta privacidade do apartamento de Peter, podiam ser notados.

Os irmãos Mullan, Addie e eu tivemos nossa própria reunião, escondidos em nosso quarto enquanto Kitty via televisão. Devon foi mais indiferente que de costume quando explicou como ele e Sabine tinham entrado sorrateiramente no prédio do Conselho Metropolitano com cartões de identificação antigos, alterados para parecerem novos. Tinham encontrado o escritório de Hogan Nalles bem rápido.

— Sabine sabe arrombar uma fechadura — comentou Devon. Ele não parecia impressionado. Devon nunca parecia impressionado. Mas talvez parecesse um pouco menos entediado que de costume.

— Não estou surpresa — disse Hally.

Devon deu de ombros.

— Deveríamos aprender. Se soubéssemos fazer isso na Nornand... — ele se calou e seus olhos encontraram os nossos. — É uma boa habilidade para se ter.

— Para criminosos, talvez — argumentou Hally. Seu irmão não discutiu, mas também não parecia concordar plenamente.

Notícias dos fogos na praça Lankster tinham chegado rapidamente ao Conselho Metropolitano. Devon e Sabine ouviram a comoção do lado de fora quando Devon começou a trabalhar no computador de Nalles, mas ninguém pensou em verificar seu escritório, e eles conseguiram sair sem ser notados.

— Então você encontrou as informações que Sabine queria — disse Addie. — Os planos para a instituição de Powatt. — Éramos a única pessoa sentada em nossa cama, com as pernas sob o corpo. Hally e Devon estavam sentados no chão, ela encostada à mesa de cabeceira, e ele com as costas apoiadas ao estrado de nossa cama. Devon assentiu.

— E? — disse Hally. Ela estava de braços cruzados, com o cabelo pelos ombros, escondendo parte de seu rosto. Sua vivacidade habitual estava no auge. Eu via tudo o que precisava ver na contorção descontente de sua boca.

— Não tive tempo de ler tudo. — Devon lançou um olhar a ela. — Havia um horário. Eles vão entregar e instalar o maquinário em algumas semanas. Grupos de funcionários públicos irão até lá supervisionar. Algum tipo de inauguração antes das crianças chegarem. Sabine salvou tudo em um disco.

Hally franziu a testa.

— Ela tem computador?

— Ela usa um da faculdade, no centro da cidade — respondeu Devon. — Aparentemente, ela tem entrado de fininho no campus há anos. Assistiu até a algumas das aulas mais importantes. Ninguém percebe.

— Você encontrou nomes? — perguntou Addie. — Das crianças que serão mandadas para lá?

Devon balançou a cabeça. Pensei no pôster de Jaime que tínhamos pegado enquanto fugíamos da praça. *JAIME CORTAE, dizia. IDADE: 13. CABELO: CASTANHO. OLHOS: CASTANHOS. ALTURA: 1,52 m. PESO: 38 kg.*

Eu me lembrei da ficha médica de Jaime na Nornand. Tinha dobrado o pôster e enfiado sob nosso colchão. Não conseguíamos jogá-lo fora, mas também mal podíamos olhar para ele.

Ouvir Jenson anunciar uma busca por Jaime em rede nacional já era ruim o bastante, mas, mesmo assim, era apenas um homem na tela. Havia certa distância, certa crença de que um menino era pequeno demais para ser encontrado naquele país enorme, que o perigo ainda pairava longe e de forma vaga. Dar de cara com o pôster ali era como ver um relance de garras, sentindo-as cortar sua bochecha.

— Bem — disse Addie, uma palavra e um suspiro. — E agora?

Essa pergunta também ficou sem resposta. Nos entreolhamos. Sentados na suavidade pastel de nosso quarto decorado por Emalia, parecia insano que mais cedo, naquele mesmo dia, estivéssemos correndo pelas ruas, morrendo de medo de sermos pegos. De sermos jogados na cadeia ou coisa pior.

Eu me lembrava do terror da multidão. Eu me lembrava do som semelhante a tiros ricocheteando pela praça. Eu não tinha... não tinha imaginado. Não tinha pensado. Cada lembrança da correria e dos gritos da multidão abria um buraco em nossas entranhas, nos deixava enjoadas.

Havíamos feito aquilo. Havíamos feito aquilo acontecer. Com apenas quatro pequenas bombinhas e planos ridículos, feitos em um sótão escondido com luzes de Natal, havíamos aterrorizado centenas de pessoas. A sensação de poder era apavorante. Era assim que as mudanças começavam? Aquela sensação semelhante à de estar à beira de um abismo, desejando voar, mas com medo de cair?

— Parece que Sabine tem um plano — disse Devon. Ele deu de ombros.

Os olhos de Hally estavam fixos na parede.

— Pessoalmente, não quero participar de mais nenhum plano de Sabine.

A TV ficou sintonizada no noticiário local pelo resto da noite. Um revezamento de ancoras, repórteres, testemunhas... policiais e, finalmente, funcionários do governo falaram.

— Sabíamos que a hostilidade híbrida era possível — disseram eles. — Foram tomadas precauções. A situação desta tarde foi contida rápida e efetivamente, sem vítimas. As investigações para rastrear os responsáveis estão a todo vapor. Não permitiremos que este ato de violência afete a conduta que sabemos ser correta. Não vamos recuar.

Violência? *Não houve violência*, eu queria protestar. Foram apenas panfletos e fogos de artifício. Só isso. Mas ninguém disse a palavra *bombinha*. Chamaram de *explosões*. Usaram o termo *detonar*.

Ninguém mencionou no noticiário qualquer coisa sobre uma violação na segurança no Conselho Metropolitano. E ninguém mencionou os pôsteres que tínhamos jogado dos telhados. Os seis nomes.

*Kurt F. 14*
*Viola R. 12*
*Anna H. 15*
*Blaise R. 16*
*Kendall F. 10*
*Max K. 14*

Mas mesmo assim os nomes se espalharam nos dias seguintes. Emalia nos contava isso durante jantares quietos e tensos. A única coisa que se espalhava mais rápido que o medo era a intriga, e logo todos queriam saber as histórias por trás dos desenhos. Pôsteres passavam de mão em mão. Um jornal pequeno e corajoso publicou a matéria. Foi abafada rapidamente, mas já era tarde demais.

Por alguns dias, a cidade inteira falou sobre Kurt, Viola, Anna, Blaise, Kendall e Max. Seis crianças híbridas que tinham morrido sem que ninguém pensasse no assunto.

Nossos dias voltaram à velha rotina, que consistia basicamente em não fazer absolutamente nada. Ryan e Devon retornaram a seus consertos. Lissa e Hally iam do sofá para a mesa de jantar e dali para o tapete, de livros para revistas e depois para preguiçosos jogos de cartas com Kitty. Elas se recusavam a falar novamente sobre a praça Lankster. Tinham ataques de raiva quando alguém sequer tentava tocar no assunto, então ninguém o fazia.

— Peter sabe quem foram os responsáveis? — perguntou Addie a Sophie, em um arroubo de coragem certa noite. Ela esperou por Sophie, em vez de Emalia, porque Sophie era mais calma. Em geral, Emalia se exaltava conosco quando a surpreendíamos com uma conversa. — A... coisa... na praça Lankster.

Sophie parou de limpar a mesa. Sua pilha de caixas de isopor oscilou precariamente, e Addie correu para pegar um garfo que escorregava de cima.

— Não, não sabe. Por quê?

Addie brincou com o garfo de plástico.

— Todo mundo que aparece no jornal parece achar que o responsável foi um híbrido.

— Bom, tenho certeza de que não conhecemos todos os híbridos de Anchoit — disse Sophie. — E não é só porque o noticiário quer que achemos que foi um híbrido, que tenha realmente sido um.

— Acha que alguém pode ter causado a confusão no discurso só para todo mundo poder culpar os híbridos?

Sophie franziu a testa, recolocando as caixas de isopor na mesa e nos dando sua completa atenção.

— É possível. Mas eu estava falando que alguém, alguém que não é híbrido podia ter feito o que fez porque está do nosso lado. Henri nos ajuda, não é? E ele não é híbrido. — A cabeça dela se inclinou um pouco, e seus olhos buscaram os nossos. Era um olhar perturbadoramente semelhante ao de nossa mãe quando estava preocupada. Aquilo fechou nossa garganta.

Addie desviou os olhos.

— Aqui, eu pego isso — disse ela em voz baixa. Ela pegou a pilha de caixas brancas e foi para a cozinha.

Duas semanas se passaram antes da visita de Josie. Ela não perdera totalmente o contato (tinha ligado duas vezes para nos dizer que Cordelia e Katy estavam se recuperando bem, e para perguntar como estávamos), mas depois dos dias frenéticos anteriores à praça Lankster, pareceu que um cordão de salvamento havia se rompido. O prédio parecia ainda menor que antes. Sufocante como um quarto acolchoado para nos manter seguras contra a vontade.

Josie chegou de manhã cedo, tão pouco tempo depois de Emalia sair para o trabalho que me perguntei se ela estava vigiando e esperando. Kitty, que ainda tomava café da manhã, mal conseguiu desviar os olhos dela. Josie lhe lançou um sorriso antes de se juntar a mim e a Addie no sofá.

Foi um alívio revê-la, ouvir mais sobre o que estava acontecendo no mundo. Depois de duas semanas, o assunto parecia quase esquecido pela mídia. Em Lupside, as informações sobre a inundação do museu tinham sido notícia durante semanas.

Josie abriu um sorriso irônico quando mencionei isso.

— Lupside é uma cidade pequena, não é? Cidades grandes são diferentes. E no caso de Bessimir, provavelmente sabiam exatamente quem incriminariam. Podiam se dar ao luxo de fazer um estardalhaço, arrastar as coisas para que o desfecho tivesse mais intensidade. Aqui o governo ainda não quer criar uma confusão grande *demais*. Significa que não fazem a mínima ideia de quem foram os responsáveis.

*E se simplesmente incriminarem alguém?*, perguntou Addie, e eu repeti a pergunta em voz alta.

— Não vão fazer isso. — Josie nos tranquilizou. Enquanto falava, ela tirou uma caneta do bolso e começou a escrever algo na palma da mão. — Se incriminarem alguém e os verdadeiros culpados fizerem outra coisa, vão parecer idiotas.

— Bem, isso é bom — falei. Nosso peito se apertou. Eu sabia que a praça Lankster era apenas um dos passos de um plano maior. Mas não ver Josie por tanto tempo me fizera duvidar um pouco, imaginar se ela havia desistido por medo.

Aparentemente, não.

Kitty estava escutando tudo o que dizíamos, então tínhamos de falar com cuidado. Comentar sobre o incidente na praça Lankster era perfeitamente normal, até esperado. Mas não podíamos dizer nada que sugerisse que havíamos estado lá, muito menos nosso envolvimento de qualquer forma.

Josie virou a palma da mão para nós. Olhei as pequenas letras pretas e bonitas.

*Reunião na quinta, cinco da tarde.*

Ela sorriu, esperando uma resposta. Engoli em seco. Eu me lembrei do aperto e dos empurrões da multidão, os gritos trespassando nosso cérebro, o pôster de Jaime colado em uma vitrine.

Pensei nas últimas duas semanas, novamente presas no apartamento de Emalia, como crianças em um cercado, devendo ficar alheias.

Pensei no que Peter dissera sobre querer nos mandar embora. Ele tentaria fazer isso mais cedo ou mais tarde. Mais cedo se a instituição de Powatt conseguisse abrir as portas. E depois? Addie e eu ficaríamos presas com estranhos no meio de sabe-se lá onde. Ir à escola. Fazer o dever de casa. Fingir ser normal. Ser como todos os outros. Sem esperança de mudar alguma coisa.

Sabine e Josie tinham levado cinco anos para chegar ao ponto de realmente tentar fazer alguma diferença. Eu não ia aguentar esperar mais cinco anos. Queria que as coisas mudassem. Naquele momento.

Meus olhos encontraram os de Josie.

Não pedi a opinião de Addie.

Apenas assenti.

# Capítulo 16

Hally andava de um lado para o outro na sala, sem desgrudar os olhos de nós.

— Você quer *voltar*?

Eu havia contado a ela e a Devon sobre a visita de Josie. Devon, como sempre, ouvira a notícia sem muita reação. Eu esperava que Hally resistisse, ela deixara claro nas últimas semanas que os acontecimentos da praça Lankster não foram o que tinha imaginado. E eu entendia. De verdade. Mas seu nível de incredulidade me incomodava.

Addie não ajudou em nada. Estava em silêncio desde que eu assentira para Josie, dizendo que estaríamos no sótão na próxima reunião. Eu não conseguia saber o que ela estava pensando.

Eu me controlei para não dar a explicação que tinha planejado, que talvez tivéssemos agido mal na praça Lankster, mas que isso não significava que devíamos desistir completamente. Eu continuava acreditando nos planos de Sabine. E ainda havia o fato de que não podíamos permitir a abertura da instituição de Powatt.

— Preciso ver Cordelia — falei em vez de explicar. Não era inteiramente mentira, mas parecia mentira, era escorregadio como uma mentira. — Eu estava lá quando... estava lá quando ela se machucou. Foi culpa minha. Preciso vê-la novamente.

— Não foi culpa sua — disse Hally de imediato, mas não disse mais nada, apenas franziu a testa e pressionou o punho contra a boca. Ela olhou para Devon, que deu de ombros.

— Tudo bem — concordou ela, enfim. Seus braços estavam cruzados, não como se estivesse zangada, mas como tentasse se proteger. Agora Lissa e Hally se vestiam de formas diferentes; eu me lembrava das roupas penduradas no armário delas na cidade onde morávamos, das estampas chamativas e cores vivas. Naquele dia, ela usava uma blusa branca e uma saia preta, com o cabelo longo preso em uma trança e sem brincos nas orelhas. Ela parecia rigorosa. Severa.

— Você vem conosco? — perguntei.

Os olhos de Hally não deixaram os nossos. Ela balançou a cabeça.

Mordi nosso lábio.

— Tudo bem.

— Eu vou — disse Devon.

Durante toda a caminhada até a loja de fotografia, Addie e eu estávamos tensas, nos retraindo quando as pessoas se aproximavam demais, estremecendo quando alguém gritava atrás de nós. A passagem de um carro de polícia, embora não fosse nada fora do normal, deixou nossas pernas rígidas. Eu não sabia para onde olhar.

Para minha surpresa, a placa na frente da loja dizia *Aberto* quando chegamos, e Cordelia estava atrás do balcão. Depois de nos deixar entrar, ela virou a placa, exibindo o lado que dizia *Fechado*.

Eu me peguei analisando-a em busca de sinais de ferimentos. Havia um pequeno corte quase cicatrizado em sua têmpora, mas foi tudo o que consegui ver. Quaisquer outros cortes e contusões já tinham se curado ou estavam escondidos pelas roupas. Ela prendera o cabelo louro-claro em um curto rabo de cavalo baixo.

Tentei sorrir.

— Sabine disse que você estava se sentindo melhor, mas eu não sabia que já tinha voltado a trabalhar.

Cordelia deu de ombros. Ela não nos olhou nos olhos, não estendeu a mão nem tocou nosso braço, como costumava fazer. Cordelia sempre parecia desejar contato humano, mas naquele momento mantinha distância.

— Precisamos conservar os clientes que temos. Infelizmente, não encontramos ninguém que me pagasse para ficar deitada na cama.

*Devíamos pedir desculpas*, falei baixo. Mas não sabia que palavras usar, como me expressar.

Desculpe por ter me descontrolado e por você não ter conseguido me deixar para trás? Desculpe por não ter avisado que odiava multidões?

Sinto muito por você ter quase morrido ou acabado presa por minha culpa.

— Não se preocupe com isso — disse Cordelia, como se pudesse ler minha mente. Agora, finalmente, ela nos olhou nos olhos. — Estou me sentindo bem. Já passei por coisa pior.

— Desculpe... — comecei a dizer, mas ela me interrompeu com um sorriso fraco.

— Sério, Eva, está tudo bem. Fiquei com uma contusão feia por um tempo, e acho que Sabine teve um certo prazer sádico em me dar tantos remédios, mas estou ótima agora.

Quase pensei que podíamos estar conversando com Katy, que normalmente era menos efusiva. Mas Katy tinha um jeito de andar e falar que dava a impressão de que sua cabeça roçava as nuvens, e a garota que levou Devon, Addie e a mim para o estoque era muito presente e focada, só que em algo que não éramos nós.

— Aí estão vocês — disse Sabine, quando subimos para o sótão. Pelo menos sua aparência e comportamento não estavam diferentes do normal. Sua estabilidade era reconfortante. Vince e Christoph já estavam ali, encostados nos sofás.

Os olhos de Devon pareciam estranhamente desfocados. Ele me pegou observando-o e saiu do transe. Como já acontecera outras vezes, eu me perguntei sobre o que ele e Ryan estavam conversando.

— Para que nos chamou aqui? — A voz de Devon não era alta, mas silenciou todos os outros. Olhos percorreram o cômodo, indo de uma pessoa para a outra. Enfim, todos nos voltamos para Sabine.

— Sua irmã não veio — disse ela. A frase pareceu mais uma observação que uma pergunta, e Devon não respondeu. Sabine não parecia esperar uma resposta, apenas assentiu levemente para si mesma.

*Eles nos deixaram de fora de alguma coisa*, declarou Addie.

A princípio, não entendi o que ela queria dizer. Então percebi a tensão que dominava o sótão. O escrutínio de todos se direcionava para *nós*. Apenas Devon ainda encarava Sabine, com a testa franzida.

Aquilo levaria a algum lugar. Eles esperavam alguma coisa. Que Sabine contasse a nós e a Devon o que o restante já sabia.

— Analisamos as informações que conseguimos no computador de Nalles — disse Sabine. Ela enfiou uma mecha de cabelo atrás da orelha. — Tem tudo sobre a instituição de Powatt. Tudo de que eu precisava para decidir o que fazer.

— E o que é? — perguntou Devon.

O sorriso de Vince era uma navalha.

— Vamos explodir aquela droga.

## Capítulo 17

Addie e eu tentamos falar ao mesmo tempo. Não saiu nada além de um som meio estrangulado do fundo da garganta. Nosso som seguinte foi quase uma risada, uma inacreditável risada de rocha contra rocha.

— Vocês vão explodir a instituição de Powatt? — perguntou Devon. — E depois?

— Depois ela não vai mais existir — respondeu Christoph.

— E depois? — As palavras de Devon gotejavam frio desdém. — Todo mundo vai cair em si de repente? Perceber que grande coisa nós fizemos? Eles já nos odeiam. Já acham que somos mentalmente instáveis. Vocês só vão dar mais munição a eles.

Christoph se inclinou para a frente. Ele ficara vermelho, e sua pele, normalmente pálida, estava manchada. Suas mãos se fecharam em punhos ao lado do corpo.

— A questão não é fazê-los *gostar* de nós. Ninguém jamais vai dar aos híbridos a chance de provar que são *amáveis*...

— Ninguém vence guerras e revoluções sendo *amável* — argumentou Vince.

Guerras e revoluções.

O que era aquilo? Uma guerra? Uma revolução?

Estremecemos. O lugar das guerras não era ali, em nosso país. O lugar das guerras era na História, ou naquelas distantes nações do outro lado do oceano. E a única revolução de que já tínhamos ouvido falar era a que fundara as Américas, quando os não híbridos haviam se libertado dos híbridos, mais de duzentos anos antes. Guerras e revoluções significavam morte e horrores incalculáveis. Haviam nos ensinado isso na escola.

Addie balançou nossa cabeça. Até aquele momento, estávamos em um meio-termo de controle, nenhuma das duas segurava as rédeas com firmeza. Mas, com aquele movimento, ela as tomou. Nossa mão escorregou para baixo, apertando o tecido fino de nossa saia.

— Devon está certo — disse Addie. — Vocês acham mesmo que todas aquelas pessoas estão agora mais dispostas a nos ajudar do que antes?

Devon olhou para nós. Não parecia agradecido pelo apoio de Addie, nem sequer surpreso. Só tinha aquela expressão indecifrável que usava às vezes, que não revelava nada.

— A praça Lankster mostrou à cidade inteira que nem todos os habitantes apoiam a cura — disse Sabine em voz baixa. — Acabar com a instituição de Powatt mostra que estamos falando sério. Que estamos dispostos a lutar. E se não demonstrar? Pelo menos é uma instituição a menos. Um maquinário cirúrgico a menos.

Ninguém falou. Sabine foi quem quebrou o silêncio de novo, desta vez com uma pergunta. Seus olhos estavam sobre mim e Addie.

— Quantos híbridos acha que existem? Digo, aqui nas Américas.

— Eu... não sei — respondeu Addie.

— Nem eu — acrescentou Sabine. — Peter não sabe. Talvez nem o governo saiba, não com a porcentagem de híbridos na clandestinidade. Acho que nossos números são pequenos, mas não tanto quanto nos fazem acreditar. Digamos que apenas uma em cada quinhentas pessoas seja híbrida. Isso dá mais de *um milhão* de híbridos nas Américas, Addie. Eles nos fazem sentir isolados. E é por isso que muita gente desiste, sabia? Porque esse não é o tipo de coisa que se possa lutar sozinho. O governo parece tão grande e poderoso que nenhum daqueles pais, nenhuma daquelas crianças pode falar com ninguém sobre o assunto. Não conhecem mais ninguém que esteja passando por isso. Então desistem porque se sentem fracos demais para fazer alguma coisa. — Sabine não olhava para ninguém enquanto falava, focando-se em um ponto vazio na parede inclinada do sótão. Como se precisasse de toda a sua concentração para pensar no que dizer. — Quando se começa uma briga, é preciso seguir em frente até ganhar ou não poder mais lutar. Não vamos virar mais uma notícia sobre a derrota dos híbridos.

As palavras de Sabine se expandiram até preencher todo o sótão, pressionando-nos, tomando todo o ar. Eu não achava que alguém conseguisse respirar, quanto mais encaixar as próprias palavras no espaço remanescente.

— Depois de passar quatro anos em uma dessas instituições, você começa a sonhar em explodi-las — disse Sabine em voz baixa. — Cria fantasias sobre isso.

Quatro anos em uma instituição. Mais quatro anos depois de Peter libertá-la. Oito anos. Em oito anos, Addie e eu teríamos 23. Lyle teria 19. Ele seria calouro na faculdade. Oito anos eram quase uma década. Mais de um décimo de uma vida.

Se as coisas não mudassem, se não forçássemos uma mudança, talvez não encontrássemos mais nosso irmão caçula até ele se tornar adulto. Se é que teríamos essa chance.

— Mas não é por isso que precisamos agir assim — continuou Sabine. — Porque, no final, não vamos conseguir explodir todas as instituições. Mesmo que nunca parássemos, eles continuariam a construí-las. Quero dar aos outros híbridos que estão por aí uma razão para lutar, Addie. Quero que eles saibam que o governo não é o único poder, que os vizinhos não são o único poder. Que também somos um poder.

Seus olhos estavam firmes, como sempre. Ela não sorria. Mas não exibia um pingo de antagonismo na voz ou na expressão. Apenas um ardor calmo e controlado.

— Mas por enquanto é só uma ideia. Como grupo, tomamos decisões juntos. Ouvimos a opinião de todos.

Ela se voltou para Devon.

— De qualquer forma, precisaríamos de ajuda outra vez, para colocar as coisas em andamento.

Devon não demonstrou a mínima reação.

— Então. — O olhar de Sabine percorreu o sótão. Quando seus olhos recaíram sobre nós, estavam gentis, mas senti a força por trás deles. — Vamos dar um tempo e pensar nas coisas.

— Addie!

Sabine e os outros já tinham descido. Devon se virou com Addie ao ouvir o som da voz de Vince, mas seus olhos encontraram os nossos, e o que viu ali o convenceu a continuar descendo a escada, deixando Addie e Vince sozinhos no sótão.

— O que foi, Jackson? — Addie se afastou do alçapão e se encostou à parede. Um prego enfiou-se em nossas costas.

*Jackson?*, falei, mas Addie me ignorou.

Mas ela devia estar certa, porque o garoto não a corrigiu. Ele passou a mão pelo cabelo, tirando-o do rosto. Parecia que não sabia o que fazer.

— Qual é o problema, Addie?

Qual é o problema? Vince acabara de contar que eles estavam planejando explodir um prédio do governo, e agora nos perguntava qual era o problema?

*Pare com isso, Eva*, disse Addie, irritada. *Acalme-se. Não consigo... não consigo pensar.* Nossa mão se moveu para a testa, fazendo círculos sobre as têmporas com os dedos.

Em voz alta, ela disse:

— Olhe, Jackson... Eu só preciso... preciso pensar sobre isso.

Ele se aproximou de nós, tirando delicadamente nossas mãos do rosto. Elas eram mais ásperas do que eu esperava, com as palmas calejadas.

— Pensar em quê?

Addie riu.

— Explodir coisas? É, isso precisa de muita consideração, Jackson.

— Não são *coisas* aleatórias. — Seus olhos estavam arregalados, intensos. Suas mãos apertaram as nossas, fazendo-me sentir pregada à parede. Esperei Addie afastá-lo, mas ela não o fez. — Addie, não vamos colocar explosivos em parques de diversão. É uma instituição. Uma instituição para híbridos sem ninguém dentro. E vamos garantir que ninguém jamais *vá* para lá.

Addie olhou para trás, para as luzes de Natal na parede mais distante.

— Aquelas pessoas na praça Lankster... — murmurou ela, talvez em um tom suave demais, porque Jackson franziu a testa, confuso. Addie mordeu nosso lábio e ergueu um pouco a voz. — Sei o que você e os outros querem, Jackson. De verdade. E quero a mesma coisa, mas...

— Mas o que, Addie? — disse Jackson. Como Addie hesitou, ele suspirou e desviou os olhos. — A instituição de Powatt vai ser totalmente diferente da praça Lankster. O prédio estará deserto. Sem ninguém. Sem multidões. Apenas um prédio cheio de camas vazias, esperando por seus prisioneiros. É uma *instituição*, Addie...

— Eu sei. — Nossa voz ficou mais contundente. — Eva e eu estivemos em uma. Nós entendemos.

O sorriso de Jackson não teve cordialidade.

— Não, Addie, não exatamente. A Nornand não era uma instituição; era um hospital. E era terrível, eu sei. Não estou dizendo que você passou uma semana em um hotel cinco estrelas. Mas, Addie, você ficou lá uma semana, e foi bem alimentada, teve roupas, e... — Ele hesitou, soltando um pouco nossas mãos. — E havia janelas.

Addie puxou as mãos com força para a lateral do corpo, mas as mãos dele, entrelaçadas às nossas, foram junto.

— Também tinha Jaime preso no porão e crianças *morrendo* naquelas mesas de cirurgia...

— E é justamente o que vai acontecer em Powatt — afirmou Jackson em um sussurro áspero. — Essa nova instituição é duas vezes maior que a Nornand, Addie. E cada centímetro é destinado apenas a híbridos. Quantas crianças você acha que vão colocar lá dentro? Consegue imaginá-las?

Nossa respiração ficou irregular. Será que eu estava me sentindo presa por ser encurralada por Jackson? Ou pelas imagens que ele jogara em minha mente?

— Os que forem escolhidos para as cirurgias serão os sortudos, Addie. Os outros vão só... — Sua voz morreu. Ele engoliu em seco, deslocando seu pomo de adão. — Sabe quantas crianças morrem em currais híbridos? É isso o que aquelas instituições são. Currais. Eles nos prendem até morrermos e, com exceção de nos dar um tiro na cabeça, fazem de tudo para acelerar o processo. Eles nos trancam, nos amontoam em quartos, tantos quantos couberem. Esses lugares ficam no meio do nada. E não há ninguém. Ninguém além da criança morrendo na cama ao lado da nossa, e os cuidadores, que não estão nem aí.

Enquanto Jackson falava, Addie ficou olhando para sua boca, seu nariz, seu queixo ou à esquerda de sua orelha. Mas naquele momento o encarou.

— Fui para uma instituição com 12 anos — disse Jackson em voz baixa. — E durante três anos não saí do prédio.

Ele ficou quieto, de um jeito que nunca ficava.

*Mantenha a esperança*, ele nos dissera na Nornand. Será que mantivera a esperança durante três anos? Como era possível?

Addie apertou as mãos dele, não o contrário. Mas só durou um instante. Depois ela desentrelaçou nossos dedos e afastou os dele com delicadeza. Ele deu um passo para trás, deixando-nos sair dali.

— Tenho de pensar nisso, Jackson — disse Addie em um tom suave. Ela esperou, e ele assentiu uma vez. Addie olhou por cima de nosso ombro quando começou a descer a escada, como se não conseguisse tirar os olhos daquele garoto magro de olhos claros, não conseguisse parar de pensar na criança que ele fora, que tinha se deitado em uma pequena cama de metal e sonhado com a luz do sol.

# Capítulo 18

Nós pensamos no assunto.
Pensamos no assunto durante o jantar enquanto Nina e Emalia comiam e riam, saindo do devaneio apenas quando Nina deu um tapinha em nosso braço e perguntou:

— Gostou?

Levamos um instante para nos dar conta de que ela estava falando da comida em nossa caixa de isopor. Algum tipo de peixe. Mal o tínhamos tocado, mas, mesmo assim, consegui assentir e sorrir. Se Nina ou Emalia havia notado alguma coisa estranha, não falou nada.

Pensamos no assunto enquanto escovávamos os dentes. Quando estávamos no chuveiro. Enquanto nos vestíamos para dormir. Depois de apagarmos o abajur. Depois de dizermos boa noite a Nina.

*Não podemos, Eva,* disse Addie. *É uma loucura. Devíamos contar...*

*Contar a Peter?* Nossas mãos se cruzavam sobre o peito. Um instante antes, estavam nas laterais do corpo. Antes disso, sob o pescoço. Não conseguíamos ficar confortáveis. *E depois?*

*Como assim 'E depois?' Depois ele cuida para que eles nunca façam essa loucura e...*

*E nos odeiem para sempre,* falei. *O que nem vai importar, porque em alguns meses Peter vai ter nos mandado para Deus sabe onde e ficaremos completamente sozinhas.*

*Não vamos deixar isso acontecer, Eva.*

Eu me virei de lado e enfiei o rosto no travesseiro.

*Como? Não podemos ficar com Sabine se dermos para trás neste plano.*

*Não seria dar para trás.* Mas eu sabia que Addie sentia, assim como eu, que já estávamos ligados a Sabine e aos outros. Recusar seria dar para trás. *Se fizermos isso, acha mesmo que Peter nos deixaria ficar? A cidade vai enlouquecer, Eva. Vai ser cem vezes pior do que o que aconteceu depois da praça Lankster.*

Minha voz saiu mais contundente do que eu pretendia.

*Peter não pode escolher quem as pessoas convidam para a própria casa.* Addie não respondeu, e eu continuei, com mais suavidade. *Se tivermos de ir embora no final, você não gostaria de ter feito alguma coisa antes, Addie? Não acha que ao menos deveríamos tentar fazer uma diferença?*

*Talvez*, disse Addie. E não falou mais nada.

Eu me mexi outra vez, virando-me para olhar a forma adormecida de Nina na outra cama. Ela, pelo menos, dormia em paz naquela noite.

Na manhã seguinte, Emalia ainda estava preparando o café quando fui procurar Ryan, subindo os degraus de dois em dois. Durante anos, eu não pudera me comunicar com ninguém além de Addie. Ryan fora uma das primeiras pessoas com quem eu tinha conversado depois de reaprender a falar. Ele me ouvia até que eu domasse meus pensamentos confusos, transformando-os em palavras.

Eu também precisava conhecer seus pensamentos. Será que as palavras de Devon também haviam sido suas? Ou Devon simplesmente passaria por cima de Ryan? Talvez ele não tivesse certeza. Talvez também precisasse de mais tempo para refletir.

Henri, não Ryan, abriu a porta quando bati.

— Eles ainda estão dormindo — anunciou ele em voz baixa, quando entrei. Henri só falava entre quatro paredes. Era mais seguro assim, por causa do sotaque. Ele indicou com a cabeça o sofá, onde o garoto que eu procurava estava deitado sob um cobertor, com um braço curvado ao lado da cabeça. Seu cobertor arrastava no tapete.

A luz da sala de jantar tinha sido acesa, mas o restante do apartamento continuava escuro. Mesmo assim, vi o formato de seu rosto, a curva de sua boca, a sombra que seus cílios faziam. Por que eram sempre os meninos que tinham cílios ridiculamente longos?

*É Ryan ou Devon?*, perguntou Addie.

*Ryan*, falei sem pensar. Eu não precisava mais pensar.

*Como você sabe? Acha que um dorme de um jeito diferente do outro?*

Parecia bobo quando ela colocava assim, mas minha convicção não vacilou.

*Não sei. Só tenho certeza de que é Ryan. Você não?*

*É*, disse ela após um instante. *Tenho.*

— Eva? — Henri sorriu quando tomei um susto.

— Desculpe — falei. Já estava retornando para a porta. — Volto mais tarde.

— Não, espere. — Henri passou uma das mãos pelo cabelo escuro e curto, depois indicou a mesa. — Conversa comigo? Vamos falar baixo.

Hesitei, depois assenti. Quando Addie e eu conhecemos Henri, ficamos nervosas demais para conversar. Ele fora visitar Peter, e havíamos lançado olhares furtivos do outro lado da sala, corando quando ele nos pegava. Além de Peter, nunca havíamos conhecido ninguém que tivesse viajado para fora das fronteiras americanas. E Henri não apenas viajara. Passara a vida inteira no exterior. Ele tinha as respostas para muitas perguntas que nunca havíamos sonhado fazer. Como os híbridos viviam? Alguns realmente enlouqueciam como alegavam os panfletos hospitalares? Como era a interação entre pessoas de uma alma só e híbridos em outros lugares? Era mesmo possível ser feliz assim?

Henri tivera a boa vontade de nos contar histórias sobre sua terra, um pequeno país na África central. Ele traçara para nós as viagens que havia feito para o Oriente Médio e a Europa, onde agora trabalhava para um jornal. Sempre adorara trabalhar, contara. Sempre quisera ver o mundo, conhecer seu povo. E depois de ir a todos esses lugares, tinha entendido que as pessoas são capazes de aceitar todos os tipos de *normal*.

O restante do apartamento de Henri era simples, mas a mesa estava sempre coberta de papéis, uma confusão de blocos de anotação e pastas de papel pardo que lembravam as que eu vira na Nornand. Aquelas que reduziam os pacientes a fotografias, resultados de testes e notas escritas às pressas. A *progresso* ou *falha*. A experiências.

— Peter disse que a cidade já não está tão nervosa com o que aconteceu na praça Lankster — disse Henri. — Mas ainda não sabem quem foi o responsável.

Eu o encarei.

— Acha que vão descobrir?

— Não sei — respondeu ele. Henri deve ter interpretado mal minha inquietação, porque continuou. — Não precisa se preocupar com isso, Eva.

O que Josie dissera? Que o governo não iria simplesmente incriminar alguém, porque cometer um erro os faria parecer idiotas. Fazia sentido. Mas não descobrir também os faria parecer idiotas. A única solução era encontrar os verdadeiros responsáveis.

Nos encontrar.

Não iam nos encontrar. A possibilidade era apavorante demais para levar em consideração.

— No exterior encontraram um jeito de ir à Lua — falei. — Encontraram um jeito de curar o hibridismo? Que não acabe matando a maioria dos pacientes?

Henri hesitou. Ele passou um momento pensando, desenrolando cuidadosamente as mangas da camisa dos cotovelos. Era tão cedo que Ryan ainda nem tinha acordado, mas Henri estava elegante como se fosse a um jantar fino. Ele sempre se vestia assim; mesmo que quase não saísse do prédio.

— Ainda não. Não há muita gente pesquisando isso no momento. Uns acham que deveríamos pesquisar mais. Outros, que deveríamos parar. Alguns acham que não deveríamos nos concentrar nos híbridos, mas nos que não são híbridos. Encontrar uma forma de salvar todas as criancinhas que morrem antes dos 10 anos.

Todas as almas recessivas. As que não tinham sido *sortudas* como eu.

— Talvez seja melhor não saber — falei. — Talvez todas as complexidades de quem sobrevive e quem não... por que algumas pessoas são híbridas e outras não... vai ver é algo que não devemos saber.

Henri fez uma pausa, observando-me com atenção. Eu me controlei para não me mexer.

— Por que está dizendo isso? — perguntou ele.

Pensei em Eli e Cal. Em Jaime, com suas frases interrompidas e metade perdida.

— Conhecimento demais pode levar a coisas terríveis — argumentei.

Por um bom tempo, Henri não respondeu. Seus olhos não se desligaram de nosso rosto. Nossos lábios se contraíram.

— As pessoas fazem coisas terríveis — murmurou Henri.
— Conhecimento é apenas conhecimento. — Ele hesitou. — E se conseguissem encontrar uma cura *verdadeira*? Não apenas matar uma das almas, mas... transferi-la?

*Transferi-la?*, repetiu Addie.

Franzi a testa.

— Está falando de me tirar do meu corpo e me colocar em outro? Isso é impossível. Onde conseguiriam um... corpo vazio?

— Estou apenas especulando — disse Henri. — Mas corpos podem ser construídos.

— Construídos?

— Isso. Clonados. Já foi feito com animais. Faz sentido ser possível com humanos.

Eu só conseguia encará-lo.

*Podiam construir um outro corpo para mim*, repeti.

Addie não respondeu. Eu tinha uma percepção vaga de que ela estava escondendo suas emoções de mim. Mas meus sentimentos e meus pensamentos estavam confusos demais para me focar nos dela.

Construir um corpo do nada... seria possível? Seria possível criar um corpo humano totalmente funcional, com exceção daquilo que o animava? Que pensasse, sentisse e sonhasse?

E como eu seria transferida? Meus pensamentos? Minhas lembranças? E se algo se perdesse no caminho? Será que continuaria sendo a mesma pessoa em outro corpo? Fariam um segundo corpo igual ao antigo? Eu ainda teria cicatrizes nas mãos do café que derramara quando criança?

Lyle com um rim novo continuava sendo Lyle. Lyle seria Lyle mesmo que substituíssem *todos* os seus órgãos, eu sentia aquilo com absoluta certeza.

Mas era diferente nesse caso? Eu continuaria a ser eu?

Continuaria a ser *eu* sem Addie compartilhando meu coração?

— Você sabe que... que esse tipo de coisa não é possível hoje em dia, não é? — disse Henri rapidamente. — Também não será possível em cinco ou dez anos ou, imagino, em vinte ou trinta. Não sou cientista. Mas só queria saber. Se houvesse a possibilidade de encontrar esse tipo de *cura*, você gostaria que pesquisassem? Mesmo que algumas pessoas usassem esse conhecimento para o mal?

Eu me limitei a encará-lo. Não sabia como responder.

Foi Addie que, enfim, sussurrou:

*Não seria uma cura, Eva. Nada pode curar o hibridismo, porque ser híbrido não é uma doença.*

E ela estava certa, claro. Esses procedimentos de que Henri estava falando não iam nos *consertar*, não iam nos deixar *normais*. Só iam nos tornar *diferentes* do que éramos. Iam nos modificar.

Eu desejaria esse tipo de mudança? Não sabia. Talvez sim. Talvez fosse bom ter a escolha, mesmo que no final Addie e eu decidíssemos que não era para nós. Mesmo que não quiséssemos mudar, outro híbrido podia querer.

Henri forçou um sorriso que não era realmente um sorriso, apenas um estiramento dos lábios.

— Não se preocupe com isso. Não era sobre esse assunto que eu queria falar com você quando pedi para você ficar, Eva. Queria que me dissesse: está acontecendo alguma coisa?

Minha mente ainda rodopiava com a ideia de construir corpos. A partir do quê? Dos mortos? Ou de células? Cada vez mais, me dava conta de quão pouco eu e Addie sabíamos. Com quão pouco conhecimento nós tínhamos nos contentado.

Não tivéramos nenhum motivo para duvidar da veracidade do que nossos professores nos ensinaram: que as Grandes Guerras haviam varrido o restante do mundo, destruindo-o. Que as Américas eram o único refúgio de paz e prosperidade. Que essa paz e prosperidade dependiam de manter o país livre de híbridos.

Por que teríamos acreditado em algo diferente? Era aquilo que estava escrito nos livros de História e nos jornais, o que nossos pais diziam. Era no que nossos colegas de turma e os pais de nossos colegas de turma acreditavam. Era o que o presidente dizia, e ele estava no cargo havia mais de duas décadas. O tio dele guiara o país durante o começo das Grandes Guerras e das invasões que ocorreram em solo americano. Ele devia saber do que estava falando.

— Como assim? — falei. — Não está acontecendo nada.

— Eles tentam esconder, mas eu ouço Lissa e Ryan discutindo. Acho que sobre algo maior do que as coisas por que normalmente brigam.

*Concentre-se, Eva*, disse Addie.

Ela estava certa. Eu podia pensar nas ideias de Henri mais tarde.

— Não sei sobre o que eles estão discutindo.

Henri analisou nossa expressão. Desviei o olhar, deixando nosso cabelo cair sobre o rosto, e observei os outros papéis sobre a mesa. Enterrado sob dois blocos de anotação estava um mapa-múndi idêntico ao que ele nos dera.

Passei os dedos sobre a superfície brilhante.

— Por que não nos ajudam? Eles sabem que existimos, não sabem? Os híbridos? E como somos tratados?

Henri hesitou.

— Eles têm preocupações mais importantes. As Américas são um país grande, mas vocês... qual é a palavra? Vocês são fechados. E não são tão avançados tecnologicamente. Vocês não são uma ameaça. O mundo já viu guerra demais nas últimas décadas. Há pouco a ganhar provocando as Américas quando até agora elas foram pacíficas.

— Não foram pacíficas *conosco* — disparei. Respirei fundo pelo nariz. — Mas eles fazem comércio. A Dra. Lyanne nos contou. Há países no exterior fazendo comércio com as Américas, ajudando-os a nos prejudicar.

Quando Henri voltou a falar, sua voz estava ainda mais baixa. Contida.

— Quase todos foram prejudicados pelas guerras. Uns países mais que outros. Alguns estão muito desesperados hoje em dia. E tentariam fazer negócios com as Américas na esperança de receber ajuda no caso de outra guerra. — Sua expressão deixava claro que ele considerava essa ajuda improvável. — Outros fazem negócios porque as Américas podem fornecer suprimentos que eles não produzem por conta própria e não conseguem obter em outro lugar.

Mas no final, seja qual for o motivo, a parte importante foi fácil de entender.

*Eles não vão nos ajudar*, falei.
*Não, não vão.*
Tínhamos de nos virar sozinhos.

## Capítulo 19

Ryan acordou logo depois, livrando-me das perguntas de Henri.

— Eva? — Sua voz estava áspera de sono. Eu me apoiei no canto do sofá, sorrindo automaticamente quando seus olhos encontraram os meus. Se me inclinasse só um pouco, podia debelar o resto de seus sonhos com beijos, protegendo-nos do mundo com os cabelos. — Você chegou cedo.

Dei de ombros, consciente da presença de Henri na mesa de jantar atrás de mim.

— Queria conversar.

Ryan assentiu e se levantou. Ele sabia sobre o que eu queria conversar. Acho que não era difícil descobrir.

— Vou me vestir.

Sentei constrangida na sala enquanto Ryan foi se arrumar. Claro, não podíamos conversar direito com Henri escutando, então, assim que Ryan voltou, murmurei que não queria deixar Kitty sozinha e o tirei do apartamento.

Mas, quando chegamos à porta de Emalia, hesitei.

— Vamos continuar. — Dei um passo para trás em direção à escada. — Vamos lá para fora. Fazemos isso o tempo todo para ir à loja de fotografia, e nunca aconteceu nada. Nada nunca chegou *perto* de acontecer.

*Eva...*, disse Addie.

Mas Ryan sorriu.

— Aonde você quer ir?

Para o último lugar onde tínhamos nos sentido, só por um momento, felizes, aliviadas e cheias de esperança.

— À praia — falei.

Eu tinha procurado Ryan para conversarmos sobre o plano de Sabine, mas, enquanto andávamos pelas ruas congestionadas da cidade, não toquei no assunto. A manhã quente e ensolarada me enchia de uma felicidade que eu não tinha pressa em destruir.

Não tínhamos dinheiro para o ônibus, muito menos para um táxi, então entramos em uma pequena mercearia para olhar um mapa e anotar o caminho, depois saímos a pé. Em geral Emalia só chegava em casa à noite; tínhamos bastante tempo.

Foram quilômetros antes de finalmente chegarmos ao calçadão. Mas vê-lo cheio de cores vibrantes e sons caóticos nos fez esquecer o quanto tínhamos andado. Barcos oscilavam a distância, visíveis entre os prédios coloridos. As aulas ainda não tinham começado em Anchoit, e crianças corriam e gargalhavam alto. Os pais as seguiam.

Uma rajada de vento me fez enrolar o casaco com mais força em volta do corpo, fez nosso cabelo voar ao redor do rosto. Mas também nos trouxe o cheiro denso e salgado do mar misturado a um sopro de comida gordurosa.

Ryan e eu não nos importamos com as lojinhas, os restaurantes ou os fliperamas, com suas luzes que não paravam de piscar. Fomos direto para a praia, onde tirei nossos sapatos e meias, mas Ryan continuou calçado. Era quase meio-dia, e a areia clara da praia estava quente sob nossos pés.

Lá longe, na água, um pequeno barco atravessava as ondas. Espremi os olhos para vê-lo, a mão erguida para protegê-los do sol. Durante os primeiros anos das Grandes Guerras, refugiados do resto do mundo chegaram às Américas em navios, buscando abrigo e segurança. A princípio tinham permissão para entrar, mas depois aconteceram as invasões, o sentimento anti-híbrido aumentou, e os navios passaram a ser mandados de volta. Muitos dos híbridos que já estavam no país foram reunidos e colocados em campos. Alguns dizem que foram assassinados, ou executados, por suspeita de traição. Depois disso, as instituições eram supostamente uma gentileza. Um lugar de contenção e segurança, não de assassinato.

Aquela cura de que Jenson falou também devia parecer uma gentileza.

— Achei que teríamos o verão inteiro — falei para Ryan por cima do ombro. Eu quase conseguia sentir o gosto da água salgada em nossos lábios, sentir o toque escorregadio do mar em nossa pele. Tudo tinha um aroma inebriante, violento e bravio. — Na última vez que estivemos aqui. Pensei que teríamos o verão inteiro para voltar, nadar e ficar ao ar livre.

Ryan nos conduziu pela praia, para longe do calçadão lotado. Ali, estávamos praticamente sozinhos. Tirei o cabelo do pescoço, querendo sentir o sol aquecer nossa pele. Imaginei que podia nos aquecer inteiras, afastar as sombras que sentia alojadas em nosso peito.

— Normalmente não faz tanto frio aqui, nem no outono — disse Ryan. — Talvez nos deixem sair do confinamento em breve.

Estávamos no meio de agosto, mas ninguém dissera nada sobre nos matricular na escola. Eu não sabia se ficava aliviada ou não. A escola podia ser um inferno, ter de manter uma fachada o tempo todo, tentar fazer amigos que sabíamos que nos abandonariam se suspeitassem de quem realmente éramos. Mas, se Peter e os outros não estavam planejando nos matricular em Anchoit, talvez não esperassem que ficássemos tempo bastante para valer a pena.

Fiquei em silêncio por um tempo, com nossos sapatos enganchandos em nossos dedos. Tinha guardado muitos segredos nas últimas semanas. Principalmente de Emalia e Sophie. Mas naquele momento percebia que também guardara um segredo em particular de Ryan e Hally.

— Peter está planejando nos mandar para algum outro lugar. Ryan se virou para mim.

— *O quê?* Quando ele disse isso?

— Há um tempinho. — Eu desviei os olhos. — Não apenas Addie e eu. Ele quer todos nós fora de Anchoit: você, Hally e também Kitty. Ele não acha seguro.

— Peter não acha nada seguro — disse Ryan. A repentina amargura em sua voz tonou o dia um pouco menos quente.

Então, com um suspiro, ele se sentou na areia e nos puxou consigo. Encostou a cabeça na nossa, e tentei relaxar, porque isso deveria ser muito fácil, muito simples. Mas não era. A rigidez de Addie se infiltrava em nossos músculos, injetava tensão em nossos membros. Ela não disse nada, mas não precisava. Eu deveria me afastar. Mas não queria. Em vez disso, peguei o braço de Ryan e o puxei para perto quando me deitei, aninhada no calor do sol, da areia e de sua pele.

O céu quase não tinha nuvens. Era tão azul que doía olhar.

— O que acha do plano deles? — indagou Ryan em voz baixa, perto de nosso ouvido.

Depois de tanta contemplação silenciosa, foi estranho ouvir a pergunta em voz alta. Foi ainda mais estranho perceber que só tínhamos ouvido o plano de Sabine menos de 24 horas antes.

— Eu topo — falei para o céu, a areia, o mar.

*Eva*, disse Addie. Não era uma discussão. Ela não tinha debatido o plano desde a noite anterior. Mas disse meu nome como um aviso. Ou... não um aviso. Um apelo, talvez. Um apelo para esperar só mais um instante, para pensar um pouco mais.

Mas eu não queria mais pensar. Tinha acordado naquela manhã querendo conversar com Ryan para poder organizar meus pensamentos, mas não era preciso. Meus pensamentos já estavam bem organizados.

— Eu topo — repeti. — Acho... acho...

— Que é certo? — disse Ryan.

Eu me virei para poder olhá-lo nos olhos.

— Se significar uma Nornand a menos para alguém, sim. Se significar que as pessoas vão reconsiderar, apenas um pouco, o que estão fazendo conosco, sim.

Ele assentiu. Addie não disse uma palavra. Talvez se eu tivesse me esforçado um pouco mais, decifrasse o nó de seus sentimentos. Mas estava ocupada demais com aquela conversa em voz alta, com o peso de minhas palavras, com o garoto com quem as compartilhava, o calor de seu braço a meu redor.

— Não devemos nada ao governo, àqueles funcionários públicos e aos médicos — falei.

Ryan balançou a cabeça. Ele se apoiou nos cotovelos, percorrendo as ondas com o olhar. Havia areia em seu cabelo, areia nas dobras de sua blusa.

Ele falou em voz baixa, mas entendi cada palavra.

— *Isso* — disse ele. — Devemos *esse plano* a eles.

# Capítulo 20

Quando nos reencontramos no sótão no dia seguinte e Sabine perguntou sobre nossa decisão, todos os outros responderam antes.

Jackson e Vince. Aquele sorriso cortante. *Sim*.

Cordelia e Katy. Uma solenidade. Uma série de piscadelas rápidas. *Sim*.

Sabine e Josie. Sorrindo. Tranquilas. Já se virando para a pessoa seguinte no sótão. *Sim*.

Christoph. Um gesto brusco de afirmação com a cabeça. *Sim*.

Devon e Ryan Uma pausa extremamente longa, na qual seus olhos não se focaram em nada. Então, em voz baixa. *Sim*.

Eu sentia o silencioso alívio deles, via-o em seus ombros. Todos os olhos se voltaram para nós.

*Addie?*, falei, mas ela não disse nada.

Então pensei em Jaime. Pensei em Kitty, Nina, Cal, Eli, Bridget, na garota com o cabelo louro prateado, no garoto com o rosto sardento e em todas as outras crianças que tinham se sentado conosco usando o azul da Nornand.

Pensei no Sr. Conivent.

Em Jenson.

Em Lissa e Hally no porão, debatendo-se nos braços de uma enfermeira enquanto outra preparava a seringa.

— Sim — falei. E não sussurrei. Não deixei nossa voz vacilar ou tremer. — Sim, nós topamos.

A frequência das reuniões aumentou. Logo passávamos ao menos uma ou duas horas todos os dias na loja de fotografia, às vezes no térreo, mas em geral escondidos no sótão. A princípio, saíamos de fininho no começo da tarde, mantendo uma ampla folga entre voltar para o apartamento e Emalia chegar do trabalho. Mas Emalia raramente descumpria seus horários, e nos tornamos mais ousadas. Além disso, ir à loja de fotografia no final da tarde ou no começo na noite era melhor, significava que os outros já tinham saído do trabalho e todos podíamos conversar.

Como tínhamos decidido seguir em frente com o plano, precisávamos resolver a logística. Conversamos sobre os explosivos que podíamos usar, comparando composições, complexidade e quantidades necessárias. Pesamos líquidos contra sólidos, e descartamos ideias que exigiam um volume grande demais. Afinal de contas, seria necessário transportar o material, e apenas Sabine tinha carro.

Sabine fez muitas anotações: listas de possíveis produtos químicos e combinações e onde podiam ser encontrados. Eu passava horas tentando lê-las enquanto ela e Ryan discutiam o que podia ser construído para gerar reações diferentes e como conectar tudo aquilo a um cronômetro para ter certeza de que a coisa explodiria quando quiséssemos. Pensaram em tentar detonar remotamente, mas Ryan hesitava em montar algo sofisticado o bastante para funcionar a longa distância.

Às vezes era desconcertante ver Ryan e Sabine juntos, ouvi-los conversando e só entender vagamente do que falavam. Durante essas discussões, Ryan ficava animado como raramente se permitia em outros momentos. Não havia inibição, hesitação ou constrangimento. Na verdade, parecia não existir nada no mundo além de seus livros, anotações e diagramas, e de Sabine, claro, que navegava por seu mundo com tanta facilidade quanto ele. Metade da comunicação entre os dois parecia ser feita em código.

Cada vez mais, Addie e eu nos sentíamos fora de nosso elemento. Sempre fôramos consideradas inteligentes. Acima da média. Havíamos conseguido notas altas o bastante para ganhar uma bolsa de estudos em nossa escola particular, e raramente os trabalhos escolares eram difíceis. Um dos benefícios de ter duas mentes enquanto todos os outros tinham uma. Mas no final das contas, nunca havíamos nos dado ao trabalho de estudar química além do que precisávamos, e sem dúvida aquilo estava além de nosso programa de estudos de calouras.

Sabine nunca completara oficialmente o ensino fundamental, muito menos o ensino médio. Emalia e Sophie ainda não tinham se juntado à Resistência quando Peter resgatara Sabine e Christoph, de forma que não havia ninguém para forjar identidades. Durante anos, eles tinham vivido como fantasmas da sociedade, sem documentos, semiescondidos. Mas Sabine lia. Vorazmente. E, como Devon nos contara, quando teve idade suficiente, começou a entrar sorrateiramente em palestras da faculdade no centro da cidade, absorvendo tudo o que podia.

— Oxigênio líquido e querosene — disse Sabine certa tarde. Cordelia ainda estava no andar de baixo, pois a loja só fecharia em uma hora, mas o restante de nós se acomodara no sótão, mergulhados em livros e nas anotações de Sabine. O calor úmido me deixara sonolenta, mas as palavras de Sabine despertaram nossa atenção.

*Oxigênio líquido...*, repetiu Addie. *Lemos sobre isso nas anotações dela.*

Oxigênio líquido. OL. Ponto de congelamento abaixo de 185 graus negativos. Havia mais informações, mas eu não me lembrava.

Jackson assobiou baixo.

— Isso não é...

— É, quase combustível de foguete. — Sabine se recostou ao sofá. A pesquisa e o planejamento a absorviam tanto quanto a Ryan, mas Sabine também trabalhava durante o dia. Aquilo parecia estar afetando-a de um jeito que a praça Lankster não conseguira. Ela estava firme como sempre, mas às vezes parecia uma pouco cansada. — Não precisaríamos de muito. Mas *vamos* precisar de suprimentos. Uma garrafa térmica para o oxigênio líquido...

— Esqueça a garrafa térmica. — Jackson tentava virar a página do livro de Sabine, e ela afastou a mão dele. — Onde conseguiríamos oxigênio líquido?

A voz de Sabine ganhou força quando ela começou a explicar.

— Pegaremos no hospital do centro da cidade.

— Você vai roubar — disse Addie. — De um hospital.

— Parece que é o que ela está dizendo. — Jackson sorriu, mas foi o único. Christoph mantinha os olhos fixos no teto. Ryan folheava as anotações de Sabine.

— Eles o guardam em tanques, nos fundos. É convertido em gás antes de... vocês sabem. — Sabine imitou uma máscara de oxigênio. — Fui ao centro ontem e dei uma olhada nos tanques. Se nos aproximarmos pelo ângulo certo, podemos evitar as câmeras de segurança, e não há guardas. Pelo menos não havia enquanto eu estive lá. — Ela abriu um sorriso irônico. — Só precisamos pular a cerca que protege os tanques e abrir a válvula de descompressão. Ou simplesmente levar um tanque inteiro. Alguns deles não são muito grandes.

Eu hesitei.

*Roubar de um hospital...*

Aquilo me fazia pensar em nosso irmão mais novo. No quanto ele precisava de tudo o que o hospital pudesse lhe proporcionar.

— Addie? — Jackson esperou-a erguer o rosto. Ele não estava mais sorrindo. Sua voz tornara-se mais suave. — Não levaríamos muito. — Ele olhou de relance para Sabine, como se pedisse uma confirmação, e ela assentiu.

— Um tanque. Eles têm dúzias e podem comprar mais.

Addie deu de ombros e desviou os olhos outra vez.

— É estranho roubar de um hospital.

— Bom... — Jackson contornou o sofá e foi até nós. — Você já fez isso antes.

Addie franziu a testa, confusa.

— Ele está falando de você — disse Sabine. Ela revirou os olhos, mas se permitiu um pequeno sorriso.

Addie e eu continuávamos sem entender. Isso deve ter se refletido em nosso rosto, porque Jackson riu.

— Você é uma híbrida, Addie. Por lei, é praticamente propriedade do hospital. Escapar como você escapou... — Ele sorriu. — Bom, foi meio como roubar a si mesma deles, não é?

Christoph gemeu.

— Você e suas metáforas, Jackson.

— Não acho que isso conte como metáfora — argumentou Sabine, rindo.

Mas, de certa forma, Jackson estava certo.

Os detalhes mudavam a perspectiva das coisas. Podíamos ter conversado para sempre sobre os diferentes tipos de explosivos, poderíamos ter feito piadas intermináveis com Jackson e Vince sobre licenças para dinamite, mas tínhamos um plano, e derrubar a instituição de Powatt se tornou muito mais real.

*Vamos mesmo fazer isso*, disse Addie.

Não era bem uma pergunta, mas estava longe de ser uma afirmação. Olhamos para Ryan, tão concentrado em sua conversa com Sabine. Será que perguntava a si mesmo se estávamos fazendo a coisa certa? Teria dúvidas? E quanto a Devon? Ele não era o tipo de pessoa que mudava de ideia facilmente. Será que discutiram sobre isso com frequência? Parecia que não. Ryan parecia focado, seguro.

Talvez ele tivesse em mente todos os nossos motivos para fazer aquilo. As pessoas que salvaríamos. A mensagem que passaríamos. O problema que seria para o governo. Talvez tivesse em mente as palavras baixas que Jaime murmurava para uma alma que não existia mais, a longa cicatriz em seu crânio. Talvez simplesmente pensasse nas irmãs e em quão perto tínhamos chegado de perder as duas.

*Vamos*, falei.

— Você está quieta — comentou Jackson.

Addie deu de ombros.

— Acho que não posso contribuir muito.

— Nem todos podem ser gênios. — Jackson inclinou a cabeça na direção de Sabine e Ryan. Eles estavam concentrados demais na própria conversa para nos ouvir. — Mas não se exclua.

Nosso estômago se contraiu, mas senti o fantasma de um sorriso, tão leve que mal existia. Tão leve que ninguém o teria percebido além de mim, porque a boca de Addie era a minha.

— Pode deixar — disse Addie.

Era quase sempre Ryan que ficava no controle quando estávamos no sótão. Às vezes eu me perguntava se Devon queria estar ali ou se simplesmente apagava e deixava Ryan cuidar de tudo. Desde seu desprezo inicial pelo plano de Sabine, ele não tinha mais se manifestado. Mas também não se dava ao trabalho de fingir estar envolvido.

Quando Devon aparecia, os outros tentavam atraí-lo para suas conversas. Sabine havia até levado uma fechadura avulsa quando eu brincara com o interesse de Devon por arrombamento de fechaduras. Ele até se dispôs a ouvir suas reflexões sobre como funcionava, e pareceu pegar o jeito rapidamente, mas isso não despertou seu interesse em participar das outras discussões.

Eu não pensava muito no assunto, para ser honesta. Estava ocupada demais tentando acompanhar Ryan e Sabine.

Então, certa noite Devon apareceu na porta de nosso quarto. Emalia devia tê-lo deixado entrar. Eu estava absorta demais no caderno, que eu convencera Sabine a me emprestar, para notá-lo até ele estar parado à porta.

— Trouxe as anotações de Sabine para casa? — perguntou ele. — Você está ficando mais dedicada que ela.

Era meio desconcertante ser alvo do seu olhar, mas tentei sorrir.

— Só estou olhando. Não tenho mais nada para fazer.

— E Addie? — perguntou ele. Eu franzi a testa. Ele não parou de me encarar, nem eu. — Também não tem nada melhor para fazer? Ou ela mudou de ideia?

Sua voz continuou impassível até a última frase. E eu mais senti que ouvi a acusação. Mesmo assim, fiquei indignada.

— Addie...

Addie tomou o controle de nosso corpo.

— Eu tenho esse direito.

A única reação de Devon à mudança foi um lento pestanejar e a elevação de uma sobrancelha.

— O que a fez mudar de ideia? — perguntou ele.

Com Addie no controle, fiquei livre para concentrar minha atenção em Devon, naquele corpo que compartilhava os olhos, as mãos e a boca de Ryan. O que Ryan estaria pensando naquele momento?

Nossos olhos se focaram em um ponto acima do ombro de Devon. Nossos lábios se contraíram. A princípio pensei que Addie simplesmente não fosse responder à pergunta. Mas enfim ela disse:

— Percebi que o que passamos na Nornand... foi só a versão cor-de-rosa do que outras pessoas enfrentaram, não foi?

Devon não respondeu.

Addie suspirou.

— Jackson nos contou que passou três anos em uma dessas instituições, e... e só de saber que cada pessoa naquele sótão passou por algo dez vezes pior do que nós... eu... bem, se houver alguma coisa que possamos fazer para garantir que outra criança não sofra isso, devemos fazer.

— Então foram as histórias tristes que fizeram você mudar de ideia — ponderou Devon.

Addie franziu a testa, fechando o caderno de Sabine e se levantando.

— Se é a isso que você quer reduzir, então sim, histórias tristes. Foi o que me fez mudar de ideia. Histórias tristes de outras pessoas.

— Todo mundo tem histórias tristes — disse Devon em um tom duro como pedra. — E todo mundo acha que é muito especial e problemático por causa delas.

— Do que você está falando?

Ele deu de ombros.

— Você voltou ao sótão conosco — disse Addie. Nossos dedos apertaram o caderno, a capa machucou nossa pele. — Poderia ter recusado. Foi você que disse que iria.

— Você ia. — Devon estava com a expressão que normalmente guardava para outras pessoas. A que dizia: *Você está sendo idiota, mas vou falar devagar na esperança de que me entenda*. Addie revirou nossos olhos. — Acredita mesmo que Ryan teria nos permitido ficar para trás se você fosse? — Ele hesitou? Eu já vira Devon hesitar? Ele sempre falava ou se calava... sem vacilar. — Ryan gosta de Eva. O que significa que ele gosta de você. O que torna você e Eva...

— Nos torna o quê? — disparou Addie.

— Torna vocês uma de nós.

— Nós?

A hesitação se esvaiu do corpo de Devon, que voltou à confiança silenciosa e firme. Ele assentiu.

— Quem são os outros *"nós"*?

— Hally — disse ele. — E Lissa.

— Ah — disse Addie.

— Cuidamos uns dos outros. — Seus olhos estavam brilhantes e fixos nos nossos. Havia quase um desafio neles. — Não importa o que aconteça.

Addie assentiu. Aconteceu alguma coisa entre os dois. Algo que eu não entendia. Sem dizer mais uma palavra, Devon se virou e começou a atravessar o corredor.

*Espere*, falei. Addie me passou o controle de má vontade, e repeti o pedido em voz alta. Devon reapareceu.

— Posso... eu gostaria de falar com Ryan.

Devon franziu a testa, e por um instante fiquei com medo de ele ter se ofendido. Será que eu ficaria ofendida se alguém me dissesse: *Afaste-se, quero falar com Addie, não com você*?

Provavelmente.

Sim.

*Desculpe*, eu ia dizer, mas não tive a chance.

— Ryan não está aqui — disse Devon.

Fechei a boca com tanta rapidez que nossos dentes bateram uns contra os outros. Não deveria ser tão estranho saber que Ryan sumira temporariamente. Eu mesma já tinha desaparecido. Estivera com Ryan sem a presença de Devon. Mas observar aqueles olhos familiares, aquele rosto familiar, e saber que Ryan não estava olhando para mim...

Achei que Devon ia sair de novo, mas ele ficou um tempo na porta.

— Olhe — disse ele. — Todo mundo está contando histórias. Todo mundo quer alguma coisa. Você não pode confiar em todos eles.

— Então em quem devemos confiar? — falei.

Ele me analisou.

— Não sei — respondeu em voz baixa.

Dessa vez, ele saiu e não olhou para trás.

# Capítulo 21

Quando finalmente nos aventuramos a sair do quarto, Emalia e Nina estavam aninhadas no sofá: Emalia com o braço ao redor dos ombros de Nina, e ambas riam do programa de TV. Eu tinha acabado de encher um copo com suco quando Addie disse *Vou apagar, Eva*, e sumiu, sem mais nem menos.

Ela me deixou no meio da cozinha, um copo de suco de laranja a meio caminho da boca e os pés frios contra os ladrilhos.

— Pode servir um pouco para mim? — pediu Nina.

Dei o meu para ela, pois não queria mais esperar. Por algum motivo, até aquele momento eu ainda não tinha me dado conta de que Addie podia me deixar quando eu não queria que ela fosse.

— Quer se juntar a nós? — disse Emalia. Eu balancei a cabeça.

Bateram à porta muito depois do término do programa. Nina estava no banho. Eu andava de um lado para o outro pelo quarto e só saí quando ouvi Emalia dizer:

— Ah, oi, Lissa. Como você está?

— Estou bem. — A voz de Lissa mal passava de um sussurro, e ela não voltou a falar até me ver no corredor. Ela segurava um bolo de roupas e uma toalha, e tinha uma pequena bolsa jeans a tiracolo. — Posso dormir aqui?

Eu não falei. Mal tinha visto Lissa ou Hally desde o dia em que haviam se recusado a voltar ao sótão. Elas tinham se isolado no apartamento de Henri, enterradas em livros, eu imaginava. Ou talvez só olhando pela janela, como costumavam fazer.

— Claro, Lissa — disse Emalia enfim. — Pode dormir aqui sempre que quiser.

Emalia não tinha saco de dormir, e as camas de solteiro eram estreitas demais para dividir, então Lissa e eu colocamos cobertores no chão da sala de estar. Claro, Nina quis se juntar a nós. Ela pegou seu cobertor e se apropriou do sofá enquanto Lissa e eu ainda estávamos tirando a mesinha de centro do caminho.

Estávamos constrangidas e não nos encarávamos.

Emalia, que tinha de trabalhar no dia seguinte, foi para a cama. O restante de nós assistiu a programas de fim de noite com o volume suficientemente alto. Enfim, Nina adormeceu. Lissa e eu vimos um pouco mais de TV depois disso, mas logo a maioria dos canais só transmitia programas de vendas, então desliguei a televisão. A sala mergulhou em escuridão e silêncio. Addie ainda não retornara. O lugar aquecido onde ela deveria estar parecia escuro e silencioso.

Lissa estava deitada, enroscada de costas para mim, tão quieta que achei que também tinha adormecido. Mas então a ouvi dizer em voz baixa:

— Eva?

— Sim? — sussurrei.

Ela se virou para mim. Tinha tirado os óculos, e seu rosto ficava diferente sem eles, mais vulnerável. Eu me preparei para várias perguntas: *O que você e os outros estão tramando agora? Por que está fazendo isso? Por que não tem falado comigo? Por que me deixou sozinha?*

A pergunta que ela fez não era nenhuma das que eu esperava.

— Você se pergunta por que somos assim? Por que as pessoas são híbridas? Por que alguns de nós o são e outros não?

Os olhos de Lissa perscrutavam os meus, e assenti. Claro que sim. Como poderia não me perguntar?

*E o que você acha?*

Essa era naturalmente a questão seguinte, mas ela não a fez, nem eu. Parecia íntimo demais para perguntar. Todos os híbridos deviam querer saber por que nasceram com esse destino. Eu tinha me questionado quando era criança, sozinha no parquinho. Lissa fora mantida enclausurada em casa até o segundo ano, sem ter contato com ninguém além dos pais e do irmão. Isso significava que tinha começado a se interrogar mais tarde ou mais cedo?

— Sempre foi assim — murmurou Lissa. — Desde o surgimento dos humanos. E eu... acho que não importa, não é? — Ela deitou de costas, com o cabelo comprido embolado sob o corpo. — Meu pai contava histórias para mim e Hally quando éramos bem pequenas. Não acho que ele pense que ainda nos lembramos, mas lembramos.

— Que tipo de histórias?

— Lendas — disse Lissa. — Sobre como o mundo começou. Como os híbridos começaram. Nossa bisavó contou para ele antes de morrer. Ele teve de traduzi-las, porque ela não falava inglês. Há algumas sobre Purusha, e umas sobre Brahma. E há outras. Ele nos contava muitas. Tínhamos de implorar por elas. — Lissa enrolou uma mecha de cabelo nos dedos. — Isso foi antes de começarmos a fingir que tínhamos nos definido. Depois, ele não contou mais nada.

Eu nunca tinha ouvido essas histórias, mas aprendera outras. Na escola, tinham nos ensinado que o mundo antigo acreditava que seus deuses haviam criado todas as pessoas para serem híbridas, de forma a nunca sofrerem a agonia da solidão. Então, um homem cometera um pecado imperdoável e, como castigo, os deuses arrancaram sua segunda alma. Ele foi excluído da sociedade e deixado completamente sozinho.

Finalmente, as pessoas, compadecidas de seu sofrimento permitiram que ele voltasse a seu meio, onde teve permissão de ser um cidadão de segunda classe, fazendo trabalho servil. Apenas trabalho servil, porque quem poderia confiar trabalhos de alto nível a um homem com apenas uma alma? Uma mente?

Na primeira vez que Addie e eu ouvimos a lenda, estávamos no terceiro ano. A única criança não definida de nossa turma.

— *Que história cruel* — dissera a professora —, *inventada para justificar o tratamento ainda mais cruel que os híbridos deram a nossos antepassados. Sabem o que significa antepassado?*

Tínhamos nos demorado à porta no final do dia, esperando que a atenção da professora recaísse sobre nós. Ficávamos confortáveis com ela. Com 8 anos e ainda não definidas, éramos incomuns, mas não indecentes, e ela era mais gentil que nossos colegas.

— *Com quem ele se casou?* — perguntei.

Ela nos lançou um sorriso confuso.

— *Como?*

— O homem que não era híbrido. Ele deve ter se casado com alguém. Para ter filhos. Ou não haveria mais gente com uma só alma.

— Addie — disse ela. Todo mundo nos chamava de Addie naquela época, porque normalmente era Addie quem estava no controle. Não me dei ao trabalho de corrigi-la. — *É apenas uma história. Ele não se casou com ninguém. Ele nem existiu. Os híbridos só inventaram isso para que se sentissem melhor por tratar os não híbridos de forma tão horrível. Está entendendo?*

— Sim — falei, embora não entendesse.

Como os híbridos poderiam se sentir melhor consigo mesmos se sua história nem fazia sentido?

— Como você pode achar que o plano de Sabine é uma boa ideia, Eva? — A pergunta de Lissa me fez voltar ao presente. Seus humores tendiam a ser menos extremos que os de Hally, então talvez eu devesse agradecer por isso. Mas a silenciosa decepção em sua voz causou uma contração em meu estômago, transformou minha culpa em uma bola de demolição. Eu precisava da presença de Addie para aquilo. Não queria enfrentar sozinha a pergunta de Lissa.

— É só um prédio — falei. — Pense no golpe que será para o governo.

— Um golpe para o governo? — Ela se apoiou nos cotovelos e olhou diretamente para mim. — Qual é, Eva. Não foi você que pensou nisso. Você não fala assim.

Na verdade, era algo que Vince dissera, mas fiquei quieta.

— Já conversou sobre isso com Ryan? — perguntei.

Ela suspirou, voltando a se deitar no chão.

— Já, mas ele é o Ryan. Se tiver um projeto e se sentir necessário, está feito. Ele não quer nos ouvir. Pensamos que você ouviria.

— Os explosivos...

— A bomba, Eva — disse Lissa. Seus olhos se estreitaram. — É uma bomba.

— A bomba. — A palavra pareceu pesada e amarga em nossa língua. Como acontecera antes com *definir*, quando Addie e eu éramos pequenas, confusas e a ligávamos a alguma coisa que fazíamos errado, algo equivocado conosco.

Esqueci qual era o resto de minha frase. *Bomba* enchia minha mente, afastando todo o resto.

— Talvez você devesse contar isso a Peter — disse Lissa suavemente.

— Peter? — falei. — Peter quer nos mandar embora, e você acha...

— *O quê?*

A palavra trespassou a sala. Ambas inspecionamos Nina, mas, se ela tinha acordado, fingira que não. Mesmo assim, esperei um momento antes de responder. Precisava dele para estabilizar minha respiração.

— Ryan não contou?

— Contar o quê? — Lissa tentava sussurrar, mas seu tom de voz continuava subindo. — Peter quer nos mandar para onde? Ele disse isso? Quando?

— Não sei. Há algum tempo. Ele... — pressionei o punho contra a testa. — Não está decidido. Achei que Ryan ou Devon tinham falado com você. Mas, Lissa, ele é a última pessoa a quem podemos recorrer, está bem?

Uma centena de emoções passou pelo rosto de Lissa, cada qual se misturando à seguinte. Ela inspirou sem firmeza e as controlou à força.

— Então Henri? Emalia? — Havia um toque de súplica em sua expressão. — *Eu* poderia contar a eles, Eva.

Ela não estava pedindo permissão. Podia contar a qualquer um, eu não tinha como impedi-la. Mas ela queria aceitação. Meu apoio quando tudo desmoronasse. Vince ficaria furioso. Todos ficariam. Deus sabe o que Christoph poderia fazer.

— Provavelmente Ryan passaria a me odiar — disse Lissa.

E talvez eu devesse ter falado, *Não, ele não faria isso. Claro que não*, mas não falei. Porque a pergunta tácita que crescia entre nós era: *Você me odiaria*? Não respondi. Preferi dizer:

— Não faça isso, OK?

Ela não suspirou. Mal reagiu. Mas percebi o obscurecimento de seus olhos.

— Por favor. — Eu me sentei, puxando o cobertor para mim, sentindo-o se aglomerar sob meus dedos. — Se contar a Emalia ou a Henri, eles irão imediatamente até Peter. — Hesitante, estiquei a mão e toquei o braço de Lissa. — Não conte a ninguém. Só... confie em mim, OK?

— Eu *confio* em você. É que...

— Vai ficar tudo bem — falei. — Minha boca estava tão seca que eu mal conseguia pronunciar as palavras. — Vou consertar tudo.

— Como? — perguntou Lissa.

— Não sei. — Só... só me dê um pouco de tempo, está bem? Prometo. Vou dar um jeito.

Uma eternidade passou antes de Lissa responder. Cem mil anos separavam nossos corpos no escuro.

— Está bem — concordou ela, e odiei a inquietação em seu rosto. A certeza de que fora causada por mim. Mas eu não tinha escolha. Ela não podia contar a ninguém. Simplesmente não podia.

Lissa suspirou e voltou a se deitar. Eu a observei pelo que pareceram horas, com os pensamentos redemoinhando na escuridão.

Enterrada no silêncio de minha própria mente, esperei Addie voltar.

Caí no sono antes disso.

# Capítulo 22

As duas semanas seguintes passaram rápido. Sabine decidiu que devíamos fazer um teste antes do acontecimento real, então Ryan precisou construir dois contêineres, um muito menor que o outro. Os dois calcularam a quantidade de querosene e oxigênio líquido de que precisariam, e que dimensões os contêineres deviam ter.

Ryan passava horas e horas no sótão, olhando seus livros e alterando seus desenhos. Cordelia ou Sabine apareciam ocasionalmente durante o dia, mas tinham clientes para atender. Os outros visitavam à tarde. Na maior parte do tempo, éramos apenas Ryan e eu. Realmente *só* Ryan e eu.

Addie desenvolvera um fervor em praticar quanto tempo e com que precisão conseguíamos apagar. Passávamos cada vez mais tempo sozinhas em nosso corpo.

*Duas horas*, dissera ela, e eu havia segurado aquele tempo em minha mente com toda a força enquanto caía no sono. Não era fácil. Só era possível apagar quando nos desligávamos completamente. Agarrar-se à ideia de *voltar em duas horas* era como segurar uma boia e tentar mergulhar.

Mas pouco a pouco conseguimos. Dez minutos. Vinte minutos. Uma hora. Três horas. Eu apagava pouco depois do café da manhã e acordava com vontade de almoçar. Desaparecia em nosso quarto ainda de pijama, e acordava ao ar livre, usando roupas que não me lembrava de ter colocado.

A princípio, Addie e eu contávamos tudo o que tínhamos feito enquanto a outra dormia. Mas logo paramos. A maior parte não era importante, sobretudo porque os outros já conseguiam me distinguir de Addie e não esperavam que uma soubesse o que a outra tinha feito.

Pela primeira vez na vida, tínhamos certa privacidade. Eu podia ficar sozinha com Ryan. Sem as emoções de Addie embaçando minha cabeça. Sem o gosto de sua decepção em minha garganta.

*É estranho para você?*, perguntei um dia. Eu não queria. Mas precisava. *Não... não saber o que fazemos quando você não está?*

Ela levou um bom tempo para responder, mas finalmente disse:

*O corpo também é seu. E confio em você, Eva. Acredito que vai me contar o que eu precisar saber.*

Confiança era tudo o que tínhamos para atravessar aquilo. Nada em nossa vida tinha nos preparado para aquela situação. Ninguém nos ensinara a lidar com algo assim.

Meses antes, durante nossa primeira noite em Anchoit, Ryan e eu tínhamos nos beijado, sem jeito, no corredor do apartamento de Peter. Sem dúvida, primeiros beijos eram importantes. Mas os que vieram depois foram ainda mais. A princípio nos beijávamos com urgência, movidos por uma sensação de sigilo, de tempo roubado. Depois languida e suavemente, sabendo que não havia pressa. Vivíamos no círculo de luzes de natalinas, escondidos em um sótão que parecia nosso próprio mundo.

Contei a Ryan sobre nosso velho apartamento na cidade. Sobre a escada de incêndio que parecia um santuário. Sobre os professores na escola que só chamavam o nome de Addie, mesmo quando o meu também estava na lista, porque de outra forma era difícil demais fazer a turma se calar novamente.

Certa manhã, Addie perguntou:

*Você está contando tudo para ele, Eva?*

Ela não começou a pergunta com um nome ou qualquer tipo de explicação, e levei um instante para perceber do que estava falando.

*Nós só conversamos,* falei.

Estávamos tomando café, e ela ficou um bom tempo quieta.

*Tudo bem. Não vou dizer para você parar. Mas Eva... apenas se lembre de que essas também são minhas histórias.*

E dali em diante, mantive isso em mente.

Duas semanas se passaram. E então três. Outubro se aproximava. Em Lupside, as folhas deviam estar mudando de cor, caindo dos galhos, como brasas. Não havia árvores pelo caminho entre nosso prédio e a loja de fotografia, mas algumas decorações de Halloween começaram a aparecer nas vitrines das lojas: abóboras em miniatura, chapéus de bruxa pretos e gatos assustados.

Isolados pelas paredes inclinadas do sótão, não parecia haver necessidade alguma de pensar no tempo.

A princípio, as ideias de Ryan só existiam no papel: palavras e desenhos. Um dia, encontrei-o observando suas anotações e rindo baixo para si mesmo.

— O que foi? — Eu me aproximei e tentei ver sua letra.

Ele ergueu o rosto. Estendi a mão e ajeitei seu cabelo enquanto ele falava.

— Vou precisar de ferramentas. E materiais. Provavelmente uma solda. Onde vou conseguir uma solda, Eva?

Minha mão parou. Olhei para ele até o absurdo daquilo me dominar, obrigando-me a rir. Eu nunca tinha rido tanto. Ria sempre que podia, saboreando aquilo.

— Pergunte a Jackson — falei entre risadas. — Ele deve conhecer alguém que conhece alguém que tem ferramentas elétricas e lhe deve um favor.

E Jackson conhecia mesmo. Addie hesitou em sair escondida tarde da noite. Não precisávamos ir. Mas, se Ryan ia se arriscar a ser capturado, eu ia me arriscar com ele, e Addie eventualmente concordou.

Quebrávamos o toque de recolher para passar madrugadas escondidos em uma garagem no centro da cidade, cercados pelas ferramentas elétricas que Jackson admitia não termos *tecnicamente* permissão de usar, então precisávamos nos apressar e terminar logo. Certa vez acordei na semiescuridão da garagem, ouvindo Ryan trabalhar ao fundo. Jackson estava rindo. Eu, ou melhor, Addie ria também. Ela se aquietou um pouco quando sentiu minha presença, mas não deixou de sorrir.

Duas vezes, quase fomos pegos saindo da garagem. Mas em ambas escapamos, seguros, triunfantes e cheios de uma alegria esbaforida.

Então chegou a manhã em que subi a escada do sótão, ainda bocejando, e Ryan se voltou para mim.

— Acho que terminei — revelou ele, antes que eu pudesse falar.

Fazia algum tempo que a atmosfera do sótão não ficava daquele jeito. Nervosa. Tensa. Vince ocupava o sofá verde, com Sabine a seu lado. Christoph e Cordelia sentavam no outro sofá. Ryan estava de pé; tinha acabado de explicar o funcionamento da geringonça que estava no meio do tapete. Addie e eu nos encostávamos à parede.

— Vai funcionar — afirmou Ryan em meio ao silêncio.

— Não estou duvidando — retrucou Vince. Os dois trocaram um sorriso tenso, mas genuíno.

— Nós a testaremos na semana que vem — decidiu Sabine.
— Vamos de carro até Frandmill. Tem muitas áreas desertas por lá. Pegamos o oxigênio líquido amanhã à noite, depois que escurecer, mas antes do toque de recolher. Não todos nós.

— Vou com você — disse Vince, e ela assentiu.

— Também vou. — Eu não sabia se ficava grata ou insultada pelo silêncio perplexo que se seguiu às minhas palavras.

*Eva,* disse Addie em voz baixa. *Não acho que seja uma boa ideia. Se formos pegas...*

*Não vamos ser pegas*, falei. Eu estava sendo teimosa, mas não conseguia evitar. Não depois dos olhares que tinham sido lançados quando me voluntariei. Eu precisava ajudar de alguma forma. Era por isso que Sabine me convidara para me juntar ao grupo, não era? Para ajudar?

— Se formos antes da meia-noite, Emalia pode não estar dormindo ainda — disse Sabine.

Dei de ombros.

— Diremos que vamos ficar um tempo no apartamento de Henri. Saímos sem problemas para ir trabalhar na garagem. Ela nunca verifica se estamos mesmo lá.

Era mais um risco, mas, para ser honesta, eu não estava mais preocupada que Emalia, ou Sophie, descobrisse nossas saídas do prédio. Elas pareciam ignorar alegremente que sequer cogitamos sair de fininho.

Ryan olhou para mim.

— Se quatro não for demais...

— Três é o bastante — disse Sabine. — Só precisamos de dois para carregar o tanque, e um para ficar de guarda.

— Mas dois vigias são melhores que um — argumentou Ryan.

Os lábios de Sabine se contraíram em um sorriso que sumiu rapidamente. Ela hesitou, depois respirou fundo.

— Vai ser pior para você se formos pegos.

Ele deu de ombros.

— Será à noite. Não vou atrair mais atenção que vocês.

O que só era verdade se não fôssemos vistos. Mas Sabine não discutiu mais, apenas assentiu.

— Então amanhã à noite. Se der errado, tentaremos de novo na sexta-feira.

E, assim, mais uma parte do plano tivera início.

# Capítulo 23

Um bolo de aniversário em uma toalha de mesa de bolinhas
Com cobertura branca
E morangos fatiados
E cinco velas vazando cera, queimando
Cinco velas
E dois sopros
Antes de todas se apagarem.

O velho caderno de desenhos de Addie
Com a lombada rachada
Folhas saindo
Inchado de tinta e enrugado
Desenhos de nossos bichos de pelúcia
De Lyle. De Nathaniel.
De nossa mãe cochilando no sofá
Com cabelo no rosto
*Exaustão*, diz Addie quando sua professora de artes pergunta:
*Que nome dará a ele?*

Risadas.
Praia, sol, ondas
A sensação de gangorra
Como um balanço de corda
Como subir, descer e voltar a subir...

Como cair contra Ryan no corredor
Naquela manhã
Com as cortinas bem fechadas
Na escuridão
E, de repente, sua boca...
E...

Acordei sentindo o gosto da boca de outra pessoa.

Acordei com um braço envolvendo minha cintura. Dedos que eu não reconhecia emaranhados a meu cabelo. O calor do corpo de um estranho.

Eu me afastei. Tropecei na semiescuridão.

*Eva, não grite...*

Coloquei a mão sobre minha... nossa boca. Um grito estrangulado passou por entre os dentes.

— Addie? — disse o estranho. Mas não era um estranho. Era Jackson. Jackson com o cabelo despenteado. Jackson com suas mãos, e sua boca, que estava tocando a minha...

*Eva. Eva, acalme-se...*

Tentei respirar, e Jackson... Jackson *ria*. Ele puxou a camisa, ajeitando-a sobre os ombros. Estava escuro demais para ver sua expressão. Eu estava confusa demais...

— Eva? — disse ele, e estendeu a mão para mim. Eu a empurrei.

— Onde... onde estou?

Ele riu de novo, mas eu já estava recuperada o bastante para notar que era forçado.

— Bem-vinda ao meu quarto. Acabei de entrar. Sabe, não tive a chance de acender a luz e tal. — Ele estava contra a parede, mas me contornou, a nós, enquanto falava, até chegar à parede oposta e ao interruptor. A claridade atravessou nossas retinas, fazendo-nos estreitar os olhos.

O quarto de Jackson era pequeno. Bagunçado. Decorado em tons de verde-escuro e marrom. Foi tudo o que pude perceber. Meu foco se limitava ao garoto. O garoto que alternava o peso de um pé para o outro, sem nunca deixar de nos encarar. Ele manteve uma distância cuidadosa.

*Devolva!*, disse Addie. *Eva, devolva o controle. Agora.*

Ela lutou por ele, e talvez eu devesse ter devolvido, mas não consegui. Tudo em mim gritava em contrário. Passei os braços ao redor do corpo. Ele ficou ao lado do interruptor, parecendo cada vez mais desconfortável.

— Addie me contou que vocês estão treinando muito para apagar. — Ele me lançou um sorriso hesitante. — Obviamente ainda não pegaram o jeito do tempo. Vão pegar. Todo mundo passa por uma espécie de período de transição. Uma vez Katy voltou enquanto Cordelia...

— Pare — falei. Nossa voz estava áspera. Ele parou. Finalmente consegui desviar o olhar de Jackson e voltá-lo para a porta.

*Eva!*

— Tenho de ir — falei.

— Certo, tudo bem. — Jackson hesitou, como se fosse dizer mais alguma coisa, mas finalmente fechou a boca e indicou a porta, como se eu não conseguisse vê-la.

*Eva!* Senti outro puxão enorme pelo controle, tão forte que parei no meio de um passo, presa nos gritos de Addie. *Eva, solte!*

*Não*, falei. *Não. Não...*

Eu a empurrei para o lado. Nem precisava pensar no assunto... não conseguia pensar no assunto. Só sabia que tinha de ir embora. Tinha de fugir daquele quarto, daquele apartamento, daquele prédio. Daquele garoto.

Nossas pernas voltaram a se mover. Não olhei para trás, e Jackson não falou mais nada. Tudo, desde a porta de seu quarto até o saguão do prédio foi um borrão.

*Eva*, disse Addie. Meu nome nunca fora dito em um tom tão cáustico. *Por que você está surtando?*

*Por que estou surtando?*, minha voz guinchou. *Desculpe. Eu interpretei mal o que estava acontecendo ali?*

*Estávamos nos beijando*, disse ela. E eu me retraí. *Sabe, aquela coisa envolvendo bocas que as pessoas fazem com quem gostam...*

*Com quem gostam...*

*...algo que sei não ser completamente estranho entre você e Ryan...*

*Você nem gosta dele*, gritei.

A voz dela ficou mortalmente fria.

*E como você sabe, Eva?*

Vacilei.

*Porque eu saberia. Se você gostasse dele. Eu... saberia.*

Eu sentia muitas outras emoções de Addie, não sentia? Sabia quando estava zangada, triste, feliz, frustrada ou assustada. Eu saberia se amasse ou apenas gostasse especialmente de Jackson, e ela não gostava.

Ela não gostava.

Addie riu.

*OK. Porque você tem prestado muita atenção a quem e ao que eu gosto, Eva.*

*Eu...*

*Tem estado ocupada demais focada no que você quer.* Sua voz tinha ficado aguda. Toda a sua presença a meu lado estava tão tensa, brusca e dura que não me atrevia a me aproximar. *Você quer o amor do Ryan. Você quer... quer que Sabine, Cordelia e Christoph a achem incrível. Você tem estado tão envolvida tentando conseguir o que quer...* ela estremeceu. *E quer saber? Eu aceitei. Porque me sentia mal. Mas e eu, Eva? Você sempre quis sua liberdade. E quanto à minha?*

*Você tem sua liberdade*, protestei.

De algum jeito, eu chegara à rua. Mal conseguia me lembrar de como tinha chegado ali. Era noite. Estava quente e escurecia rápido. Carros passavam em alta velocidade. Onde eu estava? Certo. No apartamento de Jackson. Onde ficava isso?

*Eu tenho minha liberdade?*, rebateu Addie. *Porque o que acabou de acontecer lá dentro não pareceu liberdade.*

No último segundo, tentei tocá-la. Tentei me segurar a ela...

Mas ela se afastou de mim. O nada caiu, lancinante, repentino e doloroso como uma guilhotina.

Fui deixada desorientada na calçada, em uma rua que eu não reconhecia, diante de um prédio no qual não me lembrava de ter entrado, em uma cidade que de repente parecia incrivelmente hostil, vazia e vasta.

## Capítulo 24

Tive de pedir orientação para chegar em casa. De jeito nenhum eu voltaria para Jackson, e levei vários minutos para criar coragem de me aproximar de outra pessoa, e muitos mais para encontrar as palavras certas.

Finalmente, escolhi uma mulher de meia-idade com um rosto gentil. Minha voz saiu surpreendentemente firme. Tentei sorrir quando ela terminou de explicar.

Ela já tinha percorrido metade do quarteirão quando me dei conta de que não tinha entendido uma única palavra.

Escolhi outra pessoa, um jovem. Consegui seguir suas instruções dessa vez.

Não levei muito tempo para voltar ao prédio de Emalia. Fiquei no saguão no térreo.

*Addie?*, sussurrei.

Claro, ela não respondeu. Tinha sumido, estava perdida em sonhos.

O que ela dissera era verdade?

Respirei fundo, pressionei a base de nossas mãos, minhas mãos, contra a testa. Será que estava ignorando o que Addie queria? Não estava.

Estava?

Talvez sim.

Mas ela devia ter me contado sobre Jackson. Era meu corpo também. Eu merecia saber. Eu tinha de saber, ou não seria certo, não é? Era confuso demais, e doía demais pensar naquilo. Eu não conseguia parar de sentir mãos invisíveis sobre mim. Não conseguia esquecer o gosto de Jackson. Não conseguia parar...

A porta da frente se abriu, batendo em mim. Gritei.

— Addie! — exclamou a Dra. Lyanne. A surpresa eliminou a habitual dignidade de seu corpo. Mas o choque só durou alguns segundos. Ela fechou a porta da frente atrás de si. — O que aconteceu? O que você estava fazendo do lado de fora?

Seus olhos me percorreram. Eu nem sabia o que esconder, como esconder. Tentei fazer uma expressão mais amena, porém não consegui.

*Addie. Addie, Addie.*

— Venha. — A Dra. Lyanne segurou meu braço e me puxou escada acima. Não resisti. Estava com a chave extra de Emalia no bolso, mas deixei a Dra. Lyanne bater à nossa porta. Kitty abriu com os olhos arregalados.

— Só fui lá fora caminhar um pouco — falei, antes que a Dra. Lyanne pudesse perguntar outra vez. — Estava cansada de ficar dentro de casa e saí. Nada aconteceu. O Sol não explodiu.

— Sair para caminhar não deixaria você nesse estado. — A Dra. Lyanne tentou me guiar em direção à mesa de jantar. Como quando me guiara de volta à Nornand. Mas aquela garota de uniforme azul da Nornand parecia ser uma pessoa diferente. Uma criança que podia ser dirigida, controlada e assustada até obedecer.

De repente, fiquei furiosa. Ter raiva era muito mais fácil do que ficar confusa, assustada ou culpada. Deixei a sensação me preencher, ocupando o espaço onde Addie deveria estar, afastando tudo em que eu não queria pensar, que não queria sentir.

— Estou neste estado porque não consigo me lembrar de onde meu corpo esteve nas últimas horas — disparei. — Não consigo lembrar porque não estava lá. E agora Addie sumiu, e acho que ela me odeia, e não sei quando vai voltar e o que vamos fazer então. *Você* já brigou com alguém dentro da própria cabeça?

A Dra. Lyanne ficou em silêncio, mas apenas por um segundo. Quando voltou a falar, sua voz foi dura, e suas palavras, diretas.

— Eva, conte-me o que está acontecendo.

Mas eu não podia.

Virei as costas. Corri para a porta da frente, batendo-a para não ouvir a voz da Dra. Lyanne, meu nome sendo chamado. Corri para a escada, não para cima, mas para baixo, em direção à rua. Se subisse, ela poderia me encurralar. Descendo eu podia ficar livre, mesmo que só por mais algumas horas.

Meus pés escorregaram no último lance de escadas. Segurei o corrimão, mas mesmo assim caí sentada com tanta força que abafei um grito. Desci os degraus que faltavam, parando dolorosamente no final.

— Eva! — gritou Vince, que tinha acabado de entrar no prédio. Ele correu até mim. — Você está bem?

Assenti, afastando suas mãos, enquanto ele tentava me levantar. Sempre fora Addie que odiava ser tocada. Mas naquele momento, o asco à sensação da pele de outra pessoa era só meu.

Vince sorria. Aquilo contrastava tanto com o que *eu* estava sentindo que me limitei a encará-lo, como se minha mente não conseguisse compreender como podíamos sentir emoções tão diferentes ao mesmo tempo, quase no mesmo lugar.

— Eu ia buscar você — disse ele. — É agora. Vai acontecer agora.

— O quê? O que vai acontecer agora?

Sua voz virou um sussurro.

— Estamos indo para o hospital. Para pegar o oxigênio líquido, lembra? Você disse que queria ir.

Ao hospital para pegar o oxigênio líquido. Para roubar o oxigênio líquido.

— Ryan... — falei.

O sorriso de Vince diminuiu. Ele estendeu a mão de novo, e desta vez não me esquivei.

— Olhe, sei que ele disse que queria ir, e entendo que ele quer ajudar. Mas já vai ser bastante perigoso para o restante de nós, que dirá para ele. Pense no que vai acontecer se ele for pego, Eva.

Ouvi passos na escada acima de nós. O clique de saltos altos. Podia não ser a Dra. Lyanne, mas eu não ia ficar ali para descobrir.

Vince estava certo em dizer que seria pior para Ryan se ele fosse visto. Se fôssemos e nos pegassem, eu nunca me perdoaria por tê-lo colocado em perigo. Não quando poderia tê-lo mantido em segurança.

— Está pronta? — A expressão de Vince era receptiva, com as sobrancelhas erguidas.

*Não faça isso*, sussurrou parte de mim. *Não vá. Pare. Simplesmente pare. Volte lá para cima.*

Ao meu lado, Addie era um grande buraco negro.

Eu me endireitei e tentei ignorar a dor que subia por minha espinha.

— Estou pronta — falei.

## Capítulo 25

Vince e eu nos misturamos com facilidade às pessoas na rua durante a noite. Quando Ryan e eu andávamos pela rua, as pessoas tendiam a prestar atenção. Elas nos lançavam olhares, alguns discretos, outros não. Pelo menos, era muito melhor do que em Lupside. Ryan sempre as ignorava, e eu tinha me acostumado a fazer o mesmo. Ao andar com Vince, não havia necessidade de fingir que ninguém estava olhando, porque realmente não estavam. Algumas vezes, até parei de procurar, por cima do ombro, pela Dra. Lyanne.

— O que foi? — falei, quando peguei Vince me observando.

Ele ergueu um dos ombros. Ele não era tão mais alto a ponto de parecer estranho erguer o rosto quando ficávamos lado a lado.

— Olhe, quanto ao que aconteceu na minha casa...

Estremeci e quase parei de andar.

— Você estava lá?

— Não, não, claro que não. Mas Jackson me contou depois. Antes de, sabe, desaparecer. — Ele sorriu. — Acho que você o apavorou um pouco com os gritos.

— Eu não gritei. — Desviei rapidamente os olhos dos dele, procurando alguma coisa em que fingir interesse.

— Ei, estou só brincando — disse Vince. Nós paramos, esperando o sinal abrir em um cruzamento, e ele se inclinou um pouco, baixando a voz. — Mas você está bem, não é?

Eu o encarei. Ele estava estranhamente sério, e assenti.

— Que bom.

O sinal abriu. Ele pegou meu braço e disse, com um jeito insolente: — Então venha. Vamos cometer um crime.

Josie nos encontrou na loja de fotografia. Ela prendera o cabelo para cima em um rabo de cavalo firme, enfatizando o corte de sua franja. Sua jaqueta era escura, quase preta. Eu nunca a vira tão firme.

Desejei que Sabine estivesse no controle. Eu começara a perceber que sua confiança era muito importante. Visível na firmeza de seu olhar, na graça com que andava. E irradiava em todos ao seu redor, deixando-os confiantes também.

O pôr do sol era lento e tardio em Anchoit, mesmo no outono, mas a escuridão cobria a cidade quando Josie parou em um estacionamento perto do hospital Benoll.

Atravessamos a rua enquanto Josie sussurrava instruções.

— Vince, preciso que você pule a cerca comigo. Fique logo atrás. Não queremos que as câmeras de segurança filmem nada. Eva, vigie para nós.

Na extremidade do estacionamento dos fundos do hospital, protegidas por uma alta cerca de arame, estavam as sombras escuras dos tanques de oxigênio: um cilindro grosso e duas vezes mais alto, e vários menores que batiam mais ou menos na altura da cintura. Felizmente, a área não era iluminada.

— Tenho quase certeza de onde ficam os pontos cegos da câmera, mas para o caso de algum de nós entrar no campo de visão... — Josie tirou três máscaras improvisadas da bolsa. Máscaras de esqui com buracos para os olhos e a boca. Como as que criminosos usavam em filmes. Uma risada gorgolejou, enjoativamente doce, no fundo de minha garganta.

— Sério? — sussurrei.

— Assim, pelo menos eles não têm como filmar seu rosto. — Josie jogou uma máscara para mim, depois colocou a dela. — Vamos.

A lã era quente e pinicava minha pele. Fiz uma careta e mexi nela, tentando deixá-la mais confortável. Com o rosto coberto, Josie e Vince eram figuras escuras e estranhas. Como eu estava? Determinada e ameaçadora como eles? Ou apenas uma garota idiota usando uma máscara de esqui?

Com um gesto, Josie me mandou parar quando estávamos a mais ou menos 12 metros da cerca. Ela colocou uma pequena lanterna em minhas mãos.

— Fique aqui. Se acontecer alguma coisa, pisque a lanterna para nós, OK?

Assenti, apertando a lanterna.

A cerca ao redor dos tanques de oxigênio era alta, mas Josie e Vince enfiaram os sapatos entre os elos de arame e subiram com facilidade. A cerca retiniu sob seu peso. Prendi o fôlego quando Josie passou por cima e se soltou, e Vince foi logo depois. Ele ligou a lanterna quando se aproximaram dos tanques, tapando o feixe de luz com a mão.

Não havia ninguém no estacionamento dos fundos além de nós. Não havia sequer vagas demarcadas, apenas uma extensão vazia de asfalto preto.

O que Addie pensaria se voltasse naquele momento?

Não, eu não podia pensar em Addie. Não podia me dar ao luxo de me distrair.

Josie segurou um dos tanques e começou a soltá-lo. Vince se aproximou para ajudá-la. O tanque já estava quase solto quando Vince deixou a lanterna cair. Ela bateu contra o chão e rolou, emitindo sua luz amarela.

Josie disse um palavrão e correu para apagar a lanterna, deixando Vince segurar o peso do tanque de oxigênio.

Dei um passo na direção deles.

— Vocês estão bem?

Eles estavam longe demais ou ocupados demais para ouvir.

Eu ia perguntar de novo quando a porta lateral do hospital se abriu.

Um homem saiu.

Bem entre mim e os outros.

Congelei. Com a boca aberta. As palavras chocavam-se umas contra as outras em minha garganta.

A silhueta do homem surgiu à porta, com o corpo coberto por um avental cirúrgico azul. Sua mão tremia levemente enquanto ele tentava acender o cigarro. Eu me virei outra vez para Josie e Vince. A lanterna ainda estava no chão, com o feixe de luz voltado para a direção oposta dos tanques de oxigênio. Um farol na escuridão. Se o homem virasse a cabeça alguns graus para a direita...

*Vamos, Josie. Vamos, vamos...*

Por que ela estava agachada ali? Não tinha visto o homem na porta? Não sabia...

Então me dei conta. A lanterna não estava dentro da cerca. Havia rolado para fora, e ela não tinha como alcançá-la.

*O que devo fazer?*, perguntei a Addie. Mas Addie não estava ali.

A fumaça do cigarro do médico subia para o céu. Se Josie pulasse a cerca de arame, ele a ouviria. Se deixasse a lanterna onde estava, ele a veria a qualquer momento e iria investigar.

Respirei fundo. Então enfiei minha lanterna no bolso o mais fundo que consegui, tirei a máscara e corri para o médico.

— Com licença? Olá? — gritei, torcendo que Josie e Vince notassem. Não me atrevi a checar se o haviam feito.

O médico devia ter uns trinta e poucos anos. Cabelo claro. Olhos pálidos. Pareceu meio envergonhado quando me aproximei.

— Sim? Precisa de alguma coisa?

Eu não tinha tempo de inventar uma boa história. A máscara de esqui tinha deixado meu cabelo arrepiado com eletricidade estática. Ele se grudava a minhas bochechas e testa. Juntamente com a vermelhidão que sentia subir pelo pescoço, eu devia estar parecendo meio selvagem, uma garota estranha, cuspida pela noite. Gaguejei.

Então as palavras vieram, quase espontâneas.

— Estou tentando visitar meu irmão.

Assim que as palavras saíram de minha boca, Addie voltou.

Ela só levou um segundo para absorver tudo: os olhos cansados e interrogativos do médico; o cheiro de seu cigarro; a luz amarela do corredor do hospital.

*O que está acontecendo, Eva?*

O homem disse que a hora de visitas já tinha acabado, mas não consegui me concentrar por causa da repentina fúria de Addie a meu lado.

*Onde estamos?*, perguntou ela. *Quem é ele? O que você está fazendo?*

*Acalme-se*, consegui dizer. *Acalme-se ou você vai piorar tudo!*

Ela se calou, mas sua raiva me cortava, despedaçando meus pensamentos.

— Você está bem? — O médico baixou o cigarro, franzindo a testa. Sua voz estava suave. — Em que ala seu irmão está?

— Eu... ãhn — falei.

Sua preocupação estava se transformando em confusão, e confusão era a precursora da suspeita. Eu tinha de interrompê-lo.

— Está na UTI infantil — falei. — Ele só tem 8 anos.

UTI. A Unidade de Terapia Intensiva. Uma compilação de letras que eu nunca quisera aprender.

— Seus pais estão aqui? — perguntou o médico.

Balancei nossa cabeça. Talvez fosse minha imaginação, mas achei ter ouvido a cerca de arame ranger. Josie estava subindo. Eu precisava continuar falando.

— Quantos anos você tem?

Por favor, por favor, que Josie ande logo. Eu não podia prolongar muito mais aquela conversa. Em seguida ele podia perguntar meu nome ou me levar para a recepção, e descobririam que eu estava mentindo.

— Treze — murmurei. Na cidade em que eu morava, irmãos com menos de 14 anos só tinham direito a visitas se estivessem acompanhados por um dos pais. Addie e eu tínhamos 13 anos quando os rins de Lyle começaram a falhar.

— Como é? — disse o médico.

Engoli em seco e repeti, mais alto:

— Treze.

*Treze*, disse Addie com desdém.

Addie e eu não éramos particularmente altas, mas também dificilmente passaríamos por alguém de 13 anos. Com sorte, a escuridão esconderia minha mentira.

O médico não parecia desconfiado quando disse:

— Infelizmente, acho que não vão deixá-la entrar a não ser que esteja com seu pai ou sua mãe. Sinto muito por isso. Seus pais sabem que você está aqui?

Eu já estava recuando, mantendo nosso corpo virado para que seus olhos não se voltassem para os tanques de oxigênio. O chacoalhar tinha parado.

— Sabem — falei. — Eles sabem.

Ele estreitou os olhos para mim.

— Você mora aqui perto? Vai chegar bem em casa...

— Vou ficar bem — falei. — Vou, ãhn, voltar amanhã com a minha mãe.

Fui até o outro lado da rua, passando pelo carro de Josie e contornando um prédio antes de me atrever a olhar para o hospital. O médico deu um trago no cigarro. A lanterna de Vince não estava mais acesa.

*Não acredito nisso*, resmungou Addie.

*Você sabia que íamos participar, Addie.* Por que aquele médico não termina o cigarro e volta para dentro? Por que estava fumando? Não deveria existir alguma lei proibindo médicos de fumar? *Você estava presente quando concordamos em vir...*

*Quando você se ofereceu para vir*, disparou Addie. A letárgica confusão que acompanhava o despertar tinha desaparecido completamente. Suas palavras cortavam como facas.

*Você não contestou...*

*Eu tentei, Eva!*

Ela havia tentado? Eu me lembrava de que dissera alguma coisa, mas... mas não fora muito. Será que se contivera porque sabia o quanto eu queria ir?

Será que eu estava concentrada demais em mim mesma para perceber?

Do outro lado da rua, o médico jogou o cigarro no chão. Ficou aceso, uma brasa caída, até seu pé apagá-lo. Ele se virou e voltou para dentro do prédio.

Um instante de imobilidade.

Então Josie, ou alguma figura sombria que imaginei ser Josie, esgueirou-se em direção à cerca. Em um minuto, ela já tinha pulado outra vez, em direção aos suportes de oxigênio, ajudando Vince a soltar o tanque e levá-lo até a cerca. Um deles subiu primeiro, depois se equilibrou ali, e o outro passou o tanque.

As figuras sombrias se aproximaram de nós, mantendo-se nos pontos escuros. Mas logo atravessaram a rua. Eles tiraram as máscaras, e a luz do poste os pegou, iluminou-os, transformou-os novamente em Vince e Josie.

Ambos sorriram quando colocaram o tanque de oxigênio no chão. Antes que eu percebesse o que estava acontecendo, Vince nos pegou no colo e girou. Nosso estômago se contraiu. Addie era uma confusão impenetrável dentro de mim. Mas Vince riu.

— Você o enganou mesmo, não é? — perguntou ele.

Eu me obriguei a sorrir.

— Acho que sim.

Houve um rápido momento de raiva de Addie. Um relance de decepção.

Então ela sumiu de novo, como se não aguentasse mais ficar perto de mim.

## Capítulo 26

Josie e Vince conversaram animadamente durante todo o percurso para casa, mas permaneci sentada no banco de trás, segurando o tanque de oxigênio, ouvindo o silêncio. Addie ficara para trás. Eu esperara uma onda de alegria quando o roubo terminasse. Mas não conseguia pensar em nada além de Addie. Brigávamos o tempo todo antes que eu perdesse a capacidade de me mover, e depois também. Ficávamos em silêncio e não nos falávamos durante horas. Colocávamos uma parede entre nós e vivíamos em nossa própria mente, tentando manter a outra afastada.

Mas nunca tínhamos abandonado uma à outra. Não podíamos.

Por pior que fosse a briga, precisávamos ficar juntas. E mais cedo ou mais tarde, uma de nós cedia. A parede desmoronava, e nos perdoávamos.

Agora, quando brigávamos, tínhamos para onde fugir. E Addie fugira.

— Eva? — chamou Josie. Eu levantei o rosto. Josie e Vince estavam virados para trás, olhando para mim. Tínhamos estacionado.

— Você está bem? — perguntou Vince.

— Estou. — Saí do carro, deslocando com cuidado o tanque de oxigênio para deitá-lo no chão. Tinha quase 1 metro de comprimento, talvez uns 15 cm de diâmetro. Josie e Vince também saíram, batendo as portas em rápida sucessão. Levei um instante para absorver os arredores. Josie tinha praticamente me levado até a porta de casa.

Eu não queria voltar para aquele prédio, onde sem dúvida Emalia estava me esperando. Talvez a Dra. Lyanne, Henri e Peter também estivessem.

E Ryan. O que Ryan ia pensar?

A raiva que me motivava antes tinha se esvaído, deixando-me em uma casca de culpa.

Mas eu precisava encarar todos eles em algum momento. Tinha fugido o máximo que pudera.

— Oi, Eva — disse Sophie, quando bati à porta. Eu não sabia quem se sentia mais desconfortável, ela ou eu. Não vi Kitty e Nina, então elas estavam se escondendo em nosso quarto, ou tinham subido para ficar com Henri.

Eu esperava que Sophie estivesse zangada, embora nunca a tivesse visto assim. Ela não sorria, mas também não parecia chateada. A máquina de café apitou.

— É descafeinado — avisou Sophie, vendo minha expressão. — Quer um pouco?

Em todas as vezes que ela perguntara, Addie e eu tínhamos recusado.

— Tudo bem — falei.

Eu não sabia como me comportar quando Sophie serviu o café. Ela perguntou se eu tomava com leite e açúcar, e me limitei a assentir. Ela colocou as canecas na mesa de jantar.

Ela se sentou. Eu me sentei. A fumaça do café se erguia entre nós, forte e doce. Meu coração batia tão rápido que eu conseguia senti-lo contra as costelas. Mais rápido, parecia, que batera no Benoll, enquanto eu conversava com o médico.

Sophie levou a caneca aos lábios, mas a recolocou na mesa sem tomar um gole.

— Não sabia que você e Josie eram amigas.

Quanto ela sabia? Apenas três pessoas podiam ter lhe contado alguma coisa: Kitty, Hally e Ryan.

Ryan sabia onde eu estava naquela noite, mas por mais furioso que estivesse por ser deixado para trás, não revelaria nada.

Hally e Lissa? Eu duvidava. Não depois de terem prometido. O que deixava Kitty e Nina. Elas também tinham prometido silêncio, mas só tinham 11 anos e provavelmente estavam com medo.

— Esbarrei com ela — falei. Não era uma mentira completa.

Se Addie estivesse ali, ao menos poderíamos ter falado uma com a outra. Juntas, teríamos decidido como agir e o que dizer.

— Eva? — perguntou Sophie. Levantei o rosto. — Addie está aqui agora?

A Dra. Lyanne devia ter contado a ela sobre meu acesso de raiva. Lentamente, balancei a cabeça.

Ela assentiu.

— Só queria dizer que Emalia e eu *entendemos* como é brigar com alguém que está dentro da sua cabeça. E sabemos como é não estar sempre no controle do próprio corpo. Como pode ser desconfortável acordar e não saber onde está ou o que aconteceu nas últimas horas. Devíamos ter deixado mais claro que, se você precisasse de alguém para conversar, ou quisesse perguntar alguma coisa, estávamos aqui. Tudo bem?

Ela tentava fazer contato visual, mas eu só conseguia encará-la por alguns segundos antes de desviar os olhos. Preferia que estivesse zangada a ouvi-la se culpar, ou seja lá o que fosse. Parecia algo que uma mãe diria em um programa de TV, só que Sophie era nova demais, pouco familiar demais, *diferente* demais para ser minha mãe. Claro, minha mãe jamais poderia dizer o que Sophie dissera, porque minha mãe não *sabia* nada daquilo. Nunca saberia.

— É, tudo bem — falei.

Nenhuma de nós duas tocou nas bebidas. *Ela não sabe do plano*, pensei. Sophie pensava que fora algo isolado, que Addie e eu tínhamos brigado e eu fugira, e esse era o fim da história.

Mas por que pensaria o contrário? Como podia imaginar o que estávamos planejando, muito menos que eu era parte daquilo?

— Preciso conversar com Ryan — falei. — E está ficando tarde.

Logo depois de dizer isso, desejei ter ficado quieta. Até para meus próprios ouvidos, pareceu grosseiro. Eu nunca conseguia expressar o que queria do jeito que queria. E esse era o problema, não era? Durante muitos anos, não precisei pensar no que devia ou não dizer em voz alta. Algumas vezes tinha soprado palavras a Addie, e me sentia superior por saber o que dizer quando ela estava agitada demais para falar.

Mas estar no controle era diferente. Eu havia passado muito tempo observando Addie viver. E se observar não tivesse sido o bastante? E se eu estivesse condenada a ficar sempre para trás, presa em uma infância que não tivera a chance de viver? O que mais eu estava estragando?

Talvez aquele fosse um problema mais profundo. Talvez eu realmente devesse ter desvanecido. Talvez o universo simplesmente não fosse feito para conter uma Eva Tamsyn. Não por muitos anos.

Se Sophie ficou zangada ou magoada por minhas palavras, escondeu.

— Tudo bem.

Senti que devia dizer mais alguma coisa. Agradecer a ela, talvez, pelo que dissera. Por ser gentil, porque ela *fora* gentil. Porque não tinha obrigação de nos acolher em sua casa, mas acolhera. Tinha nos escondido quando nem nossos próprios pais o fizeram.

Não era justo pensar assim. Tudo era muito constrangedor, minha língua parecia inútil na boca.

— Desculpe — falei, em vez de agradecer.

Deixei que ela decidisse pelo que eu pedia desculpas, e fugi.

Tinha passado a conversa com Sophie desejando a companhia de Addie. Mas naquele momento, parada diante da porta de

Henri, me sentia infinitamente grata por ela não estar presente. Certas conversas era melhor ter sozinha.

Respirei fundo e bati. Um, dois, três, quatro, cinco, seis segundos se passaram.

— Oi — falei em voz baixa quando Ryan abriu a porta. Ele não sorriu como sempre fazia ao me ver. Não me convidou para entrar. Em vez disso saiu e fechou a porta atrás de si.

— Vocês conseguiram? — disse ele em voz baixa.

Assenti. Tentei interpretar sua expressão. Mas ele devia ter aprendido muito bem depois de compartilhar a vida com Devon. Não demonstrou nada.

Ele também estava analisando meu rosto. Será que eu era um livro mais aberto?

— Está todo mundo bem?

— Sim, está todo mundo ótimo. — Enfiei as unhas na palma da mão. — Foi muito rápido, Ryan. Voltei e esbarrei com a Dra. Lyanne, e as coisas ficaram confusas.

— O que você fazia lá fora? — Seu tom de voz parecia controlado, mas percebi que era uma pergunta que ele ansiava em fazer.

E também algo que eu não estava totalmente preparada para responder. Não conseguia pensar naquilo sem sentir mãos espectrais em meu corpo, e o calor estranho da pele de outro garoto. Eu sentira seus dentes roçarem meus lábios antes de me afastar.

— Não sei. — Respirei fundo. — Não fui eu que saí. Foi Addie. E agora ela sumiu e não quer falar comigo, então...

Ryan franziu a testa. Ambos estávamos sussurrando, era preciso, mas sua voz se ergueu um pouco.

— Ela a deixou acordar sozinha em algum lugar e depois a abandonou? Onde você acordou?

Peguei seu braço, lembrando-o com um olhar de que não podíamos ser entreouvidos. Pensei: *Não, acordei beijando Jackson, e depois ela me abandonou.* Mas talvez eu a tivesse abandonado, porque, enquanto corria atrás de meus objetivos, fora egoísta demais para pensar no que ela queria.

Eu podia tentar me convencer do que quisesse, mas estava sozinha sem Addie. Tínhamos respirado pela primeira vez em uníssono. O rosto no espelho era tão dela quanto meu. As leves cicatrizes em nossas mãos causadas pelo café que tínhamos derramado aos 8 anos, os cortes da janela que tínhamos quebrado aos 15. Eram nossos.

— É algo entre mim e Addie, OK? — falei em voz baixa. Ryan hesitou, percorrendo meu corpo com os olhos, antes de voltar ao rosto. Mas assentiu. Ele aceitou porque também era híbrido e entendia. — Vince chegou, e como a Dra. Lyanne e Henri estavam aqui em cima, não pude... não pude buscar você. E como a Dra. Lyanne estava descendo atrás de mim, não pudemos esperar. — Soltei um suspiro frustrado. — Fiquei preocupada com você, com o que aconteceria se fôssemos pegos, e não queria que estivesse lá se isso acontecesse. E não sei se minha reação foi normal, mas foi assim que me senti. Não sei o que *é* normal em uma situação como esta, Ryan.

*Só sei que gosto de você, e quero proteger você, e nunca quero vê-lo se ferir.*

Ryan não estava mais olhando para mim. Por que não podia simplesmente ficar zangado, irritado ou alguma *coisa do tipo*? Eu não sabia o que ele queria ou precisava ouvir. Deveria saber? Aquela era mais uma parte da vida sobre a qual eu não tinha aprendido?

Só queria fazer a coisa certa. Pena que não sabia qual era.

Morri várias vezes no silêncio que se seguiu às minhas palavras.

Então Ryan riu. Baixo, mas riu.

— Há dois meses, um homem de terno foi nos tirar de casa. Passamos uma semana em um hospital psiquiátrico e agora estamos fugindo do governo. Acho que deixamos oficialmente o *normal* para trás.

Ele tinha de sussurrar, claro, porque aquilo era segredo, mas, por algum motivo, os sussurros tornavam tudo muito mais ridículo. Como aquilo acontecera? Como Addie e eu tínhamos trocados biologia avançada pelas anotações de Sabine sobre a confecção de bombas? Como tínhamos passado de *calouras do ensino médio* a *fugitivas da lei*?

— Eva? — disse Ryan. — Entendo que, por medo de ser pega, você não quis que eu fosse. Mas confie em mim, se você tivesse sido pega, o único lugar em que eu gostaria de estar era a seu lado. Tá bom?

— Tudo bem — falei suavemente. — Isso vale para nós dois.

Ele assentiu. Sorriu um pouco.

— Você causou certa confusão quando saiu. A Dra. Lyanne não parava de exigir que contássemos onde você estava. Dissemos que não fazíamos ideia.

— Ela acreditou em vocês? — perguntei.

— Acreditou. Por que não acreditaria, não é?

— Por que não? — repeti e hesitei. — Ryan, acha que devíamos suspender o plano?

Ele franziu a testa.

— O quê?

— Deixe para lá. É só que... é que... deixe para lá. — Dei um passo em sua direção. Nunca tinha me sentido desconfortável perto de Ryan. Muito menos quando Addie não estava presente. Mas, naquele momento, imaginei como ela reagiria se voltasse de repente. — É melhor eu voltar lá para baixo. Sophie deve estar me esperando.

Ele sabia que havia algo estanho. Dava para notar. Mas tudo o que disse foi:

— Tudo bem.

Houve uma nova pausa. Então ele se inclinou e me beijou, e foi bom por um instante, foi ávido, familiar e reconfortante. Até eu me lembrar do beijo de Jackson e de Addie, e, sem querer, me afastei.

Ryan ficou muito quieto. A mão que apoiara em nosso ombro ficou parada no ar.

— Desculpe — falei rapidamente em voz baixa. Olhei por cima do ombro. — Achei que tinha ouvido alguma coisa. Só estou nervosa por causa de hoje. Sabe como é.

Depois de um segundo, ele assentiu e deixou a mão cair.

Ele tentou sorrir antes de desistir e entrar.

## Capítulo 27

Muito depois de Sophie e Kitty irem dormir, fiquei sentada na cama com os joelhos pressionados contra o peito pensando no que devia dizer quando Addie voltasse.

Era certo termos privacidade. Não era esse o objetivo de apagar? Dar a cada uma de nós um gosto do que era ficar sozinha, agir, sentir e *existir* sem pensar na outra?

Mas, no final das contas, minhas mãos ainda eram as mãos de Addie. A boca de Addie era minha boca. Quando éramos crianças, antes que eu perdesse o controle, Addie sempre controlara nosso corpo melhor que eu. Quase sempre conseguia me dominar quando nossas vontades colidiam. Mas já estávamos mais velhas. Tínhamos idade suficiente para descobrir como compartilhar o corpo sem nos magoar.

A gaveta do criado-mudo estava entreaberta, exibindo o bloco de desenho de Addie. Hesitei, depois o puxei para o colo. Com o luar e os postes de luz, eu conseguia enxergar as páginas. Fiz uma pausa nos desenhos de Hally. No rascunho de Kitty vendo televisão, com o rosto virado e quase terminado, mas o restante do corpo ainda sem profundidade, dissolvendo-se em nada além de linhas e a sugestão de forma.

Eu nunca vira o desenho seguinte. Um desenho de Jackson, as linhas esguias de seus ombros e costas, seu cabelo, que era um pouco comprido demais e caía nos olhos. Ele estava olhando para mim. Para ela. Também o encarei, tentando me lembrar daqueles momentos que Addie passara capturando sua imagem com grafite, mesmo sabendo que era inútil.

Minhas mãos o haviam desenhado. Meus dedos seguraram o lápis e a borracha. Meus olhos percorreram seu corpo, estudando as dobras da camisa e as linhas de suas mãos. Mas eu nunca me lembraria daquilo. Addie não desenhara um fundo, só a leve silhueta da cadeira onde Jackson estava sentado, então eu nem sequer sabia onde os dois estavam quando aquilo acontecera. Não sabia do que tinham falado.

Coloquei o bloco no lugar no momento em que Addie reapareceu.

*Addie, ouça.* Eu me aproximei dela do jeito que fazia quando éramos crianças. Minhas frases cuidadosamente planejadas se emaranharam umas às outras, as palavras formaram nós. *Desculpe por ter ficado tão absorta em tudo que me esqueci de você. Foi egoísmo.*

Addie levou um bom tempo para responder.

*Você não foi egoísta.* Ela falou cuidadosamente, com a voz suave. *Você só... desculpe. Fiquei muito zangada, Eva. Fiquei preocupada com você, com o que você ia pensar. Como ia reagir, e você...*

Estremeci.

*Eu reagi muito mal?*

*Um pouco.*

*Mas você não me contou, Addie,* falei. *Acordei e... não soube o que pensar. Não combinamos de confiar uma na outra para contar o que precisássemos saber?*

Ela suspirou.

*A princípio, achei que não precisava, que estava óbvio o bastante para você notar. Você nunca precisou me contar explicitamente sobre Ryan. E, quando ficou claro que você não sabia, nem sequer parecia suspeitar, acho que fiquei zangada por isso. Por você não estar prestando atenção.* Quase interrompi, mas suas palavras saíam aos borbotões, e contive as minhas para lhe dar espaço. *Depois não contei porque ter algo que era meu, só meu... bem, faz as coisas parecerem normais, não é? Jackson me faz sentir normal, consegue me fazer esquecer o que somos. Por que estamos aqui. Consegue fazer parecer que a única coisa importante no mundo é o que acho sobre o que está passando na TV ou sobre um novo restaurante que ele descobriu.* Ela ficou quieta por um instante. *Ele me faz achar que talvez um dia eu também consiga fazer isso. Simplesmente ser feliz, apesar de tudo. Faz sentido?*

*Faz*, falei. *Faz sentido.*

Fechamos os olhos, isolando-nos do mundo. Afastamos tudo menos uma à outra. Addie e Eva, Eva e Addie.

*Mas isso não pode ser só meu*, disse Addie em voz baixa. *Sei que não pode. Pensei... pensei que podia tornar só meu, mas...*

Mas era impossível.

*Eu deveria ter contado, Eva*, contemporizou ela. *Desculpe. Eu... nunca deveria ter deixado você acordar daquele jeito.*

*Está tudo bem*, falei. As palavras pareciam pequenas demais para demonstrar o que eu queria dizer. Mas eram tudo o que eu tinha. Então as dei a ela, juntamente com meu perdão, porque eu sempre perdoava Addie, e Addie sempre me perdoava. Por tudo. *Alguém mais sabe sobre vocês dois?*

*Não. Acho que não. Você vai contar a Ryan?*

*Acho que devo*, falei.

*Quer que eu conte?*

*Não, tudo bem.*

*Ele vai entender*, disse Addie. *Precisa entender. Somos todos híbridos. É assim que as coisas funcionam.*

*É*, falei, mas não consegui apagar completamente minha inquietação, e Addie não conseguiu esconder bem a dela.

Eu não tinha precisado que ninguém me ensinasse que ciúme era uma emoção estranha para híbridos, especialmente no que dizia respeito a pessoas de quem gostávamos. Compartilhávamos corpos. Não estávamos sempre no controle de nossos membros. Algumas coisas já eram naturalmente confusas.

Mas, mesmo assim... talvez fosse diferente se tivéssemos crescido em outro lugar. No exterior, onde conviveríamos com outros híbridos durante a vida toda, onde aprenderíamos outro conjunto de regras para o que era *normal* e o que não era.

Soltei uma risada irônica.

*É complicado, não é?*

*Vamos dar um jeito.*

*Eu sei*, falei, demonstrando mais convicção do que sentia.

Engraçado, como era sempre eu que reconfortava Addie, não o contrário. Mas não importava. Addie tinha voltado e estava falando comigo. Addie achava que daríamos um jeito, que tudo ficaria bem.

Se ela acreditava, eu também acreditava.

## Capítulo 28

Chegou o dia do teste.
Ryan e eu descemos escondidos assim que o sol nasceu, correndo para encontrar os outros no estacionamento do restaurante. Eu ri das piadas de Cordelia, cumprimentei Sabine com um aceno, sorri quando Christoph deu um *bom-dia* áspero. Minha inquietude se extinguiu quando Sabine e os outros me envolveram em sua energia.

*Pare com isso*, disse Addie, quando nossos olhos cruzaram com os de Jackson.

*Com o quê?*

*Com essa curiosidade*, disse ela. *Pare de olhar para ele antes que ele a veja encarando. É constrangedor.*

Ri e desviei os olhos. Ryan sorriu, erguendo as sobrancelhas em questionamento quando entramos no carro de Sabine. Minha diversão acabou. Eu ainda não contara a ele sobre Addie e Jackson. Nós dois não tínhamos tido um momento a sós desde a noite do roubo do oxigênio líquido.

Mas isso era uma desculpa, e eu sabia. Não sabia como contar a Ryan. Tinha medo de sua reação. Medo de pensar no que aconteceria conosco se ele reagisse mal.

As mãos de Ryan estavam mais quentes que as nossas. Entrelacei nossos dedos aos dele, e ele se acomodou para poder encostar a cabeça em nosso ombro. Eu sorri. Afastei os pensamentos de Addie e Jackson da cabeça por um instante.

— Não gosta de acordar cedo?

Ryan bocejou. Seu cabelo fez cócegas em nossa bochecha.

— Não consegui dormir ontem à noite.

Jackson se espremeu entre nós e a janela, depois bateu a porta. Com Cordelia sentada do outro lado de Ryan, nós quatro mal cabíamos no banco de trás. O percurso de duas horas até Frandmill seria difícil para todos, sobretudo para mim e Addie. Jurei em silêncio que não diria uma palavra.

Ryan observava a caixa de papelão a nossos pés. Dentro dela, a bomba em miniatura estava embalada com cuidado. Cada linha de seu corpo demonstrava fadiga, mas os olhos ainda estavam atentos, sagazes. Eu quase conseguia ver as engrenagens funcionando em seu cérebro, repassando sem parar cada parte e conexão, certificando-se de que não houvera qualquer erro.

— Pare com isso — sussurrei, e o puxei mais para perto de nós. Seus olhos se ergueram para encontrar os nossos, a princípio em dúvida, depois se enrugando em um sorriso. Ele assentiu e encostou a cabeça contra nosso ombro outra vez.

— Está todo mundo pronto? — disse Sabine, colocando o cinto de segurança e ligando o motor. Houve vários resmungos de consentimento. — Quer a janela aberta, Eva?

Olhei para ela, perplexa e reconfortada porque se lembrara de minha aversão a espaços apertados. Assenti.

Saímos do estacionamento em silêncio, e em uma névoa de chuva.

Quando chegamos ao campo de testes, a chuva havia se reduzido a nuvens baixas e cinzentas, e trovões ao longe. O ar estava frio, mas tão carregado de umidade que parecia pesar em nossa pele. Quando deixamos a estrada para trás, nossos pés afundaram um pouco na lama sob a grama esparsa. Sabine tinha nos afastado bastante da via principal. Eu tremia. A presença de Addie a meu lado era tão imóvel e pesada quanto as nuvens de tempestade.

— Com sorte, qualquer um que ouça a explosão vai achar que é só um trovão — disse Christoph, olhando para o céu.

— Ninguém vai ouvir — disse Sabine. — Estamos no meio do nada.

Ryan e Jackson arrastavam a caixa de papelão entre eles, andando com cuidado, embora Ryan tivesse nos assegurado de que os explosivos não iam detonar por causa de alguns solavancos.

O terreno mergulhava ali, formando uma escarpa que terminava com vista para um vale. Ryan, Jackson e Sabine foram para o ponto mais baixo. Comecei a segui-los automaticamente, mas Cordelia, como que em um impulso repentino, nos deu o braço e virou-se para a direção oposta, subindo a colina.

Olhei-a, surpresa. Ela soltou uma risadinha esbaforida e deu de ombros, mas não soltou nosso braço. Talvez com Sabine e Jackson ocupados, ela precisasse de alguém em quem se apoiar. Eu entendia a sensação. Subimos a escarpa juntas. Christoph foi na frente, com o cabelo transformado em um halo vermelho pela fraca luz do sol.

Eventualmente, percebi que ele não sabia até onde devíamos ir. Ele se virou e olhou para mim, como se Addie e eu pudéssemos ter uma resposta. Olhei colina abaixo. Daquela distância, Ryan e os outros pareciam brinquedos. Já devíamos estar longe o bastante. Ryan tinha nos dado uma estimativa do tamanho da explosão, e sem dúvida ele estava certo.

Sem dúvida.

Eu parei. Cordelia, ainda de braço dado conosco, também parou. Observamos as figuras em miniatura de Ryan, Jackson e Sabine se amontoarem ao redor da caixa. Observamos quando finalmente se levantaram e se dirigiram até nós, sem correr, mas andando com uma urgência rígida de quem deseja correr, porém não o fazia por medo.

Ou nesse caso, imaginei, por orgulho.

Como o orgulho parecia estranho quando comparado a uma bomba.

*Andem logo*, pensei, com o estômago revirado. *Esqueçam o orgulho e andem logo.*

Eles não correram, mas chegaram até nós enquanto o ar estava silencioso. Ryan pegou nossa mão livre. Eu apertei a dele. Addie estava tensa como uma corda de violino. Ficamos congelados e quietos, esperando, olhando para as entranhas da colina.

Então veio a explosão.

Vieram o barulho, as chamas e o fogo. Ela inchou, mandando vibrações de seu poder até nós.

Acabou muito rápido. Uma labareda vermelha e amarela. Um estrondo que ecoou através de nossos corpos.

Então novamente o silêncio.

— Funcionou — disse Christoph em uma voz que não era exatamente de alegria nem de medo.

Nossos ouvidos retiniam. Eu me virei, procurando o rosto de Ryan, e descobri que não era Ryan.

Devon. Devon com olhos frios fixos na fumaça.

Ele não disse nada. Olhou para mim com uma expressão que era uma máscara impenetrável.

## Capítulo 29

A volta para Anchoit foi ao mesmo tempo mais relaxada e mais tensa. Os outros conversaram, e até riram de vez em quando. Devon, que ainda estava no controle, ficou em silêncio. Mantive as mãos no colo, com os braços contraídos contra o corpo.

Chegamos ao limite da cidade, depois ao mesmo estacionamento de onde tínhamos partido naquela amanhã. Ninguém parecia querer sair do carro. Ficar sozinho com a vastidão do que tínhamos feito. Finalmente, Cordelia sugeriu que almoçássemos no sótão.

A comida não fez com que me sentisse melhor. Sabine estava estranhamente quieta, concentrada nas reviravoltas da própria mente. Jackson e Cordelia foram responsáveis pela maior parte da conversa, mas até seus poços de palavras secaram. O sótão caiu em uma calmaria de silêncio que não era muito confortável. Caixas de comida para viagem se espalhavam pelo espaço, algumas ainda cheias de peixe frito ou pães doces, enquanto em outras não sobrara nada além de uma camada de gordura.

Devon falou primeiro.

— Quando vamos agir de verdade? — Como ninguém respondeu, ele olhou em volta e repetiu. — Quando vamos explodir a instituição?

— Nós entendemos o que você falou — disse Jackson, mas estava sorrindo, e não havia cólera verdadeira em suas palavras. Mesmo assim, ele não respondeu.

Sabine não tinha erguido o rosto ao ouvir a voz de Devon, e continuou sem erguê-lo. Ela estudava pisca-piscas presos nas paredes, como se houvesse respostas escondidas em seus nós.

— Na semana que vem — disse ela. — Na próxima sexta, à noite.

Exatamente dali a sete dias.

— Por que sexta-feira? — perguntou Devon.

Finalmente, Sabine o encarou.

— Segundo o calendário que conseguimos com Nalles, ainda não montaram o maquinário cirúrgico. Vão colocar tudo na semana que vem. Terão terminado na sexta.

— Tem certeza? — indagou Devon.

Sabine assentiu.

— Como eu disse, está no calendário.

— Então na noite da próxima sexta... — Cordelia se aproximou para se sentar ao lado de Sabine, colocando o braço ao seu redor. — Tem certeza, Sabine? Falta muito pouco tempo.

Sabine assentiu. Seu olhar se deslocou novamente, desta vez para o chão.

— Por que não? Sabemos que funciona. Temos a bomba. Por que esperar mais que o necessário?

— *Eu* estou pronto — disse Christoph.

— E sexta é um bom dia da semana para fazer isso — argumentou Sabine. — Se algo der errado, se o governo responder de um jeito perigoso ou inesperado, Jackson e Christoph não precisam trabalhar, e não é suspeito se eles não aparecerem. Tudo é menos regulado nos finais de semana.

Cordelia assentiu, com a cabeça loura apoiada ao ombro de Sabine.

— De qualquer forma, nem todo mundo precisa ir à Powatt — disse Christoph.

— Na verdade, apenas uma pessoa precisa ir — disse Sabine. — Eu poderia ir sozinha. Seria mais seguro.

— Não seria mais seguro para *você* — retrucou Jackson.

Parte da força habitual de Sabine voltou a sua voz.

— Se você não estiver lá para estragar tudo, vou ficar bem mais segura.

Eles sorriram, o sorriso de velhos amigos que não precisavam de palavras para se entender.

— Mesmo assim, você não deve ir sozinha. — Havia uma dureza subjacente às palavras de Jackson, uma obstinação vinda de algo que eu não conseguia identificar. Seus olhos encontraram os nossos de relance e se afastaram outra vez.

— Ele está certo — disse Devon em voz baixa. Ele olhou para nós, depois para Jackson, como se tivesse visto o olhar. — Eu gostaria de ir. Ver a coisa desmoronar.

*Lembra de como inicialmente ele foi contra?*, perguntei a Addie. Parecia que fazia uma eternidade. Como se fôssemos pessoas diferentes na época.

*Eva, você poderia me deixar sozinha por algumas horas hoje?*

Nenhuma de nós duas tinha apagado desde o dia de nossa briga, e o pedido dela causou uma pontada dentro de mim. Mas eu disse:

*Claro.*

Eu falei sério. Claro que Addie ainda desejaria tempo para si mesma, assim como eu. Ela não tinha nem sequer falado com Jackson desde que eu fugira do apartamento dele, e não devia me querer por perto quando o fizesse.

Eu também precisava de tempo para digerir o que tinha acabado de acontecer. Acho que só queria um tempo para dormir e não ter de sentir nada. Sonhos eram melhores que aquilo. Quando acordasse, poderia resolver as coisas.

*Obrigada*, disse Addie.

Olhei uma última vez para o sótão a meu redor, com suas tábuas de madeira escura e luzes de Natal cintilando nas paredes.

Depois desapareci.

Fogos de artifício
A primeira vez que os vi
Dia da Independência

Sinto o desabrochar
O estouro
Seu barulho
Como se eles também estivessem tentando
Desprender-me
Desprender-me de meus membros
Fazer-me desaparecer
Como eles desaparecem

Aqui
Uma explosão de cor
E então nada

Acordei no meio do jantar, com os dentes do garfo contra a língua, e os cotovelos sobre a mesa de jantar. Mesmo depois de semanas de prática, ainda era desorientador ser lançada no mundo real depois viver em sonhos líquidos atemporais.

As primeiras palavras de Addie foram simples. Um aviso:

*Peter está aqui.*

Meus sonhos sumiram. Nossos olhos se focalizaram nas outras pessoas à mesa: Emalia, Nina e Peter. Todos estavam em silêncio, ocupados com a comida.

Addie engoliu. Ela baixou o garfo, colocando-o cuidadosamente no jogo americano de tecido, ao lado de nosso prato.

*Jenson está em Anchoit.*

*O quê?*, gritei.

Mas Addie me calou quando disse, em voz alta:

— Você sabia que ele vinha, Peter?

Peter estava a nossa esquerda, perdido em pensamentos e nos movimentos mecânicos de comer. Seus olhos se ergueram ao som de nossa voz. Ele assentiu.

— Afinal, ele chefia o comitê de avaliação do governo. Mas parece que já está na cidade há algumas semanas. Não houve anúncio público. Nada. Ninguém deve saber.

*Como Peter sabe?, perguntei.*

*Shh*, disse Addie, mas mesmo assim explicou rapidamente. *Ele tem alguém infiltrado no governo. Um informante.*

*Ele não disse a Sabine que era perigoso demais se aproximar do governo?*

*Shh, Eva. E, sim, talvez porque seja perigoso e ele não queira que ela se machuque.*

— Ele não visitou a Nornand antes que a ala para híbridos fosse aberta? — perguntou Emalia.

A instituição de Powatt nunca seria aberta. Crianças híbridas nunca ocupariam suas camas, andariam como sonâmbulas pelos corredores, sussurrariam assustadas umas para as outras depois que as luzes se apagassem.

Estávamos cuidando disso.

— Visitou, mas... — Peter hesitou. — Não sei o que ele está fazendo aqui tão cedo. Ele foi ao hospital Benoll no centro, como parte de uma investigação criminal. — Nosso coração parou, mesmo antes das palavras seguintes de Peter: — Roubaram um tanque de oxigênio ou coisa do tipo. É estranho um homem como ele estar investigando algo assim. Mas acho que eles têm um bom motivo para estar levando isso a sério. Faz quase dois meses do episódio na praça Lankster, e não pegaram ninguém, não encontraram Jaime... o toque de recolher não tem previsão de terminar... as pessoas estão ficando frustradas.

Addie controlou nossa respiração, desviando os olhos, e pegou Nina olhando diretamente para nós.

A menina franziu a testa.

— Você está bem?

O que, claro, fez Peter e Emalia virarem-se para nós também.

— Estou — respondeu Addie rapidamente. Ela fingiu uma tosse. Olhou todos nos olhos e sorriu, contando um, dois antes de baixar a cabeça e comer uma garfada do jantar. Ela estava mentindo melhor. Ou talvez sempre tivesse mentido bem. Mentira para nossos pais durante três anos, não é? — Estou bem. Engoli alguma coisa do jeito errado.

— Não precisa se preocupar com Jenson, Addie — disse Peter em um tom gentil. — Ele é só um homem.

— Eu sei — disse Addie.

De certa forma, Peter estava certo. Jenson era apenas um homem, apenas um ser humano de carne e osso. Mas era um homem com poder sobre nossa vida. O poder o tornava mais que uma pessoa.

— Ele é diretor há muito tempo? — perguntou Addie.

Peter deixou o garfo no prato. Todos tinham desistido de fingir que estavam comendo, até Nina.

— Há alguns anos. Ele supervisionava apenas uma instituição, mais ou menos como Daniel Conivent. — Ele olhou de relance para Emalia, depois voltou a olhar para nós. — Emalia disse que você se tornou amiga de Sabine.

Ele estava tentando mudar de assunto? Em geral, Peter não era tão óbvio, tão desajeitado com as palavras. Mas Addie apenas deu de ombros. Eu tinha contado a ela nossa conversa com Sophie na noite do roubo do oxigênio líquido.

— Mais ou menos.

Peter assentiu.

— Sabine e Christoph conheciam Jenson antes de se tornar diretor. Era chefe da instituição deles.

*É verdade*, falei. *Sabine nos contou, lembra? Quando nos conhecemos.*

Mas Addie tinha ficado imóvel, como se até então não tivesse se lembrado.

— Não acho que Sabine saiba que Jenson está aqui — disse Peter em voz baixa. — Não é preciso deixá-la nervosa com essa notícia, está bem?

Eu sabia que sua intenção era ser gentil, não condescendente, mas mesmo assim não consegui evitar a irritação.

— É, tudo bem — murmurou Addie. Sua mente estava em outro lugar; eu percebia. Mas ela não me deu nenhuma explicação.

Um silêncio caiu sobre a mesa, denso e abafado. Peter retomou o garfo, mas ficou apenas olhando o prato. Os olhos de Emalia se ergueram para encontrar os nossos, e logo se desviaram outra vez. Nina brincava com a comida, cortando-a em pedaços cada vez menores. Parecia a imitação de um jantar em família, tudo do jeito oposto ao que deveria ser. De repente, senti tanta saudade de casa que era uma dor física.

Eu queria minha família de volta. Queria a família que tinha antes de o Sr. Conivent chegar para nos levar embora.

Não. Queria a família que tinha antes que Addie e eu completássemos 10 anos. Antes de completarmos 6 anos. Antes de nossos pais começarem a se preocupar. Antes dos testes e das visitas ao hospital, dos remédios e orientadores pedagógicos.

Eu queria uma família da qual mal conseguia me lembrar, que era em parte sonho.

— Aliás, encontrei um lugar seguro para revelar seus vídeos — disse Emalia, animada demais. Ela sorriu para Nina. — Vão estar prontos em alguns dias.

Addie baixou nossa cabeça e voltou à comida. Fiquei com uma sensação muito estranha, como se, mesmo depois de vários minutos, continuasse presa a um estado desorientado de ter acabado de acordar em um mundo desconhecido.

Addie disse que seria justo que eu tivesse o restante da noite para mim, já que a deixara ter a tarde. Para ser sincera, naquele momento eu não me importava. Não queria particularmente ficar sozinha. Mas Addie desapareceu, e fiquei com meus pensamentos.

Jenson estava em Anchoit.

O pôster de Jaime continuava escondido sob nosso colchão. Eu o peguei, alisando as dobras do rosto de Jaime. Será que Jenson sabia que Jaime estava na cidade? Por isso chegaram mais cedo?

O que pensariam quando explodíssemos a instituição de Powatt? A segurança já estava reforçada na cidade. Sem dúvida seria ainda mais depois do bombardeio. Fazendo isso, estaríamos colocando Jaime em mais perigo?

Aquele não era o objetivo. O objetivo era *salvar* pessoas, não prejudicá-las.

Dobrei o pôster de Jaime e o recoloquei embaixo do colchão. Emalia e Peter tinham saído depois do jantar, então éramos apenas eu e Nina no apartamento.

— Só vou ali em cima — falei para ela, enquanto colocava os sapatos.

Lissa abriu a porta de Henri quando bati. Tentei entrar e levei uma instante para notar que ela não abrira espaço. Em vez disso, bloqueou a entrada com o braço.

— Oi — disse ela. Sua voz estava dura. Assim como seus olhos, sombrios por trás dos óculos.

Tentei sorrir.

— Oi. Vai me deixar entrar?

— Não. — Ela me deixou encarando-a perplexa por um minuto, antes de suspirar e sair para o corredor, fechando a porta atrás de si. Ela me puxou para a escada, quase sussurrando. — Se você entrar, Henri vai perguntar onde Devon está.

Eu me surpreendi.

— E onde Devon está?

— Oficialmente, lá embaixo com você. — Lissa e eu estávamos na escada, e ela checou o lance superior e o inferior antes de falar. — É o que devo dizer a Henri.

— Ryan a mandou dizer isso? — Mantive a voz tão baixa quanto a dela. O som se deslocava pela escada, reverberando pelas sujas paredes de concreto. Mas poucas pessoas desconfiariam de duas garotas de 15 anos sussurrando no patamar. Podíamos estar falando sobre muitas coisas. Reclamando dos pais. Dos irmãos. Fofocas da escola. Quem estava namorando quem, e quem já tinha terminado.

Lissa balançou a cabeça.

— Não. Foi Devon.

Devon com ou sem Ryan?

— E você não sabe onde ele realmente está?

— E hoje em dia eu sei onde algum de vocês está? — ironizou Lissa. — Não. Ninguém me conta, e esperam que eu dê cobertura. E tudo bem, é isso que nós fazemos, não é? Cuidamos uns dos outros. Damos cobertura uns aos outros. Mas isso está ficando ridículo, Eva. — Ela respirou fundo e desviou os olhos. — Você queria que eu confiasse em você. Disse que ia consertar as coisas. Bem, conserte, Eva, ou juro que vou falar com Peter. Não ligo se ele nos separar. De um jeito ou de outro, mal a vejo. E... e acho melhor ficarmos separadas do que... do que deixar vocês executarem o plano.

Será que ela sabia sobre o teste que tínhamos feito naquela semana? Sabia dos planos de Sabine para a sexta-feira?

Provavelmente, não.

Lissa olhou para os rabiscos e pichações nas paredes.

— Sabe, Eva... quando Hally e eu começamos a suspeitar de que você e Addie podiam... bem, podiam ser como nós, eu... — Ela hesitou. — Fiquei muito esperançosa, sabe? Só queria alguém, alguém além do meu irmão, que soubesse como é. Que me *entendesse*. E talvez tenha sido egoísmo meu arrastar você para isso, porque eu...

— Lissa — falei. — Você não me arrastou para nada. Você me deu uma vida que eu nem imaginava ser possível, OK? Foi... eu nunca sequer agradeci por isso.

Lissa voltou a olhar para mim, depois assentiu.

— Olhe, entendo o que você está fazendo. Entendo por que quer fazer... fazer o que está planejando fazer. Mas você não pode, Eva. Simplesmente não pode fazer algo assim. — Ela apertou meu braço. — Confio em você, está bem? Confiei em você e em Addie quando contei sobre nós, e confio agora.

Eu me peguei assentindo também. Não tinha mais nada a fazer.

## Capítulo 30

Não tive a chance de falar com Ryan até o dia seguinte. Addie queria passar a manhã com Jackson, então fiquei dormindo, tendo suaves sonhos com o mar, a casa e tudo o que eu tinha antes. Nosso sono normal era atormentado por pesadelos. Quando apagava, eu nunca tinha pesadelos, e sim lembranças, tão reais que era como revivê-las, mas todas desapareciam depois que terminava, dissolvendo-se conforme o mundo real tomava seu lugar.

Dessa vez, acordei na escada, olhando para paredes cinzentas e sujas. Não havia janelas ali, e era impossível saber que horas eram quanto tempo eu tinha dormido. Mas Addie sabia disso e disse em voz baixa:

*São pouco mais de 10 horas da manhã.*

Senti sua distração, embora não tivesse como saber no que estava pensando.

*Como foi?*, perguntei, constrangida.

*Hum?*, Addie subiu o último lance de escadas; depois me deixou no controle de nossos membros.

*Você estava com Jackson, não é? Como foi sua manhã?*

*Ah, boa*, disse ela. *Obrigada.*

Sua mente estava em outro lugar, como se ela tivesse acabado de acordar, não eu. O que quer que tivesse acontecido enquanto eu dormia, a perturbara. Mas ela não deu nenhuma explicação, e eu não pressionei. Alguns minutos depois, ela desapareceu.

Ryan apareceu no apartamento de Emalia para me ver. Fazia um tempo que não ficávamos realmente sozinhos, e foi o momento perfeito, porque eu poderia falar de Addie e Jackson. Escondi um sorriso amargo. Era meu momento perfeito: um tempinho precioso roubado antes de explodir um prédio do governo.

O nervosismo me fez falar primeiro de Devon.

— Sabe onde ele tem ido? — perguntei.

Ryan deu de ombros.

— Já tem um bom tempo que Devon e eu não conversamos direito. Ele nunca superou o... bem, nosso consentimento com esse plano.

— Mas ele disse que queria ir — falei. — Ele queria ir a Powatt com Sabine.

— Não sei, Eva — disse Ryan.

— Você não pode perguntar a ele?

Ele hesitou.

— Já perguntei. Ele disse que só fica andando por aí. Olha a cidade. Devon é Devon. Agora que podemos ter momentos a sós, acho natural ele também querê-los.

Entendi por que Ryan relutava em fazer Devon contar seus segredos. Como híbridos, tínhamos muito pouco espaço para coisas só nossas. Mas e quando um segredo se tornava grande demais para guardar? Quando deixava de pertencer a apenas uma pessoa?

— Naquele dia em que fui ao Benoll para roubar oxigênio... — falei apressada. Ryan notou a mudança em meu tom de voz e se virou para ver meu rosto. Não tentei impedir. Também queria ver sua expressão. — Lembra que falei que foi algo entre mim e Addie?

Ele assentiu. Eu sentia meu coração batendo sob a pele. *Pare com isso*, disse a mim mesma, irritada. Ter um corpo que reagia a meus comandos era maravilhoso, mas às vezes meu corpo reagia a minhas emoções mesmo quando eu não queria.

— Bem, não foi só entre mim e Addie — falei.

Ryan não me forçou a continuar, apenas esperou. Eu até queria que ele o fizesse, só para que algo preenchesse os silêncios entre minhas frases.

— Ela estava com Jackson. Eles estão juntos. Aparentemente.

— Com ele — repetiu Ryan. Seu braço ainda estava em torno de minha cintura. Senti a repentina tensão em seus músculos.

— Com ele como?

Eu me controlei para não revirar os olhos. Ele queria mesmo que eu explicasse? Como se as coisas já não fossem constrangedoras o bastante. Pensar em Addie com alguém era como pensar em *Lyle* em alguns anos com alguém, só que cem vezes pior. Então entendi o que Ryan estava perguntando.

— *Não*, Ryan. Eles estavam se beijando, está bem? Só isso.

— Como você sabe? — perguntou ele em voz baixa.

— Porque Addie teria me contado — disparei. — E antes, não depois.

Porque no final das contas, confiávamos uma na outra. Porque essa confiança era tudo o que nos mantinha sãs.

Ryan e eu ficamos em silêncio. Mantivemos a respiração controlada.

— Olhe — falei enfim. — Para quem acha que isso é mais estranho, você ou eu?

Abri um sorriso, e depois de um instante Ryan desviou o olhar. Quando seus olhos reencontraram os meus, ele também exibia uma levíssima sugestão de sorriso. Ele deu de ombros, apertando o braço a meu redor, e reconheceu:

— Talvez você.

Eu ri.

— Só talvez? Imagine se fosse Devon.

— Estou fazendo de tudo para não imaginar — disse ele secamente.

Dessa vez, o silêncio entre nós foi mais confortável.

— Como você se sente em relação a isso? — perguntei. — Addie e Jackson?

— Não sei — admitiu Ryan. Ele beijou minha testa. — Vou descobrir. Está tudo bem. — Ele estava olhando para mim, mas eu não sabia se estava afirmando aquilo para mim ou para si mesmo.

Suspirei, brincando com a barra de sua camisa.

— Hally e Lissa querem que a gente interrompa o plano. Elas não sabem sobre sexta-feira, sabem?

Ryan não comentou minha mudança de assunto, apenas balançou a cabeça.

— Ainda vale a pena, não é? — sussurrei.

— Vale — concordou ele.

Mas não parecia ter mais certeza que eu.

Sábado e domingo passaram. Depois segunda. Três dias pensando sem parar no que aconteceria se eu tentasse interromper tudo. O que aconteceria se não tentasse.

Quando Addie e eu estávamos acordadas ao mesmo tempo, eu também sentia o peso da passagem dos dias sobre ela, que falava pouco, escondendo-se de mim. Também tentei disfarçar minha preocupação.

Faltava menos de uma semana para a bomba.

*Menos de uma semana para impedi-los se você quiser*, sussurrava uma parte de mim. Automaticamente eu calava a voz. Era mais fácil não pensar nessas coisas. Naquele ponto, seria muito mais fácil seguir em frente, fazer o que os outros queriam.

Desde quando era uma questão de fazer o que os outros queriam? Eu desejara aquilo. No começo, sentada naquele banco com Ryan, tinha tomado a decisão de participar. Parecera a coisa certa a fazer. Na época.

Mas agora?

Eu prometera a Lissa que ia consertar tudo. Que ia resolver as coisas. Na hora, tinham sido apenas palavras conciliatórias, ditas meio em pânico. Mas, mesmo assim, era uma promessa, agora alojada profundamente dentro de mim. E eu tinha de cumpri-la.

Mas o que significava consertar tudo?

Supostamente, explodir a instituição de Powatt era um passo para consertar as coisas. Um passo drástico, talvez. Mas como Christoph dissera certa vez, aquilo não era brincadeira. Não estávamos jogando com fichas de pôquer. Havia vidas de crianças em jogo, aquelas já perdidas e as que estavam em perigo.

Talvez eu só estivesse em dúvida por causa do medo. Porque não era forte o bastante para fazer o que tinha de ser feito. Qual era o problema? Eu era simplesmente fraca? Eva, a alma recessiva, condenada a ser inferior.

Finalmente, não consegui mais aguentar. Quando Addie me deixou sozinha no final da manhã de terça-feira, sai do apartamento e percorri o já familiar caminho até a loja de fotografia.

Sabine estava no balcão, mexendo nas gavetas, como se procurasse alguma coisa. De tão concentrada, não notou minha presença até eu me aproximar. Então se sobressaltou, erguendo a cabeça de repente.

— Ah, oi. — Ela se endireitou e enfiou o cabelo atrás das orelhas. Sorriu. — Não esperava que você viesse aqui.

Dei de ombros. Sabine fechou a gaveta com o quadril. Ainda estava sorrindo, mas notei a distração em seus olhos. O restante da pequena loja estava vazio, nem um único cliente olhando a prateleira de cartões-postais ou analisando os trabalhos emoldurados nas paredes.

— Cordelia não está aqui hoje? — perguntei.

— Foi a uma sessão de fotos de um casamento. — Sabine contornou o balcão, pegando sua bolsa. — E eu estava indo para casa almoçar. O que foi?

Eu nunca tinha ficado completamente sozinha com Sabine. Depois de todo aquele tempo, deveria ter sido confortável, mas não foi o caso. Sabine era firme. Sabine conseguia inspirar confiança como ninguém. Mas com frequência ela também tinha uma espécie de olhar de escrutínio, como se conseguisse vasculhar o interior de uma pessoa e medir a qualidade de sua alma. Estava com essa expressão naquele momento.

— Eu só queria conversar — falei. — Sobre sexta-feira.

— Claro — disse Sabine em um tom despreocupado. Ela me indicou a porta e virou a placa para *Fechado*. — Por que você não vai até meu apartamento comigo?

O apartamento de Sabine ficava a apenas alguns minutos de carro. O prédio parecia muito com o de Emalia, velho e desgastado. A escada tinha cheiro de gordura, e Sabine me avisou para não me apoiar no corrimão.

— Lar, doce lar, imagino — disse ela, destrancando uma das portas idênticas de seu andar. O apartamento era pequeno e, assim como a loja de fotografias, coberto de retratos. Mas ao contrário das da loja, aquelas fotos eram de gente que eu reconhecia: Sabine rindo para a câmera, Jackson e Cordelia no calçadão, até Peter se virando, surpreso com o flash.

Olhei para um panorama do mar escuro. Havia algo perturbador e ao mesmo tempo sedutor na água escura, os reflexos de luar na crista das ondas. Com o canto do olho, vi Sabine esquadrinhar o apartamento com a testa enrugada. Ainda procurando alguma coisa.

— Cordelia e Katy estão obcecadas com a perfeita foto noturna do mar — disse Sabine, notando minha atenção e redirecionando-a à foto. — Esse retrato é substituído de tempos em tempos. Elas nunca ficam satisfeitas.

O apartamento era mais bagunçado do que eu esperava. Acho que sempre tinha imaginado que Sabine seria organizada. O sótão era bem arrumado. Assim como o restante da loja. O apartamento era limpo, mas entulhado de livros, equipamentos de câmera e papéis avulsos. Observei a estranha geringonça sobre a mesa de jantar por alguns segundos antes de notar que era a fechadura que Sabine usara para ensinar Devon a arrombar portas.

— Sabe que foto do mar eu consideraria perfeita? — perguntou Sabine. — Uma praia coberta de neve. Mas nunca neva aqui. Até onde sei, não há nem geada. Nevava no lugar de onde você veio?

Assenti.

— Mas não com frequência. E nunca muito.

— Na minha cidade, nevava vários centímetros todo ano sem falta. — Ela riu de repente. — É engraçado, não é, eu ainda dizer "na minha cidade"? Não vou lá há oito anos, mas por algum motivo ainda é minha cidade.

Sabine passou o dedo pela moldura.

— Algum dia, quando isto terminar, vou voltar. Vou direto até a porta da frente e tocarei a campainha, e, quando meus pais abrirem, vou perguntar o que tinham na cabeça para deixar Jenson nos levar. — Ela virou as costas para a foto. — Isso se ainda estiverem lá.

— Você não os perdoou? — perguntei em voz baixa. Se em oito anos Sabine não tinha perdoado os pais, qual era a minha previsão?

— Não. — Ela abriu um sorriso melancólico. — Mas voltaria mesmo assim.

Ela tirou algumas roupas de cima do sofá e me convidou para sentar.

— Você e Ryan têm sido maravilhosos, Eva. Sabe disso, não é? Estou incluindo Addie e Devon também, claro. Nada disto seria possível sem vocês.

Dei de ombros, mais constrangida que satisfeita com o elogio.

— Eu não tenho feito muito.

— Você fez os desenhos para os pôsteres da praça Lankster — disse Sabine.

— Foi Addie.

— Mas vocês duas trabalham juntas — afirmou ela. — Vocês são uma equipe, Eva.

— Tudo bem — falei. — Mas depois disso? Nem Addie nem eu ajudamos. Não de verdade.

Eu não sabia por que estava batendo nessa tecla, além do fato de me sentir cada vez mais nervosa e precisar descontar em alguém minha apreensão, a possível covardia, a necessidade de Sabine me tranquilizar e sua incapacidade de fazê-lo no momento.

Talvez Sabine tenha percebido. Quando voltou a falar, seu tom estava um pouco mais duro. Não como se estivesse irritada comigo, mas como se entendesse que eu não era uma criança para ser apaziguada com elogios.

— Eva, sei que você deve ter dúvidas em relação ao plano. É normal. Só lembre-se de por que está fazendo isto, está bem? — Ela esperou até eu assentir levemente. — E lembre-se, você não precisa ir na sexta-feira. Acho que seria melhor se não fosse.

Imaginei Sabine armando a bomba, sozinha. Observando-a explodir, sozinha. Ouvi o guincho e o rangido do prédio ao desmoronar, o rugido do fogo. Quase consegui ver a expressão que brilharia nos olhos de Sabine: quieta e poderosa satisfação.

— Peter... — falei.

— Peter é ótimo; de verdade — disse Sabine, interrompendo-me. Ela raramente interrompia as pessoas. Quase sempre era paciente, pronta para ouvir os outros. — Mas se continuarmos na velocidade de Peter, Deus sabe quando conseguiremos parar de fugir e nos esconder, e começar a ganhar terreno. — Havia um frenesi em sua voz que eu nunca tinha ouvido. Ela tropeçava nas próprias palavras. — Eva, passei grande parte da vida com medo, grande parte dela tentando apenas seguir em frente. Só tentando sobreviver. Não posso continuar assim. Não quero chegar aos 30, 40 ou 50 anos, olhar para minha vida e ainda ser a mesma, e ainda ter medo e esperar que outras pessoas façam as coisas mudarem. *Eu* quero fazer as coisas mudarem. Agora.

Ela me olhou nos olhos.

— Peter acha que somos crianças, Eva. Mas em algum momento precisamos crescer.

As palavras me tiraram o fôlego. Ela estava certa. Eu precisava mesmo crescer. Precisava parar de duvidar de mim mesma, parar de ser tão indecisa em relação às coisas. Parar de ter medo o tempo todo.

— Está tudo bem, Eva — disse Sabine. Ela pegou minha mão. Seu olhar dizia que ela entendia tudo. Que *me* entendia. — De qualquer forma, em poucos dias tudo isto vai ter acabado.

# Capítulo 31

Um farfalhar de tecido branco
Um jaleco, de textura grossa
Em nossas mãos de 6 anos
*Vocês querem ser médicas quando crescerem?*
Sem resposta.
Uma de nós não ia
Crescer

Horror.

Acordei em total e completo horror. Horror que sufocava, como dedos dentro de nossa garganta.

Levei um instante para me dar conta de que Addie e eu não estávamos sendo atacadas. Não fugíamos para salvar nossa vida. Estávamos apenas sentadas tranquilamente em nosso quarto. Mas...

*Addie!*, gritei. *Addie, o que foi?*

Ela tentou dizer alguma coisa. Começou a dizer alguma coisa.

Então desapareceu. Deixando-me nos ecos de seu terror.

*Addie?* Sai às pressas de nossa cama.

Nada.

*Addie!*

Acontecera alguma coisa. Só podia ter acontecido algo.

A confusão e o medo me impeliram para o corredor, fazendo-me gritar, sem pensar:

— Emalia!

A porta de Emalia e Sophie estava entreaberta; ouvi-a cantarolar enquanto dobrava a roupa limpa. Ela levantou a cabeça de repente.

— Addie? O que foi?

— O que eu estava fazendo? — perguntei. — Agora há pouco? Há um minuto? Onde eu estava?

Emalia abandonou a roupa limpa e correu para mim.

— Eva? Você está bem? Acalme-se. Você está...

Recuei, exasperada demais para deixar que me tocassem.

— Por favor... apenas me conte onde eu estava agora há pouco.

— Você estava no seu quarto — disse Emalia. — Achei que Addie estava desenhando. Eu não...

O telefone tocou, estridente em meus ouvidos. Emalia não desviou o olhar de mim, mas deu alguns passos para trás e atendeu ao telefone sem fio em seu criado-mudo.

— Alô?
Uma pausa. Ela baixou o fone. Seus olhos não estavam mais avaliando meu rosto. Percorriam meu corpo, absorvendo a camiseta amarela desbotada que eu vestia. O short jeans. Como se esperasse encontrar pistas em minhas roupas.

— É para Addie — disse ela lentamente. — É a Dra. Lyanne.

Estendi a mão, tentando parecer mais relaxada. Não devia ter deixado Emalia ver meu pavor. Agora ela estava desconfiada, mas, mesmo assim, me entregou o telefone.

— Alô? — falei.

A Dra. Lyanne não perdeu tempo com gentilezas.

— O que você e Devon estão fazendo, Addie?

Não corrigi a Dra. Lyanne. Desde que fora visitar Sabine dois dias antes, eu não tinha saído do prédio. Mal deixara o apartamento. Até onde sabia, Addie também havia ficado em casa.

Olhei para Emalia. Ela tinha voltado a mexer em sua roupa limpa, fazendo uma péssima tentativa de fingir que não estava interessada na conversa.

Discretamente, me esgueirei para o corredor.

— Não estou fazendo nada.

— Está, sim. — A Dra. Lyanne falava em um sussurro. — Sabe quanto é arriscado aquele garoto ir ao meu consultório? Então me viro e vocês dois sumiram. Se ele precisava usar um computador, podia ter pedido em vez de agir pelas minhas costas.

Devon e Addie tinham ido ao consultório da Dra. Lyanne? Se Devon precisava do computador... bem, faria sentido procurar a Dra. Lyanne. A clínica dela sem dúvida teria um computador, e conhecê-la podia permitir o acesso a ele.

Mas acessar para quê?

— Addie? — disparou a Dra. Lyanne. — Está ouvindo?

— Estou — sussurrei.

— Não, não está. Perguntei para que você e Devon precisavam tanto do computador.

Quem me dera saber. A Dra. Lyanne suspirou. Fiquei em silêncio, esperando que voltasse a falar. Finalmente, ela disse:

— Vou perguntar pela última vez. O que você e Devon estão tramando?

— Não estamos tramando nada — respondi.

Eu quase conseguia ver a Dra. Lyanne do outro lado da linha, parada com o fone no ouvido, os ombros rígidos, o olhar causticante.

— Não faça nenhuma idiotice, Addie. E não deixe Devon fazer.

Minha mente rodopiava com perguntas que eu não podia fazer.

— Está bem — falei.

— Não — disse a Dra. Lyanne. — *Está bem*, não. Prometa.

Hesitei. Estava fazendo muitas promessas, e essa não seria nem em meu nome.

— Addie — incitou a Dra. Lyanne.

— Prometo — falei. Cheguei a meu quarto e fechei a porta atrás de mim. — Não farei. E não deixarei Devon fazer.

A Dra. Lyanne ficou em silêncio por um bom tempo.

— Tudo bem — disse ela, e desligou. Ela não gostava de despedidas longas. Eu me sentei na cama, ainda segurando o telefone.

Addie fora visitar a Dra. Lyanne com Devon, e eu não sabia nada sobre isso.

Ainda estava tentando processar essa informação quando Nina entrou correndo no quarto.

— Eva! Emalia está montando o projetor para assistirmos aos meus filmes.

*Agora não posso*, quase falei, mas Nina estava tão animada que não consegui. Obviamente, Emalia não contara a ela sobre meu comportamento estranho. Eu odiaria destruir qualquer resquício de normalidade que Nina e Kitty tinham conseguido manter. Então me limitei a assentir e seguir Nina até a sala de estar.

Emalia me lançou um olhar intenso, mas não fez nenhuma pergunta. Tive a sensação de que não faria, ao menos enquanto Nina estivesse presente. Ela também não ligaria e perguntaria à Dra. Lyanne. As duas nunca tinham sido próximas, e Emalia não estava desconfiada o bastante. Assim como a Dra. Lyanne já não estava desconfiada o bastante para mencionar a visita de Addie e Devon a Peter. Desde que eu prometesse me comportar. Ninguém imaginaria que nossos planos eram tão loucos. Poucos meses antes, eu mesma não imaginaria.

— Não consigo encontrar meu antigo telão — disse Emalia, enquanto colocava cuidadosamente o filme no projetor. — Acho que o doei quando a câmera quebrou. Vamos ter de projetar na parede.

O projetor emitiu suaves cliques quando o filme começou a passar. Eu me sentei ao lado de Nina no chão. Emalia não tinha escolhido as fitas em ordem, e o primeiro vídeo que apareceu na parede do apartamento era de Hally. Ela ria para a câmera, posando como se estivesse destinada à capa de uma revista de moda. A imagem saltava de vez em quando, a escuridão atravessando o rosto sorridente e os olhos brilhantes de Hally.

— Você está ali, ao fundo. — Nina apontou sobre o ombro de Hally. E eu estava mesmo. Era o dia em que Ryan e eu tínhamos feito panquecas na cozinha. O dia em que lhe contara do convite de Sabine e do plano de sair escondido e nos encontrar com ela.

Nossos pais tiravam fotos nossas durante a infância, mas nunca fizeram um vídeo. Era estranho ver meu corpo projetado na parede. Uma lembrança capturada de mim mesma que todos podiam ver.

O trecho seguinte era de Emalia. Ela sorria e acenava para a câmera, conversando sobre algum vídeo a que ela e Nina tinham assistido. Na metade, Nina virou a câmera ao contrário e falou para ela, com o pequeno rosto aumentado pela proximidade da lente e a voz distorcida pelo microfone.

A tomada seguinte era das ruas lá embaixo.

A subsequente, do céu.

A outra de Addie e eu. Estávamos desenhando. Não notamos a câmera até estar quase em cima de nós, e então nos viramos, rimos e dissemos: *Kitty, pare de bisbilhotar. Vá embora.*

Só que eu nunca dissera aquilo. Eu não me lembrava de já ter dito ou de ter ouvido Addie dizer.

*Não estou bisbilhotando*, disse Kitty. *E você errou a jaqueta dele. Está faltando um botão... viu? Aqui?*

Ela apontou para o desenho de Addie. Ali, ainda mal passando de um rascunho, estava um retrato que eu reconhecia. Um retrato de...

*Bom, ela ainda não acabou, não é?*, disse Jackson. A lente da câmera se elevou, capturando seu sorriso, seus olhos azuis. Ele estava sentado em uma cadeira, em pose de retrato. A mesma cadeira do desenho.

O desenho que eu vira, mas não me lembrava de ter desenhado. Porque não estava presente na hora. Não estava acordada. Estava sonhando.

Que manhã fora aquela? Eu não fazia a mínima ideia.

*Pare de filmar, Kitty. Estou falando sério*, disse Addie.

Os filmes não duravam muito. Assistimos a um atrás do outro. Havia mais tomadas de Addie que eu não reconhecia: Addie remexendo nossa cômoda em busca de roupas, Addie prendendo o cabelo. Addie rindo. Addie olhando para o nada. Também havia tomadas minhas nas quais eu sabia que Addie não estava presente.

Se Addie estivesse assistindo àquilo, será que se sentiria da mesma forma que eu? O que eu estava sentindo? Não conseguia colocar em palavras. Não era *triste*. *Triste* era simples demais. Era tristeza, confusão, melancolia e mais.

Algo se moveu na quietude ao lado de minha mente.

...*Addie?*, sussurrei.

Ela ficou um pouco mais forte, um pouco mais tangível ao ouvir seu nome. Senti seu foco no vídeo, nos meses de nossas vidas projetados na parede de Emalia.

*Addie*, falei. *A Dra. Lyanne ligou.*

Nina ainda estava hipnotizada pelos vídeos, e Emalia sentava-se sorridente a seu lado. Nenhuma das duas poderia ter imaginado a silenciosa conversa entre mim e Addie.

*Disse... disse que você e Devon foram à clinica dela. Para usar o computador,* falei com a maior calma que pude. *O que está acontecendo, Addie?*

A vontade de Addie sobrepujou a minha. Não resisti, apenas a deixei tomar o controle. Nossas mãos se fecharam.

*Addie, eu...*

*Sabine não está nos contando tudo.* Addie fez uma pausa. Uma hesitação? Uma esperança de que eu a encorajasse a continuar?

Eu não falei. Mal me permiti pensar. Algo terrível estava vindo... ouvi o rumor na voz de Addie.

*Amanhã à noite...,* disse ela. *O prédio não estará vazio. Vai haver um grupo de funcionários públicos e médicos visitando. Será um grande evento, vão fazer um tour completo pelas instalações, ver os novos equipamentos cirúrgicos. Jenson estará lá.*

Suas palavras caíram sobre mim, tentando me derrubar, mas eu não cairia não cairia *não cairia.*

*Eva,* disse Addie. Havia uma súplica em meu nome. Uma súplica e um lembrete. A mão estendida. Um fôlego preso, esperando minha resposta. *Acho que Sabine está planejando detonar a bomba com todo mundo lá dentro.*

# Capítulo 32

Esperei a fraqueza passar. O torvelinho se acalmar e me soltar. Isso não aconteceu.

*Você tem de acreditar em mim*, disse Addie.

Não respondi. Mas ela sentia minha descrença, e eu sabia. Não podia evitar. Não podia retomá-la.

*Devon nunca gostou desse plano. E eu... depois de ver aquela bomba explodir em Frandmill... ele queria que eu o ajudasse a investigar, e concordei. E quando Peter nos contou sobre Jenson, Devon invadiu o apartamento de Sabine e pegou o disco em que tinham salvado os arquivos de Nalles. Ele os analisou na clínica da Dra. Lyanne. Descobriu toda a programação da instituição de Powatt. Quem visitaria e quando.* A exaustão de Addie era o que me afetava mais. Acabava com meus protestos antes que eu pudesse colocá-los em palavras.

Por um instante, fiquei zangada. Não tive medo.

Aquilo era... decepcionante.

Eu pensara que, pelo menos uma vez, estava lutando por alguma coisa. Tomando a ação em minhas próprias mãos, por algo de que eu podia me orgulhar.

Mas tudo o que tinha feito era me emaranhar a mais mentiras.

*Quem mais sabe?*, falei em voz baixa. *Além de Sabine?*

Ela levou um momento para responder.

*Não sei.*

*Jackson e Vince?*

Ela hesitou. Senti a pontada de sua dor.

*Não sei, Eva. Sinceramente não sei.*

Assassinato. É o que seria se a bomba explodisse com gente dentro do prédio. Assassinatos, plural. Esperei algum tipo de reação visceral, uma angústia dolorosa que me levaria às lágrimas, mas não aconteceu. Depois da onda de enjoo inicial, parecia que eu não conseguia sentir nada.

Bateram à porta. Voltei para o mundo que existia além de mim e Addie e do círculo fechado de nossas mentes. Emalia desligou o projetor e foi abrir.

Era Ryan. Ele abriu a boca, mas a fechou quando seus olhos viram a mim e Addie. Ele franziu a testa.

Então não era mais Ryan.

Eu sabia o que Devon via em nossos olhos e lábios. Também o encarei. Por algum motivo, o controle de nosso corpo voltara para mim. Eu não o queria. Não sabia o que fazer com ele.

— Devon! — exclamou Emalia. Era difícil não perceber a sóbria intensidade no rosto dele. Mas tudo o que ela disse foi: — Entre.

Levantei-me como se esperasse por ele. Em silêncio, ele se aproximou de mim.

— Continuem assistindo — falei para Emalia e Nina antes de seguir Devon corredor adentro.

— Addie contou o que aconteceu? — disse ele, quando fechei a porta do quarto.

*Ryan*, pensei. *Ryan, você sabe? Está perplexo como eu?*

Por um acordo tácito, Devon e eu esperamos em silêncio até ouvirmos o projetor ser religado e o murmúrio baixo da conversa entre Emalia e Nina. Eu sentia Addie a meu lado, quieta, mas de alguma forma mais forte. Encorajada. Ela tinha me acusado de ser egoísta por não ter notado seu relacionamento com Jackson. Mas eu também não notara sua amizade com Devon.

Indiquei o espaço a nosso lado na cama, e Devon o ocupou. Sem hesitar. Sem movimentos estranhos. O colchão cedeu sob seu peso.

— Ryan... — mantive a voz baixa.

— Ele sabe. Acabei de contar. — Devon nos encarou. — Precisamos descobrir uma forma de confrontar os outros.

Eu sentia relances de emoção nos momentos mais estranhos: entorpecimento, depois uma repentina onda de náusea, como se alguém estivesse empurrando nossos órgãos.

Naquele momento os senti ao ouvir a palavra *confrontar*.
Respirei fundo.

— Talvez...

Talvez seja um erro.

*Não existe talvez*, disse Addie.

— Talvez o quê? — disse Devon. — Talvez estejamos errados? — Sua sobrancelha erguida demonstrava que considerava improvável. — Se estivermos errados, não há nenhum problema em...

Eu o encarei, boquiaberta.

— Não há nenhum problema em acusar alguém de... de...
De assassinato?

Seus olhos estavam firmes.

— E se não acusarmos, e Addie e eu estivermos certos?

Desviei os olhos. Minha mente estava muito estranha. Estranha, desorientada e deslocada.

— Vai ser amanhã — disse Devon. Ele estendeu a mão e segurou nosso braço. Nossos olhos encontraram os dele. Eu não me lembrava de Devon já ter nos tocado. — Não temos tempo...

— Tudo bem. — Pressionei os dedos contra a testa e me virei. — Tudo bem, eu sei. Eu sei. Eu...

— Vamos nos encontrar com eles amanhã de manhã — disse Devon, e eu assenti, com o rosto ainda virado para a parede. — Assim que conseguirmos entrar em contato com todos.

Apenas continuei assentindo. Fechei nossos olhos.

# Capítulo 33

Na manhã seguinte, todos se reuniram no sótão como tínhamos pedido. Sabine e Josie. Cordelia e Katy. Jackson e Vince. Christoph e o sempre silencioso Mason.

Nós.

Devon estava a alguns metros de nós. Todos eles estavam esparramados em sofás, conversando.

Sabine ergueu o rosto.

— Então, o que está acontecendo, Addie?

Addie olhou para Devon, que também olhou para nós. Addie fizera questão que eles estivessem no controle quando confrontassem o grupo. Ou fizera questão de estar no controle, e Devon tinha aparecido como se fosse a ordem natural das coisas.

Todos observavam e escutavam. Na expectativa.

— Devon e eu criamos uma teoria — disse Addie.

Nossa voz estava estranhamente tensa e formal. Era a mesma voz das apresentações orais na escola, quando sabíamos que não tínhamos nos preparado o suficiente e, se a professora fizesse a pergunta certa, teríamos de admitir que não fazíamos ideia do que estávamos falando.

Será que os outros conseguiam nos ver tremendo? Addie se mexeu, tentando encontrar um jeito de distribuir o peso e parar de tremer, mas não adiantou.

Finalmente, ela contraiu os músculos o máximo que pôde. Nossas mãos se enfiaram nos bolsos, fechando os dedos em torno do chip que Ryan nos dera antes da Nornand. Não o carregávamos havia um bom tempo, mas eu o enfiara no bolso naquela manhã, precisando de todo conforto que pudesse conseguir.

— Por que escolheu esta noite para o bombardeio, Sabine? — A pergunta teve de ser espremida de nossa garganta, forçada para fora da boca.

Sabine desfez o sorriso.

Eu não queria estar ali para ver aquilo.

*Não*, gritou Addie. *Não, Eva... não se atreva; não se atreva. Por favor.*

*Eu não vou*, sussurrei. Mas era muito difícil ficar.

O chão estalou. Mas ninguém tinha se movido. Não, Devon se movera. Ele se colocara a nosso lado, sem nos tocar, mas estava ali, e o tremor não parou, mas Addie repetiu, mais alto, com mais força:

— Por que está insistindo tanto que *precisa* ser hoje à noite?

Sabine ficou boquiaberta.

— Foi *você* que o roubou? O disco? Você roubou meu disco?

Percebi que todos os outros também observavam Addie e eu. Lançavam olhares a Sabine, mas seus olhos sempre retornavam a nós.

A compreensão trouxe consigo um suor frio e trêmulo.

Todos estavam naquilo juntos.

Nossos olhos encontraram os de Jackson. Addie o encarou, e ele também a encarou, e foi o primeiro a desviar os olhos.

*Ah, Deus, Eva*, sussurrou Addie. Se ela fosse qualquer outra pessoa, eu diria *Não imagino como você está se sentindo*. Mas era Addie, e eu não precisava imaginar. Senti tudo com ela: primeiro descrença, porque tanto Addie quanto eu sempre tínhamos sido boas em negar os fatos; depois uma raiva assoladora; então horror... e tristeza. Sobretudo tristeza. Não me dei ao trabalho de falar. Apenas a impedi de desmoronar por saber que talvez ela não conseguisse sozinha.

Eu sabia me controlar. Passara a vida inteira fazendo isso.

— Addie — disse Sabine em voz baixa. Foi a gentileza de seu tom que tirou Addie do sério.

Nossa voz ficou aguda.

— Vai ter *gente* lá! Vai ter *gente*...

— Addie. — Parecia que Christoph ia se levantar. — Não fale tão alto...

— Não falar tão *alto*? — gritou ela.

*Addie.* Eu a apertei contra mim. *Addie, Addie.*

— Todos vocês sabiam. — Addie piscava rapidamente. — Tínhamos pensado... tínhamos pensado que talvez alguns de vocês não soubessem, mas... todos vocês sabiam. Todos vocês são...

— Eva — disse Cordelia.

Addie se virou para ela. Nosso rosto se contraiu.

— *Não*! Não, vocês *não* podem fazer isso com ela. *Não* podem mais brincar com seus sentimentos. Ela confiou em vocês.

A mão de Devon se fechou sobre nosso pulso. Ele apertou delicada e brevemente, depois soltou.

— Terminou — disse Addie, em um tom mais baixo. — Vai acabar.

Jackson passara o tempo todo quieto e imóvel. Então se moveu, não em nossa direção, mas para longe, apoiando os ombros no encosto do sofá. Eu não o via respirar.

— O que quer dizer com isso? — questionou ele.

Olhá-lo era doloroso para Addie. Uma rápida punhalada no estômago quando eles se encararam e sustentaram o olhar.

— Quero dizer que tudo isto acabou. — Ela respirou fundo. — Nós nos livramos daquele oxigênio líquido. Com segurança. Desmontamos a bomba...

Christoph, em toda a sua glória amarga, riu. Olhou para os outros. Não falou nada, mas estava gravado por todo o seu corpo: *Acreditam nisso?*

— Vou contar a Peter — disse Addie. Eu queria afundar sob os redemoinhos de sonhos. Mas não podia deixá-la ali sozinha. Não podia me permitir fugir e me esconder.

— *Eva* — disse Christoph, um comando em voz alta. — Ela está aí, Addie? Você está...

*Deixe-me*, falei. *Deixe-me falar.*

Ela hesitou.

*Tem certeza?*

*Deixe-me.*

Então ela deixou, afastando-se para o lado, deixando nossos membros, nossa língua sob meu controle.

— Estou aqui — falei suavemente.

De alguma forma, era pior saber que naquele momento todos olhavam para *mim*, que aqueles olhares traídos, frustrados e raivosos estavam direcionados a *mim*.

— Vocês não me contaram — falei, e xinguei a oscilação de nossa voz. — Vocês não disseram... não disseram que haveria gente lá dentro.

— Eva — disse Christoph. — Não queríamos que você soubesse.

Eu me contraí.

— Do que está falando?

— Bom — disse ele. — Se você não soubesse e se... *se* algo saísse errado, seria muito mais fácil pleitear sua inocência, não é? — Ele se voltou para os outros. Jackson foi o único que teve a dignidade de parecer desconfortável diante da mentira deslavada. Pelo menos eu não era a única que tentava se enganar.

— Christoph, eu sou uma *híbrida*. Acha que dizer "Ah, eu não sabia" faria... — Respirei fundo e me calei. Não valia a pena discutir.

— Vocês escolheram essas pessoas como alvo específico? — perguntou Devon com aquele jeito firme e ponderado. — Ou iam matá-las porque era mais conveniente?

Christoph pulou do sofá. Eu me obriguei a ficar parada, mas ele não foi até mim; foi até Devon, que simplesmente o encarou como se o garoto mais velho não estivesse tremendo de raiva.

— Vamos matá-las porque elas merecem.

— Christoph — disse Sabine, mas ele a ignorou.

— Vamos *matá-las* porque só Deus sabe quantas crianças *elas* mataram... — Ele enfatizava suas palavras com as mãos, dando violentos golpes no ar, que chegavam perigosamente perto do rosto de Devon.

A julgar por sua reação, Devon poderia estar assistindo a uma entediante apresentação de fantoches.

— Christoph — disparou Sabine.

Ele respirou fundo, erguendo e baixando o peito como um fole. Ele virou-se para mim e cuspiu:

— Vá em frente, conte a Peter. O que acha que vai acontecer? Acredita mesmo que ele vai fazer alguma coisa? — Ele esboçou uma expressão falsa de choque e sofrimento. — Acha que vai nos repreender?

— Talvez ele não vá até a polícia — falei suavemente. — Mas eu vou.

O cômodo se calou. A tensão e a fúria fria haviam nos sustentando antes, mas naquele momento parecia que a guerra fora declarada, como se eu tivesse desenhado uma linha na areia.

Por um momento muito breve, o olhar de Christoph não foi de raiva, mas de mágoa.

Ele deu alguns passos para trás. Ao mesmo tempo, senti dedos se fecharem sobre os meus. Olhei para o garoto a meu lado. Ele apertou nossa mão, com a boca rígida, o maxilar contraído, e quase falei "Ryan" em voz alta, tal era meu alívio. Devon podia ter o direito de estar ali, mas eu queria, precisava, de Ryan a meu lado.

Christoph virou-se para Sabine.

— Nunca deveríamos tê-la envolvido. Nunca precisamos. — Seus olhos faiscaram para Ryan. — Poderíamos tê-lo convencido sem ela.

Será que só estava dizendo isso por raiva? Ou era verdade? Eles nunca tinham precisado realmente de mim ou de Addie? Eu me detestei por ainda me importar, por ver quanto as implicações daquilo doíam.

O olhar de Cordelia só podia ser descrito como de traição. Sabine, ainda sentada com as pernas cruzadas no sofá, exibia uma expressão de decepção silenciosa. Não decepção por seus planos terem desmoronado, mas comigo.

— Eles nem sabem — gritou Christoph, dirigindo-se ao restante do grupo, não a Ryan e a mim. Como se já estivéssemos perdidos e não valesse a pena falar conosco. Como se não valêssemos o esforço. — Eles nem *sabem*. — Sua voz ficou baixa, áspera. — Nem entendem que estão estragando tudo. Um dia vão olhar para trás e perceber como eram completamente idiotas e pensavam pequeno. — Ele se virou para nós. — E vai ser tarde demais.

Cada palavra era um prego enferrujado enfiado entre nossas costelas.

— Eles não estavam lá, Christoph — disse Jackson em voz baixa. Em nossa defesa? Ou com desdém?

Era verdade. Nunca tínhamos ido para uma instituição. Passáramos seis dias na Nornand.

Parecia patético em minha mente, mas não fora. Talvez tivessem nos alimentado, abrigado adequadamente e nos dado permissão de sair às vezes, mas...

— Então não deveriam tentar estragar o que não entendem — rosnou Christoph.

— Acho que entendemos muito bem um assassinato — disse Ryan em voz baixa, mas com firmeza.

Christoph escarneceu. Ele andava de um lado para o outro, sua raiva era ardente demais para permitir que ficasse quieto. Então, como se não aguentasse mais nos olhar, ele passou por nós e parou, com os ombros rígidos, perto da janela.

Sabine declarou calmamente:

— Não é assassinato se for uma guerra.

Jackson não falou. Jackson, que adorava ouvir o som da própria voz. Jackson, que sorrira mesmo quando estava apertado conosco naquele armário escuro na clínica Nornand, a metros de distância de uma enfermeira, e nos sussurrara para *manter a esperança*.

Encontrei seus olhos azul-claros, mas eles pareceram olhar através de mim.

— Cancele o plano — disse Ryan. — Vou tomar...

Vi os olhos de Jackson se arregalarem. Vi sua boca aberta Ele se levantou de repente.

Então vi um clarão de luz muito forte e caí.

# Capítulo 34

Não tive tempo de gritar antes de nossa cabeça bater no chão. Nossa visão escureceu. Primeiro nos cantos. Depois completamente. Escuridão, completa e sufocante.

— Eva! — gritou Ryan.

O mundo voltou aos poucos. Luzes de Natal. Algumas tábuas do chão. Tênis, borrados.

O golpe viera de trás. Alguém tinha nos atingido com alguma coisa... alguma coisa muito mais dura que um punho.

Tentei nos levantar do chão, mas tudo girava

girava

girava

girava girava...

Alguém caiu no chão a meu lado. Christoph. Com sangue nos lábios. Tentei me levantar de novo...

Christoph era o único que estava atrás de nós. Christoph tinha nos atacado. Antes que o pensamento pudesse se assentar em minha mente confusa, ele se levantara.

Pés, em todo canto. Ryan gritando, furioso. Todos gritando.

Nossa cabeça retinia, o som entrava em nossos ouvidos como se estivéssemos dentro da água.

Então alguém se agachou ao nosso lado. Sabine. Ela pegou nosso braço.

*Ryan*, tentei dizer, então consegui:

— Ryan...

Sabine nos arrastou para ela. Havia algo prateado em suas mãos. Fita adesiva. Tentei me livrar, mas ela disse:

— Segurem ela! — E mais mãos, as mãos de Cordelia, nos seguraram. Eu gritei, me debatendo.

— *Meu Deus* — disse alguém, horrorizado. Jackson.

Um pano foi enfiado em nossa boca. Engasgamos com ele, com ânsia de vômito, nossas costas se arquearam. O cabelo cobriu nosso rosto, nossos olhos. Alguém puxou nossas mãos para trás. Ouvimos o barulho da fita adesiva sendo desenrolada, depois a sentimos em nossos pulsos, juntando-os, prendendo-os. Algo bateu contra nós, e Sabine disse um palavrão.

— *Christoph! Pegue-o.*

Ryan.

Nossas pernas se dobraram para fora, batendo contra o joelho de Christoph. Ele caiu, mas em nossa direção e não para longe, e gritamos na mordaça quando seu peso bateu contra nossas pernas.

Então Ryan apareceu, puxando-o. Cordelia nos deixou para pegá-lo. Christoph se levantou com dificuldade. Os três cambalearam para o outro lado do sótão...

Onde Jackson estava, sozinho. Congelado.

— Jackson — disparou Sabine. — Venha aqui e me ajude.

Nossos braços estavam presos. Tentamos atacar outra vez com as pernas, mas elas não se moviam direito, e *doíam*.

Sabine nos pressionou contra o chão. Lutamos, mas nossas mãos amarradas nos desequilibravam. O golpe inicial nos tinha feito ver estrelas. Até naquele momento nos sentíamos enjoadas, com vontade de vomitar. Não conseguíamos tirar o cabelo dos olhos. Não conseguíamos enxergar.

Então sentimos a fita se enrolando em nossas pernas. Ouvimos Sabine dizer:

— Aqui, amarre-o também. Rápido.

Por um bom tempo, tudo o que ouvimos foi o som da fita sendo puxada, o som de respirações ofegantes, de alguém lutando para gritar através de uma mordaça.

Então, silêncio. Nossa bochecha continuou pressionada contra o chão de madeira, nossos olhos estavam abertos. Não víamos nada além da base do sofá verde e de nosso cabelo desgrenhado.

Alguém nos sentou. Com as pernas e braços amarrados, quase caímos de novo. Sabine afastou o cabelo de nosso rosto com delicadeza. Seu cabelo grosso também se embaraçara, seus olhos estavam arregalados e brilhantes, e os lábios, entreabertos enquanto ela tentava recuperar o fôlego. Havia um arranhão em sua bochecha. Nosso?

Descobri que ainda me importava.

E odiei.

Procurei desesperadamente por Ryan e o encontrei do outro lado do sótão, amarrado de forma semelhante. Ele observava o cômodo. Observava a mim. Sua manga esquerda estava rasgada na costura. Assim como eu, ele ofegava. Havia uma mancha de sangue em sua têmpora.

Foi quando parei de me importar com quem eu feria.

— Desculpe — disse Sabine em voz baixa, recuperando minha atenção.

A mordaça impedia que Addie e eu falássemos. Pura fúria nos impedia de sequer falar uma com a outra.

— Christoph. — Ela virou-se para ele, e por um instante a persistente calma de seus traços se dissipou, revelando a raiva escondida. — Você não deveria ter feito isso.

Christoph estava parado ao lado de Ryan, com o lábio machucado e os olhos frenéticos. Ele contraiu o maxilar e desviou os olhos. Ryan tentou dizer alguma coisa, mas o pano em sua boca tornava as palavras incompreensíveis. Mas não escondia sua veemência.

Sabine o ignorou.

— Sei que está chateada, Eva. Você tem todo o direito de estar chateada. Mas não pode ir à polícia. Neste momento, está zangada demais para perceber isso, então temos de garantir que não faça alguma idiotice até conseguir se controlar.

Coloquei toda a raiva que pude em meu olhar, cada bocado de dor.

— Estamos do mesmo lado — disse Sabine suavemente. — Precisa entender isso. Só temos uns os outros. E você vai entender algum dia. Logo, espero. — Ela parecia estar prestes a nos tocar, mas nossa expressão fez sua mão parar. — Se você fosse à polícia, acha que também não a levariam? E se encontrassem Peter por sua causa? E Henri? E Emalia? Você poderia destruir a Resistência, e depois quem ajudaria todas as crianças que precisam ser salvas?

E quanto ao que vocês estão planejando? E se descobrirem que vocês cometeram *assassinato*?

— Estamos cuidando de você, Eva — disse Sabine. — Sei que não parece, mas é verdade.

Ela se virou para os outros e, em um instante, apagou. Por quê? Porque Josie queria falar? Porque Josie tinha mais talento para planejar sequestros?

Ou porque, apesar de tudo, Sabine não conseguia mais nos encarar?

— Precisamos mantê-los aqui até tudo terminar — disse Josie.

— E depois? — Christoph olhou para nós do outro lado do cômodo, com olhos meio distantes. — Pode mantê-los aqui até terminar, mas assim que os soltar, eles irão diretamente até Peter.

— Não irão — garantiu Josie. — Não depois que for tarde demais. — Seu olhar se cravou no meu. — Não faria sentido. Contar a Peter depois que acontecer? E o que ele faria? Ele não nos entregaria, não pode fazer isso. Vocês apenas o torturariam.

— Ela iria à polícia — afirmou Christoph.

— Não iria — retrucou Josie. — Sei que não. Porque o prédio já terá caído; aquelas pessoas já estarão mortas.

*Você está errada*, gritou uma parte de mim. *Você está errada, está errada. Eu vou contar. Vou entregar todos vocês, não importam as consequências.*

Mas outra parte de mim, profundamente enterrada, achava que ela podia estar certa.

Depois que tudo acontecesse, teríamos a coragem de contar a alguém? Isso não traria os mortos de volta. Talvez punisse aquelas pessoas, mas... éramos todos híbridos. Como prever o resultado de uma investigação policial? Como prever o que Cordelia, Jackson ou Christoph diriam a um policial durante o interrogatório?

Kitty e Nina, Hally e Lissa não tinham feito absolutamente nada de errado, mas ninguém se importaria.

Todos nós teríamos de fugir de novo. Talvez separados desta vez.

Podíamos ser pegos. Kitty e Hally podiam ser pegas.

Será que eu correria esse risco por algumas vidas que já não podiam ser salvas?

Não correria.

Não correria.

O vulto de Jackson estava embaçado, mas o vimos virar as costas. Piscamos com raiva até nossa visão clarear outra vez.

— Vou ligar para Emalia e Henri — disse Josie. — Dizer que passei lá e peguei Eva e Ryan para passar a noite comigo e com Cordelia. Sabine e eu vamos inventar alguma coisa. Eles não vão suspeitar.

Claro que não suspeitariam. Quem sonharia com a cena que estava se desenrolando naquele sótão? Ryan e eu amordaçados e amarrados com fita adesiva?

Gritei através da mordaça, me debatendo e forçando as amarras. Não durou muito. Logo estávamos sem fôlego e tontas por falta de oxigênio, por puro pânico.

O olhar de Josie era de piedade.

— Por favor, não faça isso — pediu ela em voz baixa. — Você pode se machucar. Já está sangrando. Ferimentos na cabeça sempre sangram mais que o normal.

Eu achara que o líquido que escorria por nosso pescoço era suor. Era sangue?

— Alguém vai precisar ficar aqui o tempo todo — sugeriu Josie. — Vamos fazer turnos. Eu começo.

## Capítulo 35

Cordelia saiu primeiro. Christoph foi o seguinte, movendo-se devagar. Seu lábio ainda sangrava, e ele o esfregava o tempo todo, manchando o queixo de sangue.

— Vá se limpar no banheiro — sugeriu Josie, enquanto ele descia a escada. — E traga o kit de primeiros socorros.

Ele não respondeu, mas voltou alguns minutos depois com o rosto limpo e uma pequena caixa branca nas mãos. Josie assentiu como agradecimento. Ele se afastou sem uma palavra e dessa vez não voltou.

Ficaram apenas Josie e Jackson, que ainda estava parado do outro lado do sótão, olhando para a janela. Seus braços estavam cruzados. Tentamos não olhar para ele. Doía toda vez que olhávamos.

*Addie?*, arrisquei, mas tudo o que consegui foi uma resposta muda que pareceu um grito suprimido.

Josie se aproximou de Ryan com o kit de primeiros socorros. Ele não parecia estar mais sangrando, pelo menos não muito. Olhou para ela, mas não se retraiu quando ela limpou o sangue de seu rosto.

— Jackson — disse ela, enquanto trabalhava. Ela não olhou para ele, que não percebeu, porque também não estava olhando para ela. — Pode ir. Vai ficar tudo bem.

Ele se virou parcialmente. Por um instante, achei que ia discutir. Seus olhos passaram por um ponto pouco acima de nossa cabeça, seus lábios se entreabriram. Mas ele apenas assentiu.

Mais que Christoph, Cordelia ou até Sabine, eu estava furiosa com *ele*. Porque Addie confiara nele, fora feliz com ele. E agora isso tinha acabado.

Ele desapareceu escada abaixo.

Josie se agachou diante de mim.

— Você vai ficar quieta enquanto tento tirar esse sangue do seu cabelo?

A mordaça pressionava nossa língua, as laterais da boca. Não respondi. Ela limpou a parte de trás de nossa cabeça com um pano úmido.

Ela não tentou nos dizer mais nada, nem a Ryan, e, enquanto estava ocupada cuidando de nossa cabeça, nossos olhos encontraram os de Ryan. Ele nos encarou por um momento, depois começou a olhar para o sótão. A princípio achei que estava seguindo o fio do pisca-pisca.

Então percebi que procurava pregos.

Eram velhos, mas não muito grossos.

*Addie*, sussurrei. Ela ainda estava encolhida, e eu sabia como era difícil se soltar quando se ficava assim. Mas também sabia que às vezes era o melhor a fazer. *Se conseguirmos chegar até um daqueles pregos...*

A voz de Addie foi um levíssimo eco.

*Antes precisaríamos nos levantar, Eva. E levaria uma eternidade. Ela notaria.*

*Então esperamos. Até o momento certo. Ou pensamos em algum outro plano. Mas Addie...* Estendi para ela dedos fantasmagóricos, liberei-a de seu esconderijo no fundo de nossa mente. *Vamos sair daqui antes do anoitecer. E vamos impedi-los.*

Era muito mais fácil decidir do que fazer. Josie ficou conosco o dia inteiro, saindo brevemente quando Katy apareceu à tarde para perguntar se ela queria ir em casa um pouco. Josie não queria, mas nos deixou com Katy para buscar comida e ligar para Emalia. Ela fechou o alçapão, com o teto e as camadas de isolamento abafando sua voz.

Katy ficou perto do alçapão, desconfortável, sem olhar para mim ou para Ryan. Tentei aproveitar a oportunidade para me aproximar de Ryan, mas meu movimento chamou sua atenção.

— Não faça isso — disse ela. O comando foi forte, apesar da culpa entranhada em seu corpo. A falta de clareza habitual de sua voz desaparecera, dando lugar a uma dureza atormentada.

Eu parei.

O sino lá de baixo tocou de leve, assinalando que Josie saíra. Não tínhamos ouvido nenhum cliente entrar o dia todo. Josie devia ter fechado a loja.

*Acha que ela vai nos dar comida?*, disse Addie.

*Não sei. Isso importa? Não estamos com fome.*

Fazia horas que não comíamos, mas nosso estômago estava contraído demais para isso.

*Mas nesse caso ela teria de tirar essa mordaça*, disse Addie.

*Não sei se gritar ajudaria.*

Tínhamos gritado mais cedo, mas ninguém aparecera.

*Talvez possamos mordê-la*, disse Addie amargamente.

Não respondi. Amargura era melhor que sofrimento, melhor que medo paralisante. Eu permitiria a Addie toda a amargura que ela quisesse. Ela merecia.

*Lyle ficaria impressionado*, falei suavemente. *Primeiro fugimos da Nornand. Agora estamos presas em um sótão secreto. Parece um livro de aventuras.*

Addie ficou quieta, e tive medo que tivesse sido demais tocar no nome de Lyle em um momento como aquele. Mas quando finalmente falou, ela disse:

*Só é uma boa história se fugirmos. Lyle nunca admitiria uma história em que o herói não escapasse.*

Testei as amarras. Nossos pulsos estavam cruzados nas costas, e parecia que Sabine tinha enrolado a fita em ambas as direções. Eu mal conseguia mover as mãos.

*Ela tem de nos deixar usar o banheiro em algum momento*, falei. *Vai ter de nos desamarrar para isso.*

O sino do andar de baixo tocou outra vez. Josie estava de volta. Ela e Katy trocaram algumas palavras em voz baixa perto do alçapão. Depois Katy olhou em nossa direção uma última vez com os olhos endurecidos e desceu.

Sabine (era Sabine, com seus olhos tranquilos e firmes e aquele jeito particular de dançarina com que se movia) subiu com sacos plásticos de comida para viagem.

— Se gritar quando eu retirar a mordaça, Eva, vou amordaçá-la outra vez e você não vai poder comer.

Assenti.

Ela retirou a mordaça. Não gritei. Respirei várias vezes, rapidamente, pela boca, e engoli, tentando tirar o gosto do pano de nossa língua.

— Eu trouxe sanduíches. — Sabine se virou para as bolsas.
— Vou ter de...

— Preciso ir ao banheiro. — Eu tinha planejado dizer isso da forma mais inocente que pudesse, mas depois de duas palavras percebi que não sabia como parecer *inocente* depois de ter sido atacada e amarrada por pessoas que eu considerava amigas.

Sabine olhou para Ryan. Ele se apoiara contra a parede, encarando-a sem piscar.

— Não sei se confio nele aqui sozinho — disse Sabine.

— Então fique aqui em cima com ele e me deixe ir ao banheiro.

Ela deu um sorriso irônico.

— Não, acho que vou descer com você. — Ela pegou um canivete e o apontou para nossas amarras. — O acordo da mordaça continua valendo. Você só tem uma chance. Se lutar, perde.

Eu sentia como era difícil para Addie não tomar o controle de nossos membros, de agir assim que nossos braços estivessem livres. Nossos músculos estavam estranhamente trêmulos. Sabine puxou nossas mãos para a frente e as amarrou outra vez, mas menos apertadas, com uma pedaço de fita de uns 15 cm entre os pulsos.

Ela hesitou mais com nossas pernas. Finalmente, também cortou as amarras, mas não antes de fazer algemas improvisadas ao redor dos tornozelos.

— Você é boa nisso — falei calmamente, para magoá-la.

— É o que faziam conosco às vezes na instituição — disse ela, para me magoar.

*Não faz sentido*, disse Addie. *Fita adesiva? Como se não tivessem algo mais... mais profissional.*

Senti o golpe no estômago mesmo assim. Não falei mais nada quando Sabine nos levantou.

— Já volto — disse ela a Ryan, como se estivéssemos apenas indo ao banheiro no meio de uma festa.

Descemos com cuidado a cada passo. Sabine me levou até o banheiro no quarto dos fundos do outro lado da loja.

— Não demore — disse ela antes de fechar a porta.

Assim que o fez, eu a tranquei e me virei, procurando alguma coisa, qualquer coisa, para soltar nossas mãos. Só havia um vaso sanitário, uma pia com uma gaveta e um armário, e um esfregão no canto, ao lado de uma pilha de papel higiênico.

Papel higiênico. Eu me virei para o suporte de papel, mas não era do tipo que se encontra em shoppings, com bordas denteadas. Não havia suporte de papel-toalha, apenas uma caixa de lenços sobre a descarga.

Dei a descarga e liguei a torneira para Sabine não ouvir o que estava fazendo. A porta podia estar trancada, mas eu não duvidava de que ela tivesse uma chave-mestra.

Mordi as amarras ao redor dos pulsos, sentindo o gosto amargo da fita adesiva. Ela cedeu sob a força de nossos dentes, mas não se rompeu.

*Verifique a gaveta*, disse Addie, mas ali só havia um desentupidor de ralos e um aromatizador de ambientes velho. Tentei sem sucesso rasgar a fita adesiva com a borda da pia.

*Eva*, disse Addie. *Eva, nosso chip está piscando.*

*Nosso o quê?*

*Nosso chip. Está piscando no bolso, e não estava agora há pouco.*

Lancei um olhar para a porta do banheiro, mas a luz fraca do chip não a ultrapassaria. Mal era visível através do bolso da calça.

O chip mal estava pulsando, com uns bons três segundos entre cada clarão.

*Não pode ser Ryan*, disse Addie. *Se fosse ele, ambos os nossos chips estariam brilhando lá em cima.*

*Então quem...*

Addie e eu chegamos simultaneamente à mesma conclusão. Eu soube porque sua onda de esperança e medo apenas reiterou a minha.

Hally. Lissa.

— Eva? — Sabine chamou através da porta. — Você tem um minuto antes de...

— Antes de *quê*? — disparei.

Hally e Lissa estavam em algum lugar da rua. Por perto. Procurando por nós... Por qual outro motivo estariam com o chip de Ryan?

Em nossa mão, o chip pulsava cada vez mais rápido. Ela estava se aproximado. Será que devíamos gritar? Hally e Lissa nos ouviriam?

Então, quase no mesmo instante, o pulso de luz do chip se tornou um brilho vermelho constante. E bateram de leve na porta.

Não na porta do banheiro. Mais longe.
Na porta da frente.
— *HALLY!* — gritei, e gritei novamente. — *HALLY! HALLY!*
Houve um grande tumulto do lado de fora do banheiro. Sabine chacoalhou a maçaneta, tentando entrar. As batidas na porta se tornaram pancadas...
— *HALLY!*
As pancadas se tornaram o estilhaçar de vidros.

# Capítulo 36

Nossa maçaneta parou de chacoalhar, mas não parei de gritar o nome de Hally até Addie gritar:
*Eva! Eva, não temos como ouvir o que está acontecendo.*

Meu grito seguinte ficou preso no peito, um caroço duro e dolorido ao lado do coração. Não sabíamos mais o que Sabine e Josie podiam fazer. Hally e Lissa estavam em perigo.

Nossos dedos se atrapalharam, mas consegui destrancar a porta e abri-la com um empurrão. Eu me retraí, quase esperando que Sabine nos atacasse. Não havia ninguém ali. Então apareceu, mas não era Sabine ou Josie. Nem sequer Hally.

Era Jackson.

Vê-lo nos paralisou. Mas apenas por um segundo. Passamos correndo por ele, nos debatendo com as amarras improvisadas.

— Hally!

Hally apareceu correndo, com os olhos arregalados. Tentou segurar nossas mãos.

— Onde estão Ryan e Devon? Eles estão bem? Você está bem?

— Lá em cima — consegui dizer. Tentei me colocar na sua frente, protegendo-a de Jackson. — Vá. Corra. Pegue...

— Está tudo bem — disse Hally. — Jackson foi me buscar. A princípio não acreditei nele, mas...

Jackson foi buscá-la?

Ele desviou os olhos. Sua voz estava baixa, amortecida.

— Sabine fugiu quando entramos. Ela sabe quando desistir. Deve estar indo para seu apartamento pegar a bomba, depois para a instituição.

Hally pegou um caco de vidro grande e cortou a fita entre nossos pulsos.

— Você quebrou a vitrine — falei asperamente. Nossos olhos voltavam-se para Jackson, mas a cada vez eu os forçava a se desviarem.

A sombra de um sorriso tocou os lábios de Hally.

— É, bem, um resgate por outro, não é? Não ache que vai ficar com toda a diversão de quebrar vidros. Eu nem tinha um criado-mudo à mão.

Soltamos uma risada histérica. Na Nornand, tínhamos quebrado uma janela para chegar ao quarto de Hally. Então, para escapar aos seguranças, havíamos fugido para o telhado. De alguma forma, aquela fuga parecia mais simples. Os vilões eram apenas vilões. Não tínhamos passado semanas com eles. Meses com eles. Não tínhamos comido e nos divertido com eles.

— Vou subir — murmurou Jackson. — Ver se Ryan está bem.

Ele não chegou a subir. Encontrou Ryan saindo do estoque. Ryan, que o agarrou e o empurrou contra a parede. Sem aviso. Sem palavras.

As molduras de fotos saltaram. Uma caiu no chão, estilhaçando-se. Mais vidro. Mais cacos.

— Ryan! — gritei. Tentei me aproximar dele e caí, com as pernas ainda desajeitadas. Foi Hally quem chegou primeiro até ele, que agarrou o irmão por trás dizendo: *"Ryan, Ryan, pare, pare."*

Ele devia ter soltado as mãos com um prego. Também cortara bastante pele. Suas mãos estavam cobertas de sangue, que encharcava a camisa de Jackson, deixando manchas vermelhas no tecido branco.

Jackson não falou. Não tinha nem gritado ao ser atacado por Ryan. Agora os dois se encaravam enquanto as mãos de Ryan seguravam a gola de Jackson.

Devagar, Ryan o soltou. Ele recuou com os olhos focados em mim e em Addie.

Então seus braços nos envolveram.

— Você está bem — sussurrou ele em nosso cabelo. Eu assenti.

Hally quis saber o que tinha acontecido, então eu e Ryan contamos. Tudo. Ao mesmo tempo, tropeçando sobre nossas palavras e interrompendo um ao outro. Jackson se encostou à parede. Ele não contribuiu para a história. Não falou absolutamente nada.

Addie também não falou.

Eu não sabia o que dizer para nenhum dos dois.

— Temos de chegar até Peter — disse Hally.

Balancei nossa cabeça.

— Temos de chegar à instituição.

As mãos de Ryan ainda estavam sangrando. Ele as tinha pressionado contra a barriga, manchando a camisa de sangue. O corte de sua têmpora também abrira novamente. Não sangrava muito, mas parecia doloroso.

— Não importa o que decidirem, temos de sair daqui — ordenou Jackson. — Hally quebrou a vitrine. Se alguém ainda não chamou a polícia, vai chamar em breve.

Ryan viu meu olhar e tirou as mãos da camiseta manchada de sangue.

— Ninguém vai perceber.

— Ryan, vá ver se Peter está em casa. — Interrompi antes que ele argumentasse. — Você vai atrair atenção demais se ficar andando pela cidade ensanguentado desse jeito. Conte o que está acontecendo e pegue uma camisa limpa ou coisa do tipo.

— Não vou atrair menos atenção se for para a casa de Peter — disse Ryan.

— É mais perto. — Eu me virei para Hally, ainda com um tom firme. — Preciso que você vá ver se o carro de Sabine está estacionado no lugar de sempre. Tem um telefone público na esquina. Ligue para a casa de Peter e avise se o carro está lá ou não.

— Você vai com ela? — perguntou Ryan.

Balancei nossa cabeça.

— Vou para o apartamento de Emalia. Vou ligar para o trabalho dela, contar o que está acontecendo e fazê-la voltar para casa. Se não conseguirmos entrar em contato com Peter, precisaremos dar outro jeito de chegar à instituição. Emalia tem carro.

— E quanto a ele? — Ryan indicou Jackson, que olhou para ele, depois para mim. — O que ele vai fazer?

— Não sei — falei. — Não me importo.

Jackson desviou os olhos outra vez. Parte de mim estava satisfeita por ele não nos encarar. Parte de mim estava furiosa pelo mesmo motivo. Addie não dissera uma palavra desde que ele chegara.

Nós quatro saímos para a calçada, correndo para o outro lado da rua bem a tempo de ver um policial dobrar a esquina. Desviei nossos olhos. Nenhum de nós falou até estarmos a uns dois quarteirões de distância da loja.

Então falei suavemente:

— Nos encontramos na casa de Peter.

— Vinte minutos — disse Ryan, olhando de nós para a irmã. — É isso.

Eu assenti. Fiquei na ponta dos pés e o beijei. Ninguém comentou, nem Hally, nem Jackson, nem sequer Addie em minha mente.

Ryan estava com gosto de sangue, o que só confirmou que eu estava fazendo a coisa certa.

— Vinte minutos — repeti e, como sabia que ninguém mais tomaria a iniciativa antes de mim, afastei-me dos outros e comecei a percorrer a rua. Não olhei para trás enquanto contava até cem. Então, Ryan e Hally já tinham ido.

*Eles só atrapalhariam*, falou Addie, o que era sua forma de dizer o que eu estava dizendo a mim mesma: que eles se machucariam. Ryan já estava machucado. Mais do que demonstrava. E Hally... Hally e Lissa nunca deveriam ter se envolvido. Aquela confusão não era delas.

Lentamente, Addie e eu voltamos para o lugar de onde tínhamos vindo. Jackson ainda estava parado onde o havíamos deixado. No mínimo, parecia um pouco perdido.

Mas observou nossa aproximação e, finalmente, nos olhou nos olhos.

— Você não tinha a intenção de ir até o apartamento de Emalia.

— Preciso chegar à instituição de Powatt — falei.

Mesmo que tivéssemos dinheiro, nenhum táxi nos levaria até lá. Qualquer motorista a quem eu pedisse provavelmente nos expulsaria, achando que estávamos pregando uma peça. Mas eu precisava ir, e não podíamos ir andando. Eu poderia ter esperado Peter, mas só Deus sabe o que ele teria feito. Peter com seus planos e detalhes cuidadosos. Eu não tinha tempo para Peter.

Henri não tinha carro. Emalia não chegaria em casa rápido o bastante. Mesmo que chegasse, não ia concordar com nada antes de ligar para Peter, e isso tomaria um tempo que não tínhamos.

Eu podia chamar a polícia. Será que me levariam a sério? Agiriam rápido o bastante para impedir Sabine?

Valia a pena arriscar todos os outros híbridos de Anchoit que estavam ligados a nós?

Addie e eu ainda podíamos impedir aquilo. Podíamos agir por conta própria.

— Conhece alguém que possa nos emprestar um carro? — perguntei.

Jackson hesitou, depois assentiu.

— Mas nunca vamos chegar a tempo.

Dei de ombros.

— Mantenha a esperança — falei.

## Capítulo 37

Nosso carro corria pela estrada, tão rápido que eu temia que cada curva nos mandasse pelos ares. Tínhamos saído de Anchoit havia quase trinta minutos, e Jackson levara algum tempo para entrar em contato com alguém que lhe emprestasse o carro tão em cima da hora. Tentei não pensar em Ryan e Hally me esperando no apartamento de Peter, ficando mais preocupados a cada minuto.

Tentei não pensar em chegar à instituição de Powatt tarde demais.

— Não vamos chegar lá antes de Sabine — disse Jackson. — Não com a vantagem que ela teve.

— Então vamos ter de dar um jeito de ninguém entrar no prédio. — Olhei pela janela, atenta à polícia. A última coisa de que precisávamos era ser parados por excesso de velocidade. A paisagem irregular passava voando, um borrão marrom.

— Como vamos fazer isso? — perguntou Jackson. — Ficar do lado da porta e gritar *bomba* para qualquer um que se aproxime?

— Se isso os mantiver afastados.

— Vai mantê-los afastados — disse Jackson. — Também vai colocar nós dois na cadeia.

Não falei nada.

— Eva. — Jackson não tirou os olhos da estrada a nossa frente. — O que Christoph disse, sobre não querer te contar nada e você poder alegar inocência... não é completamente falso. E o que ele disse sobre nunca termos precisado de você... bem, isso era mentira. — Continuei em silêncio. — Olhe, o que aconteceu lá...

— O que aconteceu lá foi que seus amigos nos atacaram e amarraram.

— Eles também são seus amigos.

Soltei uma risada baixa.

— São?

— *Sim*, são. E eu... — Suas mãos apertaram o volante, as juntas dos dedos ficaram brancas. — Posso falar com Addie?

*Não*, disse Addie.

Balancei nossa cabeça.

— Ela disse que não. Continue dirigindo. Continue dirigindo.

Por um tempo ele obedeceu, e ficamos em silêncio. Mas ele nos olhava de relance.

— Desculpe, está bem? — Jackson parecia tão exausto quanto eu. — Desculpe. Não era para você se machucar.

Jackson estacionou no acostamento da estrada, onde o carro não podia ser visto de dentro da instituição. O terreno ali era montanhoso como em Frandmill. O sol estava começando a se pôr. Quase desejei que já tivesse escurecido. Podia me fazer sentir melhor. Talvez nos ajudasse a nos esconder.

— Esta estrada vai serpenteando até a instituição. — Jackson se virou e olhou pela janela conosco. — Mas você pode subir a colina e olhar para baixo, ver tudo.

Abri a porta do carro. Jackson estendeu a mão para desligar o motor, mas o impedi.

— Não, fique. Vou ver se tem mais algum carro aqui. Se não, vamos dirigir até encontrar Sabine.

Bati a porta antes que ele pudesse argumentar, e subi a colina às pressas. Nossos pés escorregavam no solo íngreme e pedregoso.

*Acha que ela já está lá?*, perguntou Addie. Não tínhamos passado por nenhum carro estacionado na estrada.

*Talvez estejam mais perto do prédio. Talvez estejam do outro lado da curva.*

*Seria perto demais*, disse Addie. *Eles seriam vistos pelos funcionários.*

*Talvez não.*

Olhei por cima do ombro. Mal conseguia ver Jackson dentro do carro. Com sorte, ele conseguia nos ver melhor que nós a ele.

*Vamos mesmo deixá-los nos levar, Eva?*

Uma pedra se deslocou sob nosso pé, e quase escorregamos. Eu me joguei para a frente, recuperando o equilíbrio no último instante. Já conseguia sentir mãos fantasmagóricas segurando nossos braços. Via policiais nos enfiando em uma viatura, empurrando nossa cabeça para baixo. Será que algemariam nossas mãos nas costas?

Nossos pais ficariam sabendo? Levantariam o rosto durante o jantar, com a comida esfriando na boca, ao ouvir nossos nomes na televisão, ao ver nosso rosto familiar?

Addie respondeu à própria pergunta.

*Vamos mesmo deixá-los nos levar.* Ela não parecia zangada, triste ou ressentida. Apenas calma e um pouco embotada. *Para salvar pessoas que não se importam conosco. Que nos matariam se pudessem.*

*Isso não importa.* Respirei fundo. Com mais alguns passos, chegamos ao topo da colina. Jackson era um ponto a distância. *Quero dizer... importa. Mas... não vamos assassiná-los, Addie. Não ligo para quem são. Não ligo para como nos tratariam. Não é assim que vamos tratá-los.*

Olhamos para a instituição.

*Talvez a gente fuja e eles não consigam nos pegar*, sussurrei. *Talvez... talvez fique tudo bem.*

A instituição de Powatt não era como a Nornand. Não havia gramado verde nem painéis de vidro refletindo o sol. O prédio principal ficava aninhado em um vale, tinha uns cinco andares, era retangular, enorme. Estávamos olhando para os fundos. As paredes eram brancas. Isso era igual. Paredes brancas, um telhado escuro e estacionamento de asfalto assando sob o sol que se punha lentamente.

Havia um segundo prédio, menor, bloqueando a visão da maior parte do estacionamento. Eu me virei para a estrada onde Jackson nos esperava, e indiquei que ia descer mais um pouco para ter uma visão melhor.

Vimos 11 carros, nenhum dos quais era de Sabine. Havia 12 pessoas paradas conversando do lado de fora do prédio, dentre as quais um segurança. Enquanto observávamos, outra mulher saiu de seu carro. Estávamos longe demais para ver mais que a silhueta e a cor de suas roupas.

Eu me desloquei mais um pouco para ver a frente do prédio, onde havia mais dois guardas parados na entrada principal.

*Addie...* Controlei uma doentia onda de esperança. *E se Sabine não conseguir entrar. E se...*

A mão de alguém tapou nossa boca.

— *Shhh*, Eva — sussurrou Sabine em nosso ouvido. — *Shhh*. Se ficar quieta, vai dar tudo certo.

Lutei para me soltar, mas Sabine era maior que nós e tinha a ajuda de Christoph. Ele estava com uma expressão séria, quase mecânica. De alguma forma, era mais assustadora que sua habitual cólera explosiva. O Christoph cujo temperamento estourava diante da menor provocação também era o Christoph cujo rosto se suavizava quando ele sorria. Esse Christoph, de olhos vidrados e boca contraída, eu quase não reconhecia.

— *Shh* — sussurrou novamente Sabine. — Não queremos machucá-la, Eva.

Dei um chute repentino. Acertei... Sabine? Christoph? Ambos gritaram quando um deles caiu e puxou o restante de nós. A mão de Sabine ainda cobria nossa boca.

— É tarde demais — disse ela, ofegante. — A bomba está armada. Acabou, Eva.

Não era tarde demais. Não podia ser.

— Eva — rosnou Christoph. Ele ajudou Sabine a prender nossos braços às laterais do corpo. — Fique *quieta*.

Eu o ignorei, contorcendo-me até ficarmos meio de joelhos e meio de pé.

— Eva? — chamou Jackson, baixo. Mal conseguimos ouvi-lo. Em que altura da colina ele estaria? A que distância. — Eva, onde você está? Responda.

Sabine se virou na direção de sua voz. Sua mão sobre nossa boca se afrouxou um pouco, e me libertei.

— Jackson! — gritei.

Sabine forçou a mão sobre nossa boca outra vez. Seus olhos iam de mim para o topo da colina, onde Jackson podia aparecer a qualquer momento.

— Eva, o que você pode fazer? Correr lá para baixo? O prédio vai explodir. Você morreria. — Seus olhos encontraram os meus. — Gosto de você, Eva, apesar de tudo. De você e de Addie. Você é uma de nós. Cuidamos dos nossos.

Impulsionei a cabeça para trás, pegando o queixo de Christoph. Nosso cotovelo apunhalou seu estômago. Eu nos deixei cair, abaixando-me bem a tempo de me esquivar das mãos de Sabine. Havia terra em nossa boca, nossa cabeça retinia, e Christoph gritava quando rolei para longe. Consegui me levantar, ofegando. Christoph partiu para cima de nós. Eu corri. Colina abaixo.

— Eva — gritou Sabine. Não foi um grito a plenos pulmões. Ela ainda temia ser ouvida. — Eva, não faça isso.

Eu via a extremidade do estacionamento. As pessoas tinham sumido, deviam ter entrado no prédio enquanto eu estava lutando com Christoph e Sabine. Sobraram apenas os carros, reluzindo ao sol poente.

Olhei por cima do ombro. Christoph parara de nos seguir. Seu lábio estava aberto outra vez. Vi o sangue. Sabine estava alguns metros atrás dele.

— Quanto tempo tenho? — perguntei. — Quanto tempo até a bomba explodir, Sabine?

— Vai explodir a qualquer momento — avisou Sabine.

Balancei a cabeça.

— Você não teria chegado tão perto se fosse verdade.

— Vim para impedir você — disse ela. — Vim salvá-la.

— E eu vou entrar lá. — Indiquei a instituição com o queixo. — Quanto tempo tenho para sair, Sabine?

Ela deu um passo em nossa direção e controlou a voz, voltando à calma habitual.

— Não tem tempo algum, Eva. Volte...

— Vou entrar. — Imitei a calma dela. — Não vou deixá-los morrer, Sabine. Não posso. Não vou viver com isso. Não vou deixar Ryan viver com isso. — Eu a encarei. — Não vou deixar você viver com isso, Sabine. Você pode me contar quanto tempo tenho para sair, ou posso simplesmente correr o risco de adivinhar — sussurrei.

*Ela não vai nos contar*, disse Addie. *Ela não se importa, Eva.*

Sabine se limitou a nos encarar.

Eu me virei e olhei para a instituição.

— Treze minutos — informou Sabine. — Treze minutos. Só isso.

## Capítulo 38

Havia um guarda na porta dos fundos. Ele se sobressaltou quando me viu correr em sua direção, depois deu um passo à frente, com os braços estendidos e as mãos erguidas.

— Ei, ei! O que está fazendo aqui? Isto...

— Eles precisam sair — gritei. Ele tentou me segurar e recuei correndo, saindo do alcance. — Você tem de trazê-los para fora! — As batidas de nosso coração eram tão altas que eu mal conseguia me ouvir falar, com tanta força que cada batida explodia em nosso peito. — Tem uma bomba. Tem uma bomba lá dentro. Precisa trazê-los para *fora*.

O guarda apenas franziu a testa. Não acreditou em mim. Santo deus, *ele não acreditou em mim*.

Passei por ele com um empurrão, ignorando seus gritos. Estava frio dentro da instituição. Meus sapatos rangiam contra os ladrilhos, e o som reverberou pelas paredes brancas. Não havia mais ninguém à vista.

Em segundos, Addie e eu tínhamos atravessado o saguão e começado a subir a escada. E se estivessem no último andar? Do outro lado do prédio?

Olhei para nosso relógio. Faltava pouco mais de 11 minutos.

Chegamos ao segundo andar.

— Olá? — gritei.

Nossa voz voltou como um eco, mas só isso. Corri pelo corredor, ainda gritando, olhando para dentro de salas, através de janelas. Vimos relances de camas estreitas de metal, lençóis já bem arrumados. Vimos flashes de banheiros espartanos em estilo de vestiário, com as superfícies de porcelana brilhando. Mas nenhuma pessoa.

Então voltamos para a escada, no outro lado do prédio. A escada era estreita e longa, com dois lances para cada andar. Correr e gritar nos deixou sem fôlego.

Foi com um grito fraco que chegamos ao corredor do terceiro andar.

— Tem alguém aq...

Todos se viraram ao mesmo tempo. O grupo inteiro. Congelamos, com a boca ainda aberta, a garganta ainda tentando proferir o restante da pergunta.

Eram 13, mais homens que mulheres, vestidos em estilo formal.

O mais próximo a Addie e eu era Jenson.

Ele olhava para nós, assim como os outros. Mas, ao contrário deles, o reconhecimento apareceu em seus olhos. Sua proximidade quase nos fez tropeçar. Balancei a cabeça para clareá-la.

— Todos vocês precisam sair — falei. — Vocês precisam sair.

Ninguém se moveu. Uma mulher virou-se para Jenson. Seus olhos não deixaram nosso rosto.

— O que está acontecendo, Mark?

Olhamos para o relógio: oito minutos. Eles tinham oito minutos. *Nós* tínhamos oito minutos.

*Conte a eles, pelo amor de Deus, Eva...*

— Há uma bomba no prédio — falei. — Vocês têm oito minutos para sair. — Nossa voz não funcionava direito. Não parava de falhar. Não saía alta como precisava.

Mas agora todos estavam ouvindo. Todos ouviam, mas ninguém se movia.

— Uma bomba! — gritei. Eu só parecia ser capaz de um sussurro trêmulo ou um berro, sem meio-termo. Uma das mulheres reagiu com um grito, um som de pássaro assustado. Voltei correndo pelo caminho por aonde viera, olhando por cima do ombro, esperando que o movimento os incitasse a me seguir.

Algo reluziu no rosto de Jenson. Um choque de compreensao, como se tivesse encaixado as últimas peças de um complicado quebra-cabeça.

Eu não tinha tempo para pensar nisso.

O homem mais distante da escada foi o primeiro a se mover. Ele se jogou para a frente, quase derrubando o outro que estava perto. Por um segundo, ele e o homem que se debatia ao cair foram os únicos em movimento.

Então de repente todos se lançaram em nossa direção. Uma onda contínua de terror. As pessoas que estavam atrás nos empurraram para a escada. Cotovelos e membros se projetavam. Então descemos e descemos, e as paredes ecoaram com o barulho estrondoso de nossa fuga.

Quanto tempo faltava? Bastante para descer a escada, atravessar o saguão e subir a colina?

*Não pense nisso*, sussurrei, tanto para mim mesma quanto para Addie.

Não pense nos segundos passando.

Não pense na enjoativa aglomeração de corpos a nossa volta.

Não pense em Jenson, só Deus sabia a que distância.

Não era útil pensar em nada daquilo.

Apenas continue em frente, continue em frente.

Tínhamos acabado de passar do segundo andar quando o homem que estava a nosso lado tropeçou. Esbarrou em nós.

Nos fez escorregar.

Nós nos emaranhamos com alguém, nossos membros se enroscaram aos dele, e seu movimento nos impulsionou para a frente. Gritamos quando seu peso caiu sobre nós. Ele segurou o corrimão. Tentamos segurá-lo também, mas não conseguimos...

Tudo virou um caos quando caímos. Pessoas se jogaram para o lado a fim de evitar cair também. Só notei o momento do impacto pela dor lancinante em nossa perna.

Por um instante, não conseguimos enxergar com clareza. Não conseguimos ouvir com clareza. Quando tudo entrou em foco outra vez, vimos os funcionários públicos hesitarem. Alguns quase pararam. Um de fato parou. Nosso tornozelo ardia, lançando dor panturrilha acima.

— Continuem em frente — disse Jenson. Já não havia muita gente atrás de nós. A maioria tinha continuado. — Não há tempo. Vou pegá-la.

Era impossível argumentar com aquela voz, sobretudo quando havia tão pouca motivação para fazê-lo. Eles fugiram.

E apesar das palavras, Jenson foi com eles.

Tentamos nos levantar, mas a dor no tornozelo só piorou com a pressão. Nosso relógio tinha se quebrado durante o tombo na escada.

Quantos minutos tínhamos?

*Ele disse que nos pegaria*, falei para Addie.

*Ele vai voltar para nos buscar*, ela me disse.

Nenhuma das duas acreditava naquilo.

Cerrando os dentes para suportar a dor, conseguimos nos ajoelhar. Engatinhar era suportável, ao menos por distâncias curtas. Mas ainda tínhamos um lance inteiro de escadas e o saguão entre nós e a segurança.

De qualquer forma, não havia outra escolha além de tentar.

*Vamos morrer*, pensei, arrastando-nos para o último lance de escadas.

*Vamos morrer*, pensei, colocando a palma da mão no primeiro degrau, tentando deslocar o peso para que o resto do corpo seguisse. Nosso tornozelo e nossa perna arderam de dor.

*Ah, Deus, por favor, não nos deixe morrer. Por favor. Por favor.*

Quantos minutos tínhamos? Quantas batidas do coração?

A porta da escada se abriu outra vez.

Jenson ergueu os olhos para nós. Baixamos os nossos para ele. Rapidamente, ele subiu a escada e se inclinou para nós.

— Coloque os braços em volta do meu pescoço.

Obedecemos sem questionar. Ele nos levantou. Nossas mãos se fecharam na parte de trás de sua gola, amassando-a.

*Por favor, Deus, não nos deixe morrer.*

Ele não falou mais nada, apenas desceu correndo a escada o mais rápido que pôde nos levando nos braços. Cada solavanco nos fazia morder os lábios para não gritar de dor.

Ele empurrou a porta da escada com o ombro.

*Por favor, Deus, não nos deixe morrer.*

Estávamos no meio do saguão quando a bomba explodiu.

## Capítulo 39

Ficamos cegas, surdas e zonzas.

*Eva*, disse Addie, ou talvez eu tenha apenas imaginado.

A gravidade voltou primeiro. Eu não sabia de que lado estávamos sendo esmagadas, apenas que estávamos. Tentamos nos mover e não conseguimos. Havia algo cobrindo nosso rosto. Não conseguíamos respirar.

Não. Não. Conseguíamos, sim. Conseguíamos. Só tínhamos de ficar calmas.

Estávamos vivas.

*Addie?*

Tudo tinha ficado escuro e silencioso.

*S-sim?*

*Precisamos sair*, falei. Mas não nos movemos. Não tentamos. Estávamos à beira da histeria, e, enquanto não tentássemos nos mover e falhássemos, podíamos evitá-la, podíamos ficar calmas, seguras.

Estávamos presas sob alguma coisa. Nada doía. Isso era bom? Ou significava que algo estava terrivelmente errado?

*Concentre-se*, eu disse furiosamente a mim mesma. *Concentre-se. Concentre-se.*

*Addie?*, repeti, mais para ouvir sua voz que por qualquer outro motivo. Seu tremor mudo estava me assustando. Seu medo silencioso e comprimido. Aquele era o resumo de nossos piores pesadelos. Todos os terrores que tínhamos do escuro, de lugares fechados. Aquilo era o baú no sótão quando tínhamos 7 anos, e as multidões de Bessimir e Lankster, e...

*Não podemos nos mexer*, sussurrou Addie. *Se mexermos alguma coisa da forma errada...*

Podíamos ser esmagadas. De verdade. Permanentemente.

Engolimos em seco. Nossos olhos continuavam sem ver nada além da escuridão. Nossos ouvidos não escutavam nada além do silêncio.

*Peça ajuda*, disse Addie.

A enorme pressão no peito tornava difícil respirar, quanto mais gritar, mas mesmo assim tentei. Nossos lábios e língua estavam pesados. A voz saiu estranha, abafada e distante.

Será que alguém se atreveria a entrar naquele prédio desmoronado? Será que sobrara algo do prédio?

*Addie?*, repeti. *Addie, nós vamos ficar bem.*

*Me distraia*, sussurrou ela, como fizera na Nornand, quando tínhamos sido forçadas a nos deitar para um exame dentro daquela máquina que parecia uma caixa. Seu tremor tinha aumentado, ameaçando nos despedaçar. *Conte uma lembrança, Eva.*

Então contei. Lembranças de antes de Anchoit, antes da Nornand. Lembranças de casa. De nossa mãe, nosso pai, Lyle e até Nathaniel. Nossa casinha com telhado escuro e cortinas com estampa de morangos. As batidas do nosso coração não desaceleraram, mas o caos em nossa cabeça diminuiu um pouco.

*Será que um dia vamos voltar para casa?*, disse Addie suavemente. *Vamos vê-los de novo?*

*Vamos*, falei.

*Eva...*

*Sim*, insisti. *Sim, vamos. Só temos de sair daqui primeiro, ok?*

Houve um grande rugido. Então algo caiu, com tanta força que o chão tremeu sob nós. Houve uma rajada de calor.

Fogo.

Um grito estrangulado escapou de nossa garganta.

*Temos de sair, Addie!*, gritei. *Agora!*

Dessa vez, ela não discutiu.

Nosso braço não se movia. Nossa mão não se movia. Mas nossos dedos se contraíram. Tentei o outro braço, o esquerdo...

A dor veio. Facas do ombro até o cotovelo e descendo pelas costas. Ofegamos e engasgamos, tossindo. Mais dor, agora nas costelas. Nossas pernas pareciam mais livres que o resto do corpo. Também estavam mais quentes, como se chamas estivessem consumindo o entulho perto delas. Rezei para não nos queimar sem querer.

Tentei, através da pura força de vontade, obrigar nossa cabeça e torso a se erguerem. Mas nossos braços abertos não deram nenhum apoio. Passei a perna esquerda sobre a direita e me ergui com o quadril e o ombro. Nosso peito saiu alguns centímetros do chão, mas o braço continuava preso, e tudo *doía, doía muito*. Gritei, e saiu como um gemido.

Mas a força repentina para cima tinha feito algo se deslocar. Quando tentei movimentar a mão direita outra vez, estava quase livre. Se estivéssemos viradas para cima, poderíamos empurrar...

Um grande peso saiu de cima de nosso corpo. Arfei, com os pulmões se expandindo, o peito doendo. Tossi. Engasguei com as cinzas.

Jackson? Será que Jackson tinha aparecido para nos tirar dali? Ainda estávamos de barriga para baixo. Não via nada além de escuridão e estrelas de dor.

Algo caiu no chão. A pressão sobre nossas costas amenizou. Eu não sabia para que lado me arrastar, mas de algum jeito descobri. Então nos libertamos. Não estávamos cegas. Caímos sobre destroços de parede.

Ergui o rosto, com os olhos apertados para ver quem tinha nos salvado.

Jenson.

O ar enfumaçado obscurecia sua expressão. Ou talvez fosse a fuligem sobre sua pele, ou nossa visão embaçada.

Ele tropeçou, e eu me retraí quando se lançou em nossa direção. Sua mão bateu contra a parede pouco acima de nossa cabeça. Ele caiu para o lado, rolando no último minuto para que seu corpo não esmagasse o nosso.

Então ficamos sentados ali, com as costas contra a parede, enquanto a instituição de Powatt estalava e queimava a nossa volta.

Olhamos a devastação ao redor. O prédio ainda estava de pé; não víamos o céu. Mas havia muita fumaça e poeira. Fragmentos das paredes, do teto e do chão. Ouvimos o fogo crepitar, vimos chamas laranja e amarelas.

Tossimos e gememos, pois nossas costelas pareciam estar rachando a cada inspiração. Era exaustivo demais nos mover. Havia sangue no rosto de Jenson e em sua camisa, que antes era branca, mas estava suja de fuligem e manchas vermelho-escuras.

— Sabia que encontraria você. — Sua voz era uma versão rouca e destroçada da dureza habitual. Ele nos encarou, como se toda a sua atenção fosse nossa, mesmo diante da destruição total. Qualquer que fosse a força que o impulsionara a nos tirar dos destroços, tinha se esvaído. — Os fogos de artifício na Lankster. O vídeo do painel do carro de polícia. Eu vi você.

*Do que ele está falando?*, sussurrou Addie. Seu horror era algo duro e escuro. Jenson falava como um homem louco.

Então entendi. Havia um carro de polícia na Lankster. O que atropelara Cordelia bem diante de nós. O policial tinha nos encarado.

Carros de polícia tinham câmeras no painel.

— O oxigênio — rosnou Jenson. Suas palavras se transformaram em uma respiração ofegante. — O médico... eu conversei com ele, e soube. Era você. Eu disse que a encontraria.

O médico que fumava à entrada do Benoll, a ponta do cigarro era uma brasa na escuridão.

— Onde está o menino? — Jenson agarrou nosso ombro. Seus dedos pareciam garras através de nossa camisa fina. Eu arfei com a dor, tentando me afastar. — Eles o tiraram da Nornand junto com você. Onde ele está?

— Você não vai conseguir pegá-lo — sussurrei.

— Onde ele *está*? *Onde está Jaime Cortae*?

Balancei nossa cabeça.

— Eva!

O grito veio de longe. Tanto Jenson quanto eu levantamos o rosto, procurando.

— Eva!

Estava mais perto. Mais alto. Mais claro. Um garoto.

Ryan.

Seu nome chegou a nossos lábios, mas não passou dali.

— Onde você está? — gritou Ryan. A frustração dilacerava suas palavras, deixava sua voz áspera. Havia fumaça e detritos demais para enxergar mais que alguns metros à frente.

— Eu a encontrei! — Uma voz atravessou os destroços. Mas não era a de Ryan.

A Dra. Lyanne surgiu em meio à fumaça, como uma aparição. Um fantasma usando saia godê e saltos muito altos, com o cabelo preso, afastado com severidade do rosto. Ficamos tão perplexas que apenas olhamos, observando-a vir em nossa direção, com a bolsa pendendo casualmente de um dos ombros.

Ela se contraiu ao ver Jenson, depois se ajoelhou diante de nós. Tentei falar, mas comecei a tossir de novo. Sentimos sua mão deslizar por baixo de nossa camisa, apalpando delicadamente as costelas. Eu arfei de dor.

— Meu tornozelo. — Consegui dizer.

Ela se aproximou de nossas pernas.

— Qual deles?

— O... direito. *Não* — ofeguei, quando ela o tocou. Ela enfiou a mão na bolsa e pegou um pequeno kit de primeiros socorros antes de tirar delicadamente nosso sapato e meia. O tornozelo já tinha começado a inchar.

— Por que fez aquilo? Roubar o menino? Trair todos para quem você trabalhava? — disse Jenson, com os olhos fixos na Dra. Lyanne enquanto ela vasculhava o kit em busca de tesouras e rolos de gaze.

— Consegue mover os dedos do pé? — perguntou a Dra. Lyanne. — Esticar o pé?

Tentei e consegui mover alguns dedos. Esticar era mais difícil.

— Está quebrado?

— É difícil ter certeza — disse ela. — Sua perna está bem?

— Eu... eu acho que sim.

Ela assentiu e tentei ficar parada enquanto ela fazia o curativo com cuidado em nosso tornozelo. Tudo doía. A Dra. Lyanne tinha algumas embalagens de pílulas no kit, juntamente com pequenas seringas embaladas. Eu estava a ponto de perguntar se alguma era de analgésico quando ela pegou nossa mão.

— Venha. Vou ajudá-la a se levantar, veja se consegue colocar peso sobre o pé. O segurança lá da frente já chamou a polícia. Daqui a pouco vão abarrotar este lugar.

Ryan apareceu antes que alguma de nós duas se movesse. Jackson estava apenas um passo atrás dele. Ambos olharam para mim, depois para Jenson, depois novamente para mim.

— Meu Deus, Eva — disse Ryan, e pareceu não conseguir dizer mais nada. Ele se juntou à Dra. Lyanne a nosso lado, estendendo a mão hesitante para nosso rosto.

A Dra. Lyanne se levantou.

— Ela vai ficar bem. Ajude-me a erguê-la.

Precisamos de algumas tentativas, mas, com a ajuda de Jackson e Ryan, consegui me levantar, equilibrando-me na perna que não estava dolorida. Nosso corpo estava muito pesado, sobretudo a cabeça. Achei que podíamos vomitar.

Finalmente, a Dra. Lyanne voltou-se para Jenson. Os dois se examinaram.

— Vocês dois, saiam daqui — disse a Dra. Lyanne para Ryan e Jackson. — Vão pelo mesmo caminho por aonde viemos. Não deixem o guarda pegá-los. — Ela colocou uma embalagem de pílulas em nossa mão. — Tome isto. Duas a cada quatro horas. Vão ajudar com a dor.

— E você? — disse Ryan.

A Dra. Lyanne indicou Jenson com a cabeça.

— Alguém tem de levá-lo para fora.

Jenson estava em silêncio. Ele tinha nos salvado, no final das contas. Voltara para nos buscar na escada, correndo um grande risco. Havia nos desenterrado dos destroços, quando mal conseguíamos nos levantar. Talvez tivesse feito isso para atingir os próprios objetivos, as próprias obsessões, mas nos salvara.

— Por que você está ajudando Jenson? — perguntou Jackson.

— Sou médica — explicou a Dra. Lyanne. — É o que eu faço.

O céu estava roxo e laranja quando finalmente deixamos o prédio para trás. Quanto tempo eu ficara inconsciente? Olhei para os destroços. Metade da construção praticamente desaparecera, desmoronado como um brinquedo em ruínas fumegantes. A outra metade, onde eu e Jenson estávamos, ainda resistia. Tudo queimava.

Quando chegamos ao carro de Jackson, Addie e eu tremíamos e nossos músculos pareciam gelatina. Ryan nos ajudou a sentar no banco de trás. Caímos encolhidas, com a respiração curta, porque nossas costelas doíam demais para inspirar fundo. Eu tinha engolido a seco as pílulas que a Dra. Lyanne nos dera, mas até o momento não estavam fazendo efeito.

— Achei que você ia para a casa de Peter — sussurrei.

Os olhos de Ryan encontraram os nossos.

— Achei que você ia voltar para a casa de Emalia. Não entendeu que, se você tiver problemas, o único lugar que quero estar é do seu lado?

Desviei os olhos.

— Fui para o apartamento de Peter — disse Ryan. — Ele não estava. Esperei até Hally aparecer. Então ela ficou lá um tempo enquanto fui ligar para a Dra. Lyanne. Ela foi a única outra pessoa em quem consegui pensar para nos trazer de carro até aqui. — Ele fechou a porta enquanto Jackson engatava a marcha do carro. Sua voz estava tensa. — Eu devia ter vindo com você, Eva.

— Se você não estivesse lá, podia argumentar inocência — falei suavemente. Os olhos de Jackson encontraram os nossos no espelho retrovisor. Percebi que ele tinha declarado a mesma coisa para justificar ter escondido de Addie e eu os verdadeiros planos de Sabine. Mas não era a mesma coisa. Não era a mesma coisa de jeito nenhum. — Sabine e Christoph?

Jackson explicou que encontrara Sabine e Christoph enquanto nos procurava. Que o tinham impedido de entrar no prédio atrás de nós, pois o guarda que eu empurrara havia me seguido, mas outro o substituíra na porta.

De certa forma, aqueles guardas tinham salvado nossa vida. Como não conseguiram entrar no prédio, Sabine e Christoph tinham armado a bomba do lado de fora, e por isso apenas metade da instituição desmoronara.

Se tivéssemos tomado o lance de escadas do outro lado do prédio...

— Todos os outros — falei. — Os funcionários públicos, os outros médicos... todos saíram?

Jackson assentiu.

— Um grupo saiu correndo pouco antes da explosão. Foram embora com alguns seguranças. O que aconteceu lá, Eva?

Contei sobre Jenson. O que ele dissera. Que vinha nos observando o tempo todo. Dirigimos sem parar sob um céu que escurecia. Tudo era um sonho nítido demais.

Encostei a cabeça contra o ombro de Ryan e fechei os olhos enquanto o silêncio da estrada se transformava no barulho noturno da cidade. A princípio tentei não pensar na Dra. Lyanne, porque doía demais, depois pensei porque pareceu errado não pensar. Sussurrei preces silenciosas para que conseguisse sair.

Não abrimos os olhos quando Ryan disse em voz baixa:

— Estamos quase chegando.

Não abrimos os olhos quando Jackson sussurrou pela primeira vez:

— Isto não está certo.

Não abrimos os olhos até as sirenes da polícia.

E então abrimos.

E a última esperança dentro de nós desmoronou.

## Capítulo 40

Havia um bloqueio policial em torno do prédio de Emalia. Policiais e viaturas enchiam as ruas normalmente desertas.

*Kitty*, falei. *Nina...*

Emalia, Sophie e Henri...

Não percebi que estava me movendo até os braços de Ryan envolverem nossos ombros, forçando-me a parar. Jackson estacionou do outro lado da rua, a alguns quarteirões de nosso apartamento.

A escuridão caíra sobre a cidade, pontuada por postes e faróis. Um tapinha no carro quase nos fez gritar. Então um rosto sombrio apareceu do outro lado da janela.

Lissa.

Destranquei a porta. Lissa a abriu e entrou, sussurrando *"shh"* quando Ryan e eu começamos a falar ao mesmo tempo. Ela manteve a cabeça baixa e ordenou que nos abaixássemos também, para ser mais difícil nos verem. Ela passou os olhos sobre nós, cada vez mais alarmada ao ver as contusões, os cortes, o sangue.

— Está melhor do que parece — falei, o que provavelmente não era verdade, mas não era importante naquele momento.

— O que está acontecendo? — perguntou Ryan.

Lissa falou rapidamente, como se estivesse repassando as palavras na cabeça, apenas esperando que alguém as tirasse dela.

— Esperei Peter chegar em casa. Contei a ele o que estava acontecendo... contei tudo a ele. Então Sabine e Christoph voltaram. Mas foram seguidos.

Se tinham sido seguidos, alguém devia tê-los ligado ao bombardeio. Era porque tinham saído tarde demais? Porque haviam ficado, tentando impedir a mim e Addie?

Addie deve ter sentido minha culpa.

*Não é culpa sua, Eva. Não os obrigamos a fazer nada.*

*Eu sei*, falei. *Eu sei.*

Mas mesmo assim.

Lissa tinha se distraído outra vez, observando-nos com o rosto contorcido de preocupação. Mas Ryan lhe deu um tapa na mão, incitando-a a continuar contando.

— Eles não sabiam que haviam sido seguidos, não tinham certeza, mas Sabine devia estar preparada para esse tipo de coisa. Ela estacionou a alguns quarteirões de distância...

— Então eles estão bem? — perguntou Jackson. Todos se viraram para encará-lo, e ele hesitou por um instante, mas não mudou a pergunta. Apenas retribuiu os olhares com um toque de desafio.

— Não sei — disse Lissa. — Foram para a casa de Peter, e todo mundo... todo mundo ficou furioso. Eles foram embora. Talvez tenham escapado. Isso aconteceu pouco antes da polícia começar a prender gente... — Lissa hesitou diante do horror em nosso rosto. Ela deu de ombros, impotente, e esfregou as mãos. — Talvez para interrogatório. Não acho que a maioria seja sequer suspeita, é que... as pessoas ficaram assustadas, sabe? Começaram a revidar. Algumas foram violentas com a polícia.

Sob as restrições e o toque de recolher, as tensões fermentavam havia semanas. Fechei nossos olhos e nos forcei a ficar calmas.

— Por que o prédio de Emalia? — perguntou Jackson.

Lissa mordeu o lábio e olhou para Ryan, depois para o banco do carro.

— Não sei. Talvez soubessem que eu e Ryan morávamos aqui... e Henri...

— Onde está Henri? — falei. — E Kitty, e Emalia...

— No apartamento de Peter — disse Lissa. — Peter as chamou quando ele... quando contei a ele o que estava acontecendo.

— Por que *você* não está no apartamento de Peter? — perguntou Ryan.

— Saí escondida quando vi os primeiros carros de polícia passando — disse Lissa. — Não consegui ficar lá sem fazer nada. Se algo ficou provado, é que nada de bom acontece quando fico sem fazer nada e deixo você e Eva agirem por conta própria!

O apartamento de Peter ficava a apenas alguns quarteirões do de Emalia. A guarnição da polícia não chegava tão longe, mas era perto. Esquadrinhei as ruas escuras até encontrar a entrada do prédio. Alguns policiais tinham se posicionado por perto. Estariam planejando entrar? Será que já estavam lá dentro? Se Peter e os outros tentassem sair, eles deixariam?

Jackson também olhou pela janela.

— Devíamos nos afastar o máximo que pudéssemos daqui.

— Não podemos *ir embora* — disse Lissa. — E os outros?

— Acha que quero deixá-los para trás...? — Jackson se calou, com o maxilar contraído. — A não ser que você tenha um plano, devemos ir antes que não reste nenhum híbrido.

Addie e eu ainda estávamos olhando para o apartamento de Peter. Por isso, fomos as primeiras a ver a pequena forma escura saindo pela janela do décimo andar. Ela se esgueirou para fora lentamente, distante demais para ser mais que um vulto indistinto em movimento. Mas a vimos, e nossa respiração falhou quando entendemos de quem era aquela janela. Tínhamos passado bastante tempo por ali quando ainda morávamos no apartamento de Peter.

*Kitty?*, sussurrou Addie, esperançosa, mas era impossível ter certeza. Àquela altura, os outros tinham nos flagrado olhando. Eles também ergueram os olhos, tentando enxergar na escuridão.

Outras três sombras saíram pela janela de Peter, todas muito mais altas que a primeira. Agarrei a parte de trás do banco do motorista, tentando me impulsionar para a frente e ter uma visão melhor. Meus músculos doeram em protesto.

— São eles. É Kitty e...

Quem eram os outros três? Emalia, Henri e Peter? Fazia sentido, não?

— Tem certeza? — Lissa foi para o banco da frente para ver melhor. — Estão longe demais, Eva. Não consigo...

— São eles — falei. — Eu sei.

— Você não tem como saber — disse Jackson. — Estão longe demais, e está muito escuro.

— São eles. — Estendi a mão para a porta do carro, mas Ryan nos puxou de volta. Nosso tornozelo bateu contra o banco. Estremeci ao sentir a explosão de dor. — São eles, Ryan. Temos de...

— Temos de o quê? — interrompeu Jackson. — Eva, você não consegue nem andar. Olhe. Temos a chave. Vamos sair daqui.

— Não — falei. — Não sem os outros.

As quatro figuras na escada de incêndio desciam devagar. Logo estariam perto demais do chão para enxergar ao longe. Para nos ver.

Mas outros tinham nos notado.

Desviei os olhos do prédio de Peter a tempo de ver as luzes verdes e azuis de um carro de polícia. Agora era Ryan quem tentava abrir a porta do carro.

— Saiam todos! — sussurrou ele, abrindo-a.

Olhei uma última vez para a escada de incêndio. As quatro pessoas tinham voltado a se mover, agora mais rápido. Precisávamos dizer a elas onde estávamos antes que desaparecessem na escuridão.

Ryan segurou nosso braço.

— Venha, Eva.

Eu saí, apoiando-me nele. Jackson jogou nosso outro braço sobre seu ombro. Juntos, os dois nos afastaram do carro, com Lissa apenas alguns passos à frente.

Chegamos à sombra de um prédio próximo no instante em que a polícia passou com as luzes piscando. Prendemos o fôlego até nossa cabeça girar. A viatura diminuiu a velocidade quando passou por nosso carro, depois desapareceu rua afora.

Nós nos apoiamos contra a lateral do prédio, com a respiração irregular.

*Código Morse*, disse Addie.

*O quê?*

Addie tomou o controle de nossos membros, largando a mão de Ryan e voltando para a frente do carro. O remédio para dor da Dra. Lyanne finalmente fizera um pouco de efeito, mas, mesmo assim, eu mal conseguia colocar pressão no tornozelo direito.

— Espere... — disse Lissa. — O que você...

*Ensinamos a Nina seu nome em código Morse.* A chave ainda estava na ignição. Addie ligou o carro. As luzes do painel se acenderam. Assim como os faróis.

— Addie? — disse Jackson.

— Cale a boca e me dê um instante — disse Addie, e desligou os faróis. Então religou. E desligou outra vez.

N

I

N

A

Não conseguíamos mais ver ninguém na escada de incêndio. Será que tinham visto nosso sinal? Já havia muitas luzes de polícia piscando.

Não ousamos repetir. Com a ajuda de Jackson, Addie saiu do carro.

— Eles estão vindo? — perguntou Lissa em voz baixa.

— Estão. — Addie encarou Jackson até ele engolir seu argumento.

Ryan ainda estava olhando rua abaixo.

— Não acho que vamos conseguir sair daqui de carro. Esta e aquela rua perpendicular à frente estão cheias de carros de polícia. Acho que eles as fecharam.

Addie se endireitou. Jackson ainda estava com a mão sob nosso cotovelo, ajudando-nos a continuar de pé, e ela se apoiou em seu ombro quando se afastou pulando do carro. Ela apontou.

— Ali estão eles!

As quatro figuras ainda estavam a cerca de um quarteirão de distância, deslocando-se aos poucos enquanto carros de polícia passavam, limitando-se às sombras. Um suspiro aliviado saiu de nossos pulmões.

— Sim, estou vendo — disse Jackson em um tom sombrio.
— Também estou vendo a polícia chegando. — Ele se soltou de nós, deixando-nos apoiadas ao carro. — Fiquem aqui. Nessa velocidade, eles nunca vão nos encontrar no escuro.

E antes que pudéssemos dizer outra palavra, ele saiu correndo na direção do apartamento de Peter.

— Jackson — sussurrou Addie.

— Shh — disse Lissa de repente. Ela pegou nossa mão e nos puxou para longe do carro, entrando ainda mais nas sombras, Ryan correu para evitar que caíssemos. Addie suprimiu um grito de surpresa e dor quando nosso pé bateu no chão.

Nós nos encostamos contra a parede quando outra viatura passou, indo na direção dos apartamentos de Peter e Emalia. O mesmo carro de antes? Ele estacionou um pouco à frente. Dois policiais saíram, segurando lanternas.

*Onde eles estão?*, sussurrou Addie, vasculhando a escuridão em busca de Jackson e dos outros.

As unhas de Lissa machucavam a palma de nossa mão. Mas os policiais não vinham para nós. Começaram a descer a rua, e o brilho de suas lanternas ficou cada vez mais fraco no escuro.

Ryan soltou um suspiro de alívio.

Então, com o canto do olho, notei cinco figuras correndo em nossa direção.

*Ali! Ali! Consegue vê-los?*

Addie acenava desesperadamente, ignorando a dor no braço. A cada passo, eles se tornavam um pouco mais humanos, um pouco menos sombrios. Logo, víamos a lua pálida que era o rosto de Kitty, a curva do maxilar de Jackson. O brilho da luz de um poste nos olhos de Henri. O balanço do cabelo de Emalia. E Peter... Peter apressando-os.

— Venham — disse Ryan, quando nos alcançaram. — Venham, vamos...

Os olhos de Emalia nos analisaram.

— Graças a Deus — murmurou ela.

— Onde está Rebecca? — Os olhos de Peter se cravaram nos nossos. — Onde está minha irmã?

— Eu... eu não sei — respondeu Addie.

Algo reluziu nos olhos de Peter, mas ele se controlou.

— Vamos. Precisamos passar pela barricada. Depois encontrar um carro.

— Não vamos passar pela barricada — argumentou Henri em voz baixa. — Não agora.

*A loja de fotografia*, falei. *Podemos nos esconder no sótão. Se estiver dentro do bloqueio, podemos ir a pé. A polícia não vai verificar lá.*

*Mas a vitrine... foi estilhaçada, e...*

*Já devem ter checado isso há séculos. Acha que vão estar preocupados com a vitrine quebrada de uma loja em meio a tudo isto?*

*Tudo bem, tudo bem*, disse Addie. Ela repetiu minha sugestão em voz alta. Ninguém discutiu.

Partimos na escuridão, escondendo-nos nas sombras sempre que um carro de polícia passava. Addie e eu ofegávamos pela boca, com as costelas doendo. Nossos braços e tornozelo ardiam. Ryan e Jackson nos ajudavam a andar, mas foi uma jornada acidentada e irregular.

— Esperem! — gritou Kitty de repente. Peter correu para calá-la, mas ela se esquivou, pegando a bolsa que usava sobre o peito. A bolsa de sua câmera, percebi. — Sumiu — disse ela, com a voz aguda, em pânico. — Minha câmera de vídeo...

— Esqueça a câmera de vídeo — disse Jackson.

— É importante! — Ela olhou desesperadamente para Emalia. — Conte a eles, Emalia...

Emalia hesitou.

— Ela filmou tudo — explicou ela com suavidade. — A polícia arrastando gente para fora do prédio. O caos inicial. Mas...

— Mas não vale a pena ser pego por isso — ponderou Lissa. Ela segurou o ombro de Kitty e a conduziu em frente. — Você...

— Mas está *ali* — insistiu Kitty, apontando. Vimos algo brilhando vagamente no chão sob a luz de um poste, a um quarteirão de distância. — Estou vendo... é só...

Kitty se soltou. Voltou correndo na direção da qual tínhamos vindo. Jackson saiu de baixo de nosso braço e correu atrás dela.

— *Não* — ofegou Addie. — Não. *Não*.

Mas não conseguíamos nem ficar de pé sem a ajuda de Ryan, muito menos correr atrás deles, e, quando a ideia pareceu passar pela cabeça de alguém, eles estavam longe demais para alcançarmos com facilidade. Peter disse um palavrão.

Kitty era muito rápida, mas Jackson se aproximou dela. A escuridão os engoliu, depois os cuspiu quando se aproximaram do poste.

Nós os vimos chegar até a câmera. Vimos Kitty se abaixar para pegá-la. Jackson chegou até ela um segundo depois. Agarrou-a. Empurrou-a novamente em nossa direção, de volta à escuridão. Ela desapareceu.

Não vi o policial até ele gritar para Jackson parar.

Jackson parou. A lanterna do policial apareceu. A luz bateu contra o rosto dele.

Então Jackson correu.

Mas não correu em nossa direção.

O policial mandou-o parar outra vez, e então vimos outra lanterna, dois policiais, e Jackson ainda corria, *para longe* de nós, atravessando a rua.

Os policiais correram atrás dele, com os feixes da lanterna ziguezagueando pelo chão, o ar, os carros vazios. Jackson era rápido, mas eles também eram.

Kitty bateu contra nós, ofegante. Addie a apertou contra a lateral do corpo, tentou esconder seu rosto, mas Kitty não deixou.

*Eva*, gritava Addie em nossa mente. Puro som. *Eva! Eva!*

*Vão atirar nele*, pensei embotada. *E se atirarem nele?*

*E se o pegarem?*

Jackson estava quase chegando ao cruzamento. Se conseguisse...

Outra viatura dobrou a esquina em alta velocidade e parou cantando pneus. Mais dois policiais saltaram.

Jackson congelou. Virou-se. Ele estava cerca de um quarteirão de distância, mas eu via a cena como se estivesse a seu lado... os policiais se aproximando, a pele manchada pela luz vermelha e azul, os dois primeiros ofegando, com o rosto vermelho. Sentimos seu peito se erguendo e descendo. Sentimos seus olhos procurando uma saída. Qualquer saída.

Sentimos o chão machucar nossa bochecha quando eles o derrubaram.

— Precisamos ir — avisou Peter. Mal conseguimos ouvi-lo. Ainda estávamos com Jackson no chão, no meio do círculo de policiais. Peter sacudiu nosso ombro. — Precisamos ir. Agora. Antes que comecem a verificar a rua em busca de outras pessoas.

— Não — disse Addie asperamente. — Não, nós...

— Não podemos mais pegar esta rua — argumentou ele. — Teremos de encontrar outro caminho para chegar à loja.

Um policial levantou Jackson do chão. Empurrou-o contra a viatura. Observamos apenas por tempo suficiente para vê-lo entrar no carro.

Então Peter se abaixou e nos tirou de Ryan. Ele nos levantou como se não passássemos de uma boneca quebrada.

— Precisamos ir — concluiu ele.

## Capítulo 41

Passamos a noite inteira no sótão. Peter, Emalia e Henri se sentaram nos sofás com cuidado. Como se achassem que talvez as estruturas não suportassem seu peso. Lissa se acomodou de pernas cruzadas no canto ao lado da habitual pilha de garrafas de refrigerante vazias, olhando para o chão. Kitty se aninhou a ela.

Ryan se sentou perto da janela, com as costas contra a parede, nossa cabeça contra seu peito, seus braços em volta de nossos ombros, nossos dedos fechados em sua camisa. Por um tempo, Addie chorou. Quase em silêncio, mas não completamente.

Carros de polícia passavam do lado de fora, lançando luzes vermelhas e azuis através da cortina no sótão escuro. Ryan sussurrava "está tudo bem, está tudo bem" em nosso ouvido, quase parecendo acreditar.

As lágrimas de Addie secaram, deixando um leito de rio rachado em seu lugar. Ela se controlou. Deixou os braços de Ryan, e sustentamos nosso próprio peso. Naquele momento não havia tempo para desmoronar.

— Você está com fome? — perguntou Addie a Kitty quando ela se aproximou de nós. Nossa voz estava áspera, mas não falhou. — Tem comida aqui...

Kitty balançou a cabeça e desviou os olhos.

— Nós comemos. Emalia e eu. Antes de eles chegarem.

Eu podia e devia ter impedido aquilo. Podia e devia tê-la mantido em segurança.

— Kitty... — disse Addie.

— Desculpe — murmurou ela. Seus olhos estavam brilhantes. Mas ela não chorou. Percebi que nunca tínhamos visto Kitty ou Nina chorar. Não importava o que acontecesse. — Por... por fazê-lo voltar. Por fazê-lo ser pego.

— Kitty — disse Addie. — Não foi culpa sua. Nada disso foi culpa sua.

Kitty hesitou, depois deu de ombros. Ela se ajoelhou e colocou a câmera em nosso colo. Era mais pesada do que deveria.

— Estava ligada — sussurrou ela. — Eu não tive a intenção... mas estava ligada.

Por um instante, não entendi.

Então entendi.

Nossos dedos tremiam quando Addie abriu a parte de trás da câmera. Tirou o cartucho com seu rótulo amarelo-vivo. Os dedos de Ryan se fecharam em volta dos nossos.

— Eu não estava apontando. — A voz de Kitty ficou aguda outra vez. — Não tive a intenção... talvez não tenha gravado nada.

— Eu quero — sussurrou Addie. — Ryan, solte. Eu quero.

Lentamente, Ryan soltou nossa mão.

Saímos do sótão depois do amanhecer. As ruas estavam quase vazias. Sábado. *Tudo é menos regulado nos finais de semana*, dissera Sabine. Sua desculpa para o bombardeio na sexta-feira; agora a quietude da manhã de sábado era um golpe contra nós, deixando-nos mais visíveis.

Mas chegamos na van de Peter. Alcançamos a grade de ruas. E, finalmente, quando o sol estava alto e ofuscante, chegamos a uma pequena casa nos arredores da cidade, com um gramado irregular e malcuidado e uma porta vermelho-escura.

Eu estava controlada. Ryan e eu fomos os primeiros a subir os degraus da varanda, então fui eu que toquei a campainha. Inclinei-me para trás contra Ryan e esperei. Fui paciente. Sabia que podia levar algum tempo. Que andar às vezes era difícil para ele.

Ele abriu a porta devagar.

— Oi, Eva — disse ele.

Jaime Cortae. Treze anos. Cabelo castanho. Olhos castanhos. Apaixonado por manteiga de amendoim. Às vezes um anjo, às vezes um pestinha. Sempre Jaime.

Joguei os braços em volta dele.

Todos entraram. Jaime perguntou pela Dra. Lyanne. Houve um momento de silêncio. Contra toda a esperança, esperei que ela estivesse ali. Que simplesmente aparecesse no vestíbulo, como aparecera na fumaça em Powatt. Como aparecera em nossa porta naquela última noite da Nornand para nos libertar. A Dra. Lyanne sempre aparecia quando eu mais precisava dela.

Ela não estava ali naquele momento.

Por minha causa.

Peter começou a fazer ligações. Todos os outros ficaram sentados até Henri arrastar Lissa à cozinha para ajudá-lo a preparar uma espécie de refeição. Nenhum de nós tinha comido desde... eu nem conseguia me lembrar desde quando.

— Você está bem? — perguntou Ryan, e eu assenti. Nós nos sentamos no sofá, aninhados um ao outro. Seus dedos apertaram os nossos. — Ainda não consigo acreditar que você correu para *dentro* de um prédio que tinha uma bomba.

— Eu tinha 13 minutos — sussurrei. — Sabine me disse.

— E se não tivessem acreditado em você e a impedido de sair? E se Sabine estivesse mentindo? E se a bomba explodisse antes por acidente?

— Eu sabia que não explodiria — falei. — Você a fez.

Ele riu sem sinceridade.

Onde estaria Sabine naquele momento? Será que ela e Christoph tinham escapado no final? E quanto a Cordelia?

— Não acredito que deixei isso chegar a esse ponto — falei suavemente, com a cabeça na dobra do braço de Ryan. Olhei para Jaime, que estava sentado à mesa de jantar observando os nós da madeira. A culpa parecia ácido em nossas veias. Corroía tudo. Nosso coração. Nossos pulmões. Nossa garganta.

— Não faça isso — pediu Ryan. — Eva, não. Se vamos culpar alguém, sou muito mais culpado que você. Eu fiz a bomba.

Lissa saiu da cozinha e nos viu no sofá. Ela hesitou, depois se aproximou e sentou. Ryan a puxou para perto, trazendo-a para nosso círculo. Seu cabelo roçou nossa bochecha.

— Fizemos comida — disse ela em voz baixa.

Tivemos de rearranjar a parca mobília, puxando a mesa até os sofás, para todos terem onde sentar. Henri trouxe uma panela que soltava vapor no ar. Todos nos acomodamos. Todos menos Peter, que não se juntou a nós até as tigelas terem sido pegas e a sopa ter sido servida.

Foi então que ouvimos o carro parando na entrada.

A sala se paralisou. Uma imagem do medo. Peter, o único que estava de pé, foi outra vez o primeiro a se mover. Com um gesto, ele mandou todos para o quarto, onde ficaríamos fora de vista. Em silêncio, obedecemos. Ryan ficou para trás para me ajudar a andar, mas fui a última a entrar no corredor.

Então ouvi quando Peter abriu a porta.

Vi quem estava na varanda com o rosto pálido, os olhos cansados, os lábios contraídos.

— Quebrei um dos meus saltos — disse a Dra. Lyanne, exibindo o sapato vitimado.

Peter balançou a cabeça e riu. O som era tão raro, tão chocante, tão estranho. Eu não conseguia imaginar risadas. Naquele momento, nem nunca mais. Os olhos da Dra. Lyanne encontraram os nossos. Mas ela não disse nada, nem eu.

Mais tarde, quando estávamos novamente sentados, ela explicou que saíra em meio ao caos. Que sedara Jenson quando estavam quase fora do prédio, para ele não poder alertar a segurança sobre quem era ela. Na confusão, tinham acreditado nela quando dissera que era uma das funcionárias públicas que fora investigar a Powatt. Eles a tinha levado para um hospital onde ela dera entrada com um nome falso. Eventualmente, havia conseguido sair sem ser notada. Esconder-se. Depois voltar para nós.

Parecia que a Dra. Lyanne sempre voltava para nós no final.

Ela disse que Jenson ia sobreviver. Provavelmente se recuperaria por completo. Mas não sabia o que ele contaria à polícia quando acordasse. Não sabia se híbridos tinham sido capturados na operação que se seguiu ao bombardeio, e quem eram eles. Através de suas ligações, Peter tinha apurado que muitos dos que moravam na área estavam seguros em casa, ainda anônimos e escondidos. Mas muitos não tinham atendido ao telefone. Continuavam sem dar notícias.

Sabine, Cordelia e Christoph estavam entre eles.

Nossos remédios para dor tinham acabado, e, depois de comer, a Dra. Lyanne nos levou a seu quarto para nos examinar direito. Esperei enquanto ela verificava outra vez nosso tornozelo, depois alguns dos cortes mais profundos. Havia uma mancha escura de contusões sobre nossas costelas, sem falar nas pernas.

— Considerando tudo, você teve muita sorte — disse ela.
— Eu gostaria de poder fazer raios X desse tornozelo, mas...
— Está melhor — menti. Ambas estávamos sentadas na cama dela, com um frasco de remédio e uma caixa de curativos entre nós.

— Eva — disse a Dra. Lyanne. — Olhe para mim. — Como não olhei, ela colocou os dedos sob nosso queixo e o ergueu. Sua voz estava baixa, áspera. — Há meses, eu os vi operar um menininho saudável. Eu os vi matar uma alma e ferir para sempre a outra. Vejo Jaime todos os dias e sei... sei que tive uma participação nisso.

— Você não foi responsável — falei em voz baixa. — Talvez não pudesse tê-los impedido.

Sua boca se contorceu.

— Não foi isso que você disse na Nornand. Às vezes cometemos erros, Eva. Às vezes cometemos erros, e eles são tão terríveis que a palavra *erro* não parece grande o bastante para abrangê-los. Mas acontece. E o único jeito de compensar é consertar a confusão.

Addie e eu estávamos em silêncio. Os olhos da Dra. Lyanne não se desgrudavam dos nossos.

— Acho que estragamos tudo — sussurrei.

— Não estragaram, não — disse ela. — Não vou mentir, causaram uma quantidade impressionante de problemas para alguém que mal tem idade para dirigir. Mas não estragaram tudo. Acha que Peter e os outros não planejam algo semelhante? Bem, não *isso*, *exatamente* — disse ela, vendo nossa expressão. — Mas situações similares. Você sabe quanto Peter gosta de estar preparado.

De alguma maneira, consegui abrir um sorriso fraco. Não parecia certo sorrir. Mas acho que também não prejudicava ninguém.

— Obrigada — falei.

Ela deu de ombros e se levantou, recolhendo o remédio e os curativos.

— Pelo quê? — Mas ela ficou na porta do quarto. — Estou falando sério, Eva, Addie, vocês duas, esqueçam todo esse negócio de estragar tudo. Concentrem-se em consertar a confusão que criaram.

Nós assentimos.

— Prometam — pediu ela.

— Prometemos.

E falamos sério.

A Dra. Lyanne voltou com uma cadeira de rodas. Jaime não precisava, mas às vezes era mais fácil, sobretudo em seus dias ruins, ter uma de reserva.

— Vou ver se consigo muletas depois — comentou ela, enquanto nos ajudava a sentar. — Mas, enquanto isso, não se apoie nesse tornozelo. — Ela balançou a cabeça. — Você não tem senso de autopreservação, sabia?

*Sabe*, disse Addie em voz baixa. *Achei que isso nos tornava corajosas.*

Seria coragem? Ou estupidez? Ou ambas?

— Eu só queria que as coisas mudassem — falei, passando os dedos pelos braços acolchoados da cadeira de rodas.

A Dra. Lyanne soltou uma risada seca e sem graça.

— Engraçado. Decidi ser médica e fazer especialização em hibridismo para trabalhar na Nornand, porque queria a mesma coisa.

Peter, Sophie e Henri estavam reunidos na sala de estar. A Dra. Lyanne foi se juntar a eles. Addie e eu fomos de cadeira de rodas até a mesa de jantar. Ali, Jaime e Kitty estavam sentados sozinhos, folheando uma revista em quadrinhos. Eu ouvia Devon e Hally murmurando na cozinha, mas as vozes mal eram audíveis sobre o som da água corrente e o retinir dos pratos.

— Oi, Jaime — falei. Ele ergueu o rosto, observando a cadeira de rodas. Ele sorriu. — Eu sei, eu sei, só peguei emprestada por um tempinho.

Ele fez uma careta.

— Você... você p-pode... *ficar* com ela.

— Posso empurrar você? — pediu Kitty.

Revirei os olhos, mas não consegui evitar um sorrisinho.

— Veremos. Primeiro me faça um favor. Pegue um lápis e uma folha de papel para mim?

— Por quê? — perguntou Kitty. — Addie vai desenhar alguma coisa?

*Addie?*

*Sim*, disse ela suavemente. *Eu gostaria.*

Kitty se levantou da cadeira. Logo depois, voltou com um bloco de papel e um lápis. Ela os entregou para nós e se apoiou em nosso ombro.

— Eu? — disse Jaime, quando nos viramos para ele.

Foi Addie quem assentiu. Ela encostou a ponta do lápis no papel. Fez o primeiro traço leve para capturar o rosto de Jaime, seu cabelo curto encaracolado, seu sorriso.

Estávamos tão concentradas que não notamos Hally e Devon nos observando até Hally perguntar, minutos depois:

— Outra obra-prima de Addie em andamento?

Addie levantou o rosto.

— Acabei de perceber que nunca o desenhei. Eu... ah, Devon, não... Jaime, se você se *mover*, não consigo...

Devon tinha se sentado ao lado de Jaime, olhando com curiosidade para a revista em quadrinhos do menino mais novo. Jaime, sempre impetuoso, virou-se para mostrar a capa.

Addie revirou os olhos. Jaime conteve uma risada. Devon... Devon, por um brevíssimo instante, abriu um sorrisinho convencido, que logo sumiu. Ele olhou para Peter e os outros reunidos nos sofás. Estavam muito longe, e falavam baixo demais para ouvirmos.

— Planejando outra vez — disse ele. — Vamos precisar de nossos próprios planos.

Addie baixou os olhos para seu desenho incompleto.

— Ou podemos colaborar com eles.

— Acha que nos ouviriam? — perguntou Hally.

— Precisamos tentar.

Porque, no final, todos queríamos a mesma coisa. Ficar seguros. Ser livres. Acabar com a dor, o sofrimento e o medo.

*Manter a esperança*, não apenas por nós, mas por aqueles que dependiam de nós para ajudá-los quando não podiam fazer nada por si mesmos.

— Venham. — Addie colocou o bloco sobre a mesa. — Termino depois. Está acontecendo uma reunião.

Fomos todos para a sala de estar, até Kitty. Era Peter quem estava falando. Ele parou quando viu nossa aproximação. Seus olhos encontraram os nossos. Eu não desviei os meus.

Finalmente, ele assentiu.

— Está bem — disse ele. — Eis o que precisamos fazer.

# AGRADECIMENTOS

Quero dizer um enorme obrigada a todos os blogueiros e críticos literários que tiraram um tempo para ler e promover *O que restou de mim*. Vocês são muito importantes. Cada e-mail feliz, "Esperando pela quarta-feira", "amo a capa", ou até mesmo um simples tuíte animado realmente faz o dia do autor. Nunca conheci essa enorme comunidade antes de entrar no mundo de blogs literários como aspirante a autora, e fico muito feliz por tê-lo descoberto.

Novamente, tenho de agradecer às fabulosas garotas da Pub(lishing) Crawl. Todas vocês são incrivelmente queridas para mim. Um grande obrigada também ao departamento de escrita criativa da Vanderbilt University. Tive os melhores quatro anos que poderia desejar aprendendo com vocês.

Menções especiais para as pessoas que leram criticamente os rascunhos de *Um dia existimos*: Savannah Foley, você sempre esteve presente para mim, e agradeço muito. Jodi Meadows, obrigada pelas lindas fotos de furões para me acalmar quando a loucura editorial domina meu cérebro. Amie Kaufman, suas notas me fazem sentir que sou uma escritora melhor do que realmente sou, e amo você por isso. Cindy Wang, posso contar com você para me dizer a verdade, e escrever não é diferente, graças a Deus por isso! Biljana Likic, você é minha companheira de Skype das 3 horas da manhã, minha comparsa de sarcasmo e juro que às vezes sua vida é um romance jovem adulto, então isso é sempre legal. ;)

Kari Sutherland, editora extraordinária, muito do tempo que passei escrevendo e revisando *Um dia existimos* foi passado em um estado de terror que este livro fosse grande demais para mim, que eu estivesse lidando com algo além de minhas habilidades. Você me ajudou a absorver a enormidade da história e colocá-la no papel. Infinitos agradecimentos.

Emmanuelle Morgen, obviamente não sou sua única cliente, mas com frequência você me faz sentir assim. Estou tentando pensar em alguma metáfora sobre o mercado editorial ser um rio e você ser meu arrais, mas acho que isso me tornaria um barco, então é melhor não irmos para esse lado. Obrigada por apoiar tanto as Crônicas Híbridas!

Um imenso obrigada para todos da HarperTeen que ajudaram *Um dia existimos* a chegar às prateleiras das livrarias. E também para as garotas do Epic Reads, que são ainda mais épicas que seu nome pode sugerir: minha assessora de imprensa, Alison Lisnow, Whitney Lee e todos os meus agentes estrangeiros.

Dechan, este livro é dedicado a você. Obrigada por 15 anos de amizade e muitas das melhores partes da minha infância. Uma vez você fez referência a *Anne de Green Gables* para nos descrever, embora nenhuma de nós duas tenha lido *Anne de Green Gables* (precisamos resolver isso!). Pesquisei a frase. Aqui está: "Um amigo do peito, um amigo íntimo, sabe, um espírito realmente afim a quem posso confidenciar minha alma mais secreta." Acho que é exatamente isso, não acha?

E finalmente, oi mãe e pai. Não há muito que eu possa dizer em palavras. Obrigada. Amo vocês!

## SOBRE A AUTORA

KAT ZHANG adora viajar, e depois de uma infância passada vivendo em um livro atrás do outro, agora constrói histórias para as pessoas visitarem, incluindo *O que restou de mim*, seu primeiro romance, e sua sequência, *Um dia existimos*. Você pode ler sobre suas viagens, literárias ou não, em www.katzhangwriter.com.

Este livro foi composto na tipologia Warnock
Pro, em corpo 11/14, e impresso em
papel off-white no Sistema Cameron da
Divisão Gráfica da Distribuidora Record.